大鱼

有爱的青春陪伴者

周学长不可能错过你

花娆 著

花山文艺出版社
河北·石家庄

图书在版编目（CIP）数据

周学长不可能错过你 / 花娆著. -- 石家庄 : 花山文艺出版社，2020.7
ISBN 978-7-5511-5121-4

Ⅰ. ①周… Ⅱ. ①花… Ⅲ. ①长篇小说—中国—当代 Ⅳ. ①I247.5

中国版本图书馆CIP数据核字(2020)第060334号

书　　名：周学长不可能错过你
ZHOU XUEZHANG BU KENENG CUOGUO NI
著　　者：花　娆

统筹策划：张采鑫
特约编辑：廖晓霞
责任编辑：卢水淹
美术编辑：胡彤亮
责任校对：于怀新
装帧设计：西　楼
封面绘制：黑大猫
出版发行：花山文艺出版社（邮政编码：050061）
（河北省石家庄市友谊北大街330号）
销售热线：0311-88643221/29/35/26
传　　真：0311-88643225
印　　刷：长沙鸿发印务实业有限公司
经　　销：新华书店
开　　本：880×1230　1/32
印　　张：9
字　　数：232千字
版　　次：2020年7月第1版
2020年7月第1次印刷
书　　号：ISBN 978-7-5511-5121-4
定　　价：36.80元

目录

contents

某天，周默请健身会所的同事们吃饭，饭后大家玩“真心话大冒险”。轮到周默时，一个女瑜伽老师借酒壮胆，半开玩笑地说：“默哥，请说出你心中的白月光是谁？”

周默摇摇手中的酒杯，眼神迷离，作势想了下，微笑着说：“没有。”

“默哥，你这样玩就没意思了啊！”

“罚酒，罚酒……”

众人起哄。

很快，周默面前摆了八杯颜色各异的酒……

而当他端起酒杯，打算认罚时，酒杯被人劫去。

“就这么饶了老大，是不是太便宜他了？”夺走周默酒杯的男同事说道，“既然默哥不愿意说白月光，那说说朱砂痣也行啊。”

众人齐齐看向这位勇士。

“要不然默哥说说未来嫂子的标准也行。”

周默看向一张张闪动着八卦光芒的脸，什么时候跟他称兄道弟的人也这么八卦了？他叹了口气说：“我还是罚酒吧。”

什么白月光、朱砂痣的，他又不是张爱玲奶奶笔下的主角。

在周默的人生里，既没有什么白月光也没什么朱砂痣一样印象深刻的女朋友……

非要说有什么记忆深刻的人，倒真有一个。

不过——

那位不是他的白月光，更不是他的朱砂痣。

她不仅拿铁饼砸了他，把他砸成了脑震荡，还诓了他八年，坑了他整个大学……

说起周默和沈一晨的相识，真的谈不上愉快。

沈一晨长得胖，成绩不好，导致同学都不太待见她。

这姑娘不知道是因为被排斥受刺激了，还是要发泄心中的不满，她不爱学习，也不喜欢女孩子喜欢的那些小玩意儿，只喜欢扔铅球和铁饼。

好巧不巧，周默跟同学从篮球场上下来，很不幸就被她的铁饼砸伤了。

轻微脑震荡。

出了这等大事，校方当然得通知双方家长了。

周默妈气势汹汹地来了，那架势仿佛要手撕沈一晨。结果，她一看到沈一晨的家长——沈一晨的外婆，便不再追究了。

最后，这件事私了。

原因是周默和沈一晨住在同一个小区，并且他爸妈还和沈一晨外公外婆私交不错。

周默：“……”

他就白挨那一下了？

周默这受伤赶上国庆，父母白天要上班，两边家长商量了一下，就把给周默送早午饭的重任交给了沈一晨。周默每每看到这个小胖子背着书包哼哧哼哧地跑上楼的身影，怒火就不打一处来，他不好过，当然也不会让小胖子好过。

比如“鸡汤太腥了我要喝小米粥”，比如“今天我不想吃米饭我要吃包子”，还比如“包子太干了我要喝饮料”，然后，他再满意地看着她一脸不耐烦地跑下楼又气喘吁吁地跑上来……

每到这时，周默心里别提多舒坦了。

谁料到，折腾了三次，这姑娘竟然造反了。她不仅偷偷往他菜里挤芥末膏，还往他饮料里掺水。

周默发现后，狠狠说了她一顿。

第二天，她直接撂挑子不来了。

他还诧异这姑娘挺有骨气的，结果，没一会儿，她就被她外婆揪着耳朵来道歉了。

周默傲娇地从书本中抬头瞥了眼，视线又落回课本上。

这时，她外婆说：“周默啊，你看趁着你养伤这几天，能不能帮晨晨补习英语啊，她这次英语考试没考好。”

周默心里“咯噔”一下，不乐意了。

不仅他不愿意教，人家还不愿意学呢。

小姑娘说：“外婆，学英语有什么用，我又不出国留学。”

周默一听这话就跟她扛上了，放下课本问：“考了多少分？”

沈一晨拽得跟二五八万似的仰头看天不看他，装作没听到，被她外婆从背后踹了脚，才挠着头发说：“Ten.”

周默差点儿被口水呛着，慢条斯理地问了句：“哦，10 分呀？”

欺负外婆不懂英语是吧，他不介意翻译一下。

下一秒的鸡飞狗跳可以想象。

周默优哉游哉地靠在床上，看着沈外婆追着沈一晨满屋子乱窜。

沈外婆一边追一边骂：“你个小兔崽子不是告诉我考了 40 分吗，还学会改成绩单了哈？给我站住，看我怎么收拾你……”

那天，周默见识到了这姑娘是如何顽劣和不服管教，笤帚把打在这姑娘后背和胳膊上，周默看着都疼，而沈一晨愣是不吭声。

周默妈看到沈一晨胳膊都被打紫了，好心把沈一晨救下来，并保证周默一定能帮她把功课补上来，这件事才算过去。

周默和沈一晨就在这种相看不顺眼的情况下相处着，因为双方家长看着，他们也没闹出什么风波。虽然周默每个周末都要花半天时间帮沈一晨补课，但在校园里两个人仍旧装作不认识，所以整个学校没几个人知道他们住同一个小区。

运动会时，沈一晨被同班女同学刺激，报名参加了女子 1500 米长跑。

周默在主席台上念加油稿，从他的位置，一眼就能看到沈一晨。

沈一晨跑了两圈就累得不行，一路歇歇停停不肯放弃。

冠军整整超了她两圈，其他人陆陆续续地也到达终点。全校师生都在等她跑完，但她还有一圈没跑。

跑道两侧有男生朝她吹口哨。

沈一晨撇头怒瞪，引来一片哄笑声。

有男同学大声嘲笑：“胖子，别跑了，跑到最后也是倒数第一，别浪费大家时间了。”

一般女孩子面对如此讽刺可能会羞愧难当，或者被气哭了。

但沈一晨不是，她还有工夫怼人：“要你管，臭不要脸的。”

哄笑声更激烈了，就连各班级老师武力镇压都没能压住那群顽皮的男生。

主席台上的周默看不下去了。

这事要放平时，周默肯定懒得搭理，但昨晚放学后，他听他妈跟他爸在客厅聊天说到了沈一晨。沈一晨的妈妈刚刚去世，她爸爸又不要她了，在她外婆这里她也是累赘……

沈一晨真可怜，毕竟也才十六七岁。

于是，周默停下朗读到一半的加油稿，转而冲台下说："我记得上星期我的班主任老师曾鼓励我们，'只要你努力过、拼搏过，也许结果不尽如人意，那也是走过了精彩的过程'。因为真正的成功不在于结果，重要的是实践的过程，我认为沈一晨现在的坚持就是一种成功。让我们为正在努力的沈一晨加油。"

"加油，沈一晨！"

"沈一晨，加油！"

"……"

在周默的带动下，现场响起了如雷般的鼓舞声。

从那以后，周默发现这个女孩子竟然不跟他对着干了。

周默也不知道自己哪里让她产生了误解，在一个月圆之夜，一起放学回家的路上，沈一晨忽然就对他蹦出一句："周默，我……我好像有点喜欢你。"

周默仍记得当时他一脸吃了苍蝇的表情，半天才憋出一句："抱歉，我不喜欢你。"

沈一晨问："你喜欢什么样的，我可以变成你喜欢的样子。"

周默回绝："我不打算在高中交女朋友。"

沈一晨继续问："那你准备考哪所大学？我到时候也考，追你当我男朋友怎么样？"

周默："……"

周默收到了Y大录取通知书，临去Y大报到前一晚，沈一晨哭哭啼啼地来找他，说什么没有人像他那样真心对她，更没有人像他那么优秀、那么好……

周默没辙了，只好哄着她说如果她能考上Y大，他就考虑一下，并解释说他只是考虑，不代表一定会让她当女朋友。

这丫头竟高兴得跟什么似的，嘴里信誓旦旦地说："无论复读几年，我一定会考上Y大，把你追到手的。"

周默心想，考吧，没准考个两三年，你就放弃了。

大学的那几年，周默是在一种矛盾的心情下度过的，一边好奇着沈一晨要复读几年才能考上Y大，一边又担心她真的考上Y大了，缠上他，他的整个大学生涯又会不得安宁了。

结果谁能想到，直到周默大学毕业，沈一晨都没能来找他。

[1]

今年C县的夏天来得异常早，才进入六月，阳光就毒辣辣地把新铺的柏油马路烤出了油。从车里看出去，前方不远处育培中学的金字牌匾刺痛了沈一晨的眼。

八年没回来，这座城并没有发生翻天覆地的变化，沈一晨按照记忆中的路线，顺利地把车开进了育培中学。

副校长带着几名老师恭候多时，见沈一晨走下车，便笑容可掬地说：“沈总，一路辛苦了。您能来，真令鄙校蓬荜生辉……”

沈一晨礼节性伸手与副校长一握，成功打断了对方的滔滔不绝，微微一笑：“严副校长客气了，我还要感谢育培对我的栽培，为母校做贡献是应该的。”

副校长谦虚地说：“育培能培养出您这么优秀的人才是学校的骄傲。”并主动走在她身侧，一边为沈一晨带路一边介绍着育培这些年发生的变化。

沈一晨心不在焉地听着，寻找着封存在各个角落的记忆，视线落到某栋教学楼前，她顿下脚步。

她一眼便瞧见宣传栏里那个笑得很傻白甜的胖女孩的照片，女孩子穿着印有育培字样的白衬衫蓝裙子，裙子都被撑变形了。

沈一晨脸上的笑容慢慢消失，扭头看向副校长。她往育培砸了这么多钱，就为了来这儿看自个儿丑照的？

副校长显然感受到了沈一晨身上散发出来的不开心，赶忙赔笑解释，行政部只有她这张照片，只能将就着用一下，并保证大会后给她拍张新照片，将这张照片换下来。

沈一晨点头，视线停留在挨着她照片的那张男生的照片上。

周默？

真是——

好久不见！

育培中学的礼堂里，周默跟朋友刚踏进礼堂，就耳尖地听到一道女声问："沈一晨是谁？她给育培捐了很多钱吗？也是我们育培毕业的吗？"

现场一片哗然，育培中学募捐会上邀请的人，除了在业界小有成就的育培学子，就是与之合作的当地龙头企业的负责人。

沈一晨是谁，所有人都对这个名字陌生得很。

跟周默一块儿进来的张清明问："哪个沈一晨？"

附近有人说："应该是那个沈一晨吧，宣传栏上不是有她照片吗？穿的就是我们育培中学的校服。刚刚来的时候我还拍了照片，你们看看，有认识的吗？"

周默略一沉思。

宣传栏上还贴了照片？

周默跟张清明在校门口遇上，两人一路聊，直接来了礼堂，并不清楚这些。

一个女生说：“小道消息说沈一晨给育培中学捐了两千万，还真给咱们育培长脸，主席台上还有她的席签。”

周默看向主席台，还没发现沈一晨的席签，就被礼堂门口忽然响起的骚动声吸引了注意，不由得扭头转向声源处。

妆容精致，一袭藕粉色连衣裙的纤细女生落进了他的视线。

从一片哗然的气氛来看，显然对方惊艳了全场。

当然这并不包括周默，他正以一种探究的目光研究着对方掩盖在精致妆容下的熟悉眉眼，从她纤细的身材中寻找着她学生时代的影子……

她这几年的变化真大，若不是熟悉她微笑时嘴角露出的梨窝，周默险些认不出她来。

“这女的就是沈一晨？宣传栏上的照片是假的吧？”

这些话若是放在从前，沈一晨的嘴角早就翘到天上了。现在的她，并不以为意，毕竟这么多年的艰苦历练不是白挨的，她这点定力还是有的。

她优雅地在主席台坐下，拿起放在主席台上的矿泉水拧开，习惯性地环视一周，不出意外地看到了坐在首排的周默。

两个人四目相接间，沈一晨被他黑色瞳眸里透出的凶狠气息吓到。周默的表情像是要将她生吞活剥，沈一晨喝水差点儿呛到。

很好！

周默看到某人明显被他吓得缩了缩脖子，满意地收回视线。

接下来，他们是不是该好好算笔账了？

被吓到的沈一晨，发表讲话时结巴了两次，散会后也顾不上与校长多做寒暄，就借着上厕所逃之夭夭了。

沈一晨心事重重地从洗手间出来，就直面上猛烈的穿堂风，她被强劲的风吹得搓着双臂往前走，一个没留神，绊上了横空伸出的一只脚。

她往前趔趄几步，狼狈地扶住墙才不至于摔个狗吃屎——

待看清罪魁祸首，她又是一惊。

周默正防备着沈一晨的反击，却不料她稳住身子后，竟笑容可掬地朝他伸出手："你好，周默。好久不见！"

周默被她的不按套路出牌整蒙了，怎么个意思？

又想要花样趁机溜走？

他才不吃她那套，猛然欺近她，毫不留情地一把扯住她的衣领把人拎过来。现在的沈一晨太瘦了，周默手臂稍微用力一扬，就拎得她东倒西歪。

求生欲极强的沈一晨双臂抱住他的胳膊，才不至于摔倒。

周默双眼一横："别以为求饶，我就会放过你，你这个不守信用的小骗子。"

"周默，我为曾经的年少无知向你道歉，那时候是我不懂事。"她看了下四周，真怕他俩这样被人看到，温声与他沟通，"我们可不可以找个地方，心平气和地聊聊，像老朋友那样。如果你气不过我那时候的顽皮不懂事，我愿挨打挨骂，直到你解气。"

县城一间古朴的餐厅内，正播放着一首不知名的歌曲，那低吟浅唱中带着悲伤意味。

周默抱着双臂，打破沉默："一直没回来过？"

沈一晨停下用吸管戳着漂浮在可乐里的冰块的动作，抬眸看他。

那双眼眸幽静深邃，宛如午后的静湖。有那么一瞬间，周默快被她眼底的不明情绪吸附进去。

沈一晨受不了他整个人散发的低气压，无奈开口："拜托，我没犯什么不可饶恕的罪吧，所以，我们能不能轻松愉悦地聊天？这些年过得怎么样，从事什么工作呀？”

“少给我转移话题。”周默不吃她那套，“能告诉我离开后你去了哪里吗？你哪儿来的这么多钱捐给育培？”

八年未见，无论她的容貌身材还是性格都发生了惊人的变化，惊人到周默看到眼前的人都感觉陌生。周默说不上为什么，他就是想知道沈一晨消失的这些年到底去了哪里，干过什么……

“嗯……你让我组织下语言。”

沈一晨没想到多年不见，周默竟变得这么啰嗦。

“高三那年我忽然很向往国外的生活，正好又有出国的机会，就顺理成章去国外留学了。”沈一晨迎着他犀利的桃花眼，无奈地笑，“你也知道我那时的成绩有多渣，既然不用高考就可以上大学，我为什么不去呢？回国后，我一直留在Y市，在一次偶然的机遇下成立了自己的公司，就有了今天的捐赠。”

“真的？”

当然是假的了。

高三那年，在一个乌云压境的傍晚，外公外婆忽然不要她了，要把她推给已经另娶的父亲，还要她拿着签好的文件找她父亲，争夺她妈留给她的遗产。

沈一晨不愿意，苦苦哀求，却还是被二老狠心推到门外。

那一晚，她背着书包抱着仅属于她的狗，在楼下淋了一宿雨。后来，她找到她父亲，被他送到了国外。

八年间，她历尽千难，好不容易夺回了她妈妈生前留给她的财产，却也陷进了与她父亲争斗的旋涡……

[2]

沈一晨跟周默分别后，直接开车回了Y市。路上遇到查酒驾的交警，沈一晨配合交警出示驾照，吹气测酒精浓度，等交警放行的时候，她的手机上显示有两通未接电话。

沈一晨一边启动车子朝高速方向驶去，一边戴好蓝牙耳机拨通好友兼COO夏漫白的电话，还未开口，夏漫白火急火燎的声音就传了过来。

“你到哪儿了？”

“还没上高速，怎么了？”

“哎哟，我的大小姐，你快回来吧，金秘书已经在会客室等半天了。”

“什么事？”

“什么事？一晨，你别以为我不知道你躲出去是为了逃开你爸安排的相亲。”夏漫白毫不留情地揭穿她。

“……”

“你就去见见怎么了，见完了咱们再想办法给他推了。你说你这么倔，你老子迁怒下来，到时候吃苦受罪的不还是我们。”

沈一晨略一皱眉：“怕什么，不是还有你吗？”

“沈一晨我告诉你，我可不是万能的。你知道每次你得罪你老子一次，我就要熬几个通宵想对策吗？你倒是说得轻松，限你晚上九点前回到公司。”

电话“啪”的一声挂了。

沈一晨看着暗下去的屏幕，心想，到底谁才是老板哪？

正郁闷着，这时发动机发出一阵不正常的响声，车子瞬间熄火了。沈一晨试图再次发动车子，却启动不了了。

——看来今晚还真回不去了。

沈一晨走下车，打开手机手电筒查看了半天也没看出哪里出了问题。望着伸手不见五指的高速路，沈一晨头痛。

拨打24小时拖车电话，被告知是空号，她试着拦了几次路过的车，都被无视。

沈一晨靠在车前盖上郁闷地想，今天是什么日子啊，为什么事事不顺呢？

周默这边跟沈一晨分开后，回家途中接到张清明的电话喊他去撸串，说是约了几个在C县生活的好友，大家伙儿聚一下。

刚入夏，芙蓉街沿街的大小餐厅就已拉好彩灯，露天桌椅人满为患，白天毫不起眼的街道，此刻热闹非凡。

接到沈一晨求助电话的时候，周默正喝酒聊天，快乐得很。

他分神撂下酒杯，掏出手机。

看到屏幕上显示的联系人，他一愣。

离他最近的张清明见他放下酒杯，以为他喝不下去了，嚷嚷着要他继续。周默却歉疚地起身，走到角落的一棵树下接电话。

调整声音——

"喂？"

"……"

"……"

没想到周默所处的环境这么吵，沈一晨愣了愣，才试探地问："现在打电话，没打扰到你吧？"

"什么事，你说吧。"

沈一晨犹豫着说："我车在高速路上抛锚了，找不到拖车公司……你可以过来帮忙吗？"

"……"

沈一晨也知道自己和周默没有太多的交情，何况以前周默就不怎么待见她，可这偌大的C县，除了周默，她再找不到其他人帮忙了。

周默的沉默让沈一晨悬着的心卡到了嗓子眼，似是感受到他沉默中无言的拒绝，她内心一片悲凉，手指移到挂机键上方。

这时，听筒里传来周默的声音："把你的地点分享给我。"

明明车程只需要二十几分钟，沈一晨却整整等了一个小时还没见到周默来。

看着手机上剩余的百分之十三的电量，她默默地想自己是不是被周默耍了。

又一想，周默不是不守信用的人，从前只要是他答应她的事情，即使不情愿，他都会履行承诺。

她应该相信他。

又过了半个小时，沈一晨才看到一个人打着手机手电筒缓缓朝她走来。

找到沈一晨，周默关掉手电筒对她说："我已经联系拖车队了，他们十五分钟后到。"

沈一晨看看他身后，空无一物，好奇地问："你怎么来的？车呢？"

"在高速公路外面，刚刚喝了酒借朋友的电动车来的。"

所以他是翻栏杆过来的？

沈一晨微笑："真够义气，有空请你吃大餐。"

等拖车把车拖走后，沈一晨跟着周默往回走了一段距离，然后看到他单手撑住栏杆，身子轻松一跃，就跳过了栏杆。

沈一晨就没他那么利索了。

她穿着高跟鞋、及膝连衣裙，怎么翻过去呀，叉开腿迈上去吗？

正在她犯难时，先她一步跨过栏杆的周默像是忽然想到什么，他主动背过身去，说："你试着先坐上栏杆，我抱你下来。"

沈一晨扶住裙子坐上栏杆，就感觉腰间一紧，身子一轻。

周默很是轻松地把她抱下栏杆。

接下来还要穿过一段长长的斜坡，走过一片田地，才能到达公路。

沈一晨在想他到底是怎么找到这里的，还知道从这里能翻上高速公路。大概分神太久了，她一脚踩进草坑里。

沈一晨“哎哟”一声。

周默回过身来问她：“怎么了？”

“嘶——”

“……”

“好像崴脚了。”

周默不满地看了她片刻，不耐烦地说：“明明是个女汉子，非要学什么淑女穿高跟鞋，现在好了吧。”

话虽这么说，他还是蹲下身，脱下她脚上的高跟鞋，查看有没有伤到骨头。沈一晨单腿站立着，手扶住他肩膀。

看着自己秀气的脚丫被周默温暖的手掌握住，那一刻她只觉心脏像是同时被他一把攥住了。

她头脑一热，直接把脚往后一缩。

周默抬头看她，用眼神询问她在干什么。

沈一晨一阵紧张，不自然地别开视线，胡乱找个理由：“没站稳。”

他没有理会她的话，确定她的脚没有伤到骨头后，帮她穿上鞋，转过身，背对着她半弯下腰，拍拍自己的背。

沈一晨盯着他弓着的后背有些受宠若惊：“干吗？”

“背你。”

“不用你背，我很沉的。”

“放心，再沉也沉不过160斤。”

“……”

沈一晨最终趴到了他背上，双臂搂紧他脖子。

感到背上一沉，周默慢慢直起腰来。

直起身的瞬间，沈一晨如瀑般的长发不可避免地扫到周默脸上。

就着初夏的凉风，她发梢的洗发水香味卷进鼻端。周默深深吸了口气，她头发上的洗发水味儿还挺香。

穿过斜坡踏上麦田后，沈一晨不好意思再让他背，要求自己下来走。周默放下她，一手扶住她胳膊一手揽住她腰。

黑幕般的苍穹笼罩着一望无际的麦田，蛐蛐蛙鸣鸟叫响成一片。两人沉默地穿行在田野间，有风顺着麦穗吹拂过来，温和地打在手臂上。

沈一晨伸手划拉着一排排麦穗，虽然看不清它的颜色，但可以想象金黄麦穗随风起伏，卷起一波麦浪的景象。

好心情没维持多久，握在手上的手机屏幕亮了下，沈一晨悄悄看了眼，是金秘书发来的微信，她直接关机了。

她抬头望向璀璨的星辰，很轻地叹息一声。

“怎么了？”

啊？

沈一晨讶异于周默的敏锐，看向前方无奈一笑，假装轻松地说：“感慨下，乡下的月亮又圆又亮。”

周默没有揭穿她的鬼扯，现在是上弦月，哪来又圆又亮的月亮？

两人沉默地走了很长一段距离，来到电动车前。

沈一晨坐上电动车后座的一刹那，问题又来了——

她穿的及膝连衣裙，一坐上来裙子就滑到大腿根部了，并且她还没有什么东西能遮挡一下，周默就这么载着她穿街走巷，未免有伤风化吧。

周默一开始还不明白她为何变得扭捏起来，扭头，一眼便瞧见她短裙下面的大长腿，神情微微一定。

他面色依旧，却唰地扭过头去……单腿撑地想了会儿，脱下外套递给她。

沈一晨接过他的外套攥在手里，一时不懂他的意思。

干吗，他热吗？

下一秒，听到周默说："盖在腿上用的。"

"……"

因为有了周默的外套，周默回小区的半路上，碰到跳广场舞散场回家的阿姨们，她们跟周默打招呼的同时，不忘多打量沈一晨几眼。

沈一晨那叫一个窘呀，极力往周默后背躲。

那表现，跟新媳妇羞于见生人的模样差不离了。车子在熟悉的楼门前停下，沈一晨下了车却不上去。

"沈一晨。"周默喊她，"怎么不上去？你外婆应该还没休息。"

望着多年不曾踏进的地方，往昔情景历历在目，那个每天拎着菜篮子买菜的老太太，那个每天清晨打太极的老爷子，以及那个背着书包抱着毛球在楼下淋了一夜雨的女孩……

沉默了片刻，沈一晨缓缓收回目光，看向周默，问："我能不能去你家住一晚？"

"不能。"

"那我去住酒店。"

"沈一晨，你站住。"

街灯下，周默拧眉定定地看着她。

周默听他妈说，沈一晨跟这边二老闹脾气，走了就没回来。现在居然过门都不入，也太过分了。

他语气沉冷地问她："你外公外婆白养了你这么多年，八年间没回来一次就算了，现在都到了家门口还要走，你从小到大的教养哪儿去了？"

沈一晨一听就火了，他什么都不清楚凭什么说这话，紧握成拳的双手青筋隐隐暴起，但最终，她叹了口气，说：“这是我个人的事，周默我不想跟你吵。要不然你留我借宿，要不然你让我走。”

这时，拐角处传来一声重物落地的声音，一个声音问：“张大妈，您怎么了？”

“鞋带松了，我系下鞋带。”

沈一晨顿住，心虚地扭头看向声源处，待看清蹲在地上花白头发穿着红色背心的老人，情绪如巨浪翻滚涌上心头，五味杂陈。

她克制着自己像啥也没看到般，淡定地收回视线。

“郭大妈，我去楼下买盒牙膏，忽然想起家里没有牙膏了，你先走吧。”

直到老人迈着蹒跚的脚步离开，沈一晨都没有出声，只是踌躇了片刻，还是上楼走到外婆家，在门口放了两千块钱。

周默看着去而复返的人，也没问她去楼上做了什么，最终碍于两家的交情，决定带沈一晨回家。

沈一晨心事重重地跟在周默身后上楼，因为担心自己被周妈妈认出来，不由得想着措辞来解释为什么她要借住他们家，还想了数个理由来拜托周妈妈不要告诉她外婆她回来过……

事实证明，一切都是她想多了，人家周妈妈压根儿就没认出她来。

周妈妈见周默夜里带回个如花似玉的大姑娘，不停地冲儿子使眼色。

假装没发现的沈一晨故作淡定地落座、喝水，却听到周默说：“妈，她是……”

吓得沈一晨赶忙扔下水杯不顾形象地蹿到周默身边，用力捂住他嘴巴：“阿姨您好，我叫伊晨，伊人的伊，早晨的晨，是周默的同事。”说完还不忘给周默使眼色。

即使周默配合了她的表演，周妈妈还是暧昧地问了句：“我要为你们准备一间房还是两间房啊？”

沈一晨：“两间房。”

周默妈心想，这未来儿媳妇还挺矜持，家教不错。

周默：“她睡阳台吧。”

沈一晨：“……”

看来周默还真被她气着了。

从C县回来后，生活又变得繁忙起来，为了一晨电子商务有限公司能顺利脱离沈氏集团，沈一晨和夏漫白连同整个企划部连轴加了一星期班，下午去总部开会顺利地把提案递交上去。

沈一晨的爸爸沈立山有个重要客户要见，便叫她把提案先交给他秘书，他晚些再给回复。

难得不加班的傍晚，沈一晨吃过饭后，换上休闲装下楼遛狗。

沈一晨把赖在她怀里不愿意下来的小家伙放到地上，点着它鼻尖进行教育：“我跟你说，狗跟人一样，这是个看脸的世界，如果你变成了大胖子，将来会找不到老公的。”

毛球睁着黑黝黝的圆眼睛，前腿扒住她膝盖，尾巴摇个不停，也不知道有没有把她的话听进去。忽然，前方响起一阵铃铛声，毛球闻到了同类的气味，追着一只可卡跑了。

沈一晨急忙去踩遛狗绳垂在地上的那一头，一脚没踩中，眼睁睁看着它从眼前跑远。

“毛球！毛球不要乱跑！”

沈一晨不喊还好，在她的追赶下，毛球跑得更欢了，一身赘肉丝毫不影响它奔跑的速度。沈一晨只能铆足劲儿追，眼看还有十几米就要追上，却正好赶上红灯。

等她跑到马路对面，就被毛球气急的惨叫声吓到。

定睛细看，刚刚被毛球追赶的可卡正一脸无辜地看着毛球和一只银狐在地上摔作一团，而作为战场的荒草地上尘土四起，战况激烈。眼看毛球的脖子被对方咬出了血，沈一晨急眼了，上前就要踹开那只银狐。

“我说你这人怎么还跟一只狗一般见识呢！”沈一晨被一个也不知道从哪儿冒出来的妇人一把推开了。

“你的狗把我家毛球咬伤了，我不能眼睁睁看着我的狗继续被欺负哇。”

“你把它们拉开不就行了吗？一个大人至于跟一只狗一般见识吗？”

“它那么大我怎么拉呀，你的狗咬住我家毛球的脖子不肯松口，万一咬破动脉大出血了，你负得起责任吗？”

[1]

周默接到钟点工阿姨的电话，说他家银狐犬因为打架进了派出所时，着实被这个消息吓了一跳。

这得多么激烈的斗争啊？都惊动警察了。

半小时后，周默奔进派出所推开调解室大门，最先看到的不是钟点工阿姨，而是一身狼狈的沈一晨，她的胳膊被抓伤了几处，头发乱得像一堆杂草，正低头处理着小狗脖子上的伤口。

沈一晨对面坐着周默家的钟点工阿姨和他养的银狐犬，而警察作为调和人正在苦口婆心地劝说，不过双方谁都不肯让步。

钟点工阿姨看到周默进来，开口就告状：“周先生你可算来了，那女的把花花的腿踹瘸了。”

得知正主来了，沈一晨扔掉处理毛球伤口的纸巾，抬头刚想怼两句，待看清来人，到嘴边的话又咽了回去，改问：“怎么是你？”

周默安抚住情绪激动的阿姨，温声说：“您别激动，交给我来处理。”接着他转向沈一晨问，“到底怎么回事，你来说。”

“本来毛球跟一只可卡玩得好好的，你家狗跑出来横刀夺爱，所以它俩就掐起来了。这件事说起来还是你那银狐犬有错在先，你们要赔毛球的医药费及精神损失费。”

一旁的警察插嘴：“错了，错了，从我们调出的小区监控录像来看，是那只公狗没有看上你家博美，想要跟人家银狐犬交配，你家狗咬了人家银狐犬，银狐犬才掐你家狗的。”

沈一晨：“……”

什么公狗、交配的，警察同志您能不能别把动物间的事说得这么直白？

周默听完，无奈地点开警察截取下来的视频。

最初的画面是花花在公园里跟小伙伴玩耍，钟点工阿姨在另一边跟人聊天，然后沈一晨的毛球追着另一只可卡狗穿过马路跑过来，那只可卡看到周默家的银狐立马双眼泛光，蹭上来在银狐身旁闻来闻去，被银狐躲开了……

谁知那可卡狗穷追不舍强行趴在银狐背上想要霸王硬上弓……沈一晨养的毛球急了，一口咬住银狐的狗腿……

接下来的画面才是沈一晨追过来看到的，再然后一场动物之战因为沈一晨的加入变成了人狗大战。

周默看到一半就看不下去了，推开电脑问沈一晨：“你想要怎么解决？”

“既然是你，那我就不要精神损失费了，交点医药费就行了。”

“没问题。”

警察见周默痛快答应，也想赶紧送走这俩瘟神，特别殷勤地递过笔录，要双方在上面签字，却被周默轻轻推开了。

“我的意思是我接受她提出的要求，但……”

沈一晨和警察均不由自主地看向他。

周默端坐在会议桌另一侧，迎着沈一晨的目光："我的狗怀孕了，我要确保它没有流产征兆，这件事才算了结。"

"怀……怀孕？"

"你不信？我可以拿出医院的验孕报告，或者你跟我去医院为它做个 B 超也行，不过费用你出。"

"……"

沈一晨默默看着他一本正经的神情——她怎么觉得自己被讹了。

于是，她急急开口："做检查行，如果你的狗没怀孕，费用你自己出，并且你还要负责毛球的医药费，还有……"

周默看向她。

"宠物医院我来选。"

周默脸上的表情让人看不出太多信息，沈一晨也不清楚他此刻的沉默是接受她的提议还是不接受。

片刻后，只见他直接起身："就按你的要求来。"

拿着一沓检查结果，刚刚交完一千大钞的沈一晨，后知后觉地发现周默给她下了个套——他的狗是怀孕了，但一直有流产征兆。好巧不巧地，今天银狐该产检了。

无论怎么选，她都要对他的狗负责到底了。

沈一晨恶狠狠地瞪了眼那只娇弱的狗。

谁知那狗竟会装可怜，呜咽一声缩进阿姨怀里。

沈一晨暗骂，没想到还是个……

周默倒先点着毛球的额头，教育起来，说："多年不见，你怎么长这么胖了？"

沈一晨瞪他：它又不认识你，少来套近乎。

而自来熟的人丝毫不觉得这有什么，嘴里继续教育道："你怎么眼光那么差呀，那只可卡那么丑你都不挑？你再看看它那狗品，出了事就跑，也值得你喜欢？"

说着，他目光温柔地望向后座钟点工阿姨怀里的银狐："你瞧瞧我们花花被我教育得多好，以后把眼睛擦亮点，别什么猫三狗四的货色都招惹。"

沈一晨听到这里就不乐意了："你行了，你是在损它还是在损我？"

虽然她不知道他是怎么知道的，但上个月她的确交了一个人品不咋地的男朋友，不过她发现对方劈腿后立马就分了。

那人还想从她这儿讹笔分手费，去她公司闹，她直接报警把对方送派出所了。

这个夜晚真是片刻不让人安宁，刚解决完毛球这件事，金秘书又来电话，说沈立山在圣都大酒店等她吃饭，谈一晨电商脱离沈氏的事。

沈一晨担心有诈，打电话给夏漫白，两人约在圣都酒店碰面。挂了电话，沈一晨喊周默："我要下车。"

周默慢悠悠地看了眼路况："怎么，你不想负责了？"

"不是，公司有急事，需要我回去处理。还有……"沈一晨不好意思地挠了挠头，"拜托你帮我照顾下毛球。"

周默不理她，默默地把车停到路边。

沈一晨兔子似的跑到马路对面，匆匆拦了辆出租车扬长而去。

当夏漫白看到头发凌乱，穿着凉拖姗姗来迟的沈一晨时，以为她刚从菜市场回来，拉过她上下瞧了眼："你这是从哪儿来的？"

沈一晨一挥手："别提了，毛球跟周默家的狗打架了，偏偏他家狗怀孕了并且还有流产征兆，要我负全责。"

"就是上星期你同学会上遇到的学长？"夏漫白来了兴趣，"他要你怎么负责？”

“就是直到他家狗生产前不能有任何意外，如果有什么意外责任都得是我的。”

“我看他是瞧上你了，存心拿狗说事呢吧？”

沈一晨正在涂口红的手一抖，差点儿没涂到牙齿上，像是听到天大的笑话：“求你别开玩笑了，他跟我这辈子估计只能互掐，就算我是花仙子他也跟我擦不出爱的火花。”

夏漫白被沈一晨逗得说不出话来。

又过了一会儿，沈一晨说：“好了，不说这个了，我们一会儿见机行事吧。”

推开包厢门，沈一晨和夏漫白刚露面，招呼都没来得及打。

沈立山看到沈一晨脚上穿的凉拖以及身上的短裤背心，不满地皱眉：“怎么穿成这样就来了，你瞧让你贺伯伯见笑了吧。”

他给金秘书使个眼色，金秘书伸臂把要跟进去的夏漫白拦在了门外。

夏漫白瞧了眼在座的另外两人，递给沈一晨一个要她小心应对的眼神，转身离开了。

沈一晨这才抬眼，却不想直接撞见一个男人正吊着一双桃花眼，饶有兴致地打量着她。

对方见沈一晨看过来，礼貌地冲她微笑：“嗨！”

沈一晨压下心里的不快，皮笑肉不笑地扯了下嘴角：“你好，我叫沈一晨。”

“贺子聪。”

两个年轻人自我介绍完了，沈立山趁着服务员上菜的空当，跟沈一晨说：“这是你贺伯伯的儿子贺子聪，你们年轻人没事多接触下。”

沈一晨看着眼前的鸿门宴，微皱眉说：“您打电话叫我过来，不是说为了一晨的事吗？”

沈立山警告地看了她一眼，微笑着说：“今晚先把你跟子聪的事定下来，公司的事以后再说。”

见沈一晨没说话，沈立山又说：“我跟你贺伯伯老交情了，你们小时候我们就约定好了，等你们成年了就为你们定亲。”

贺志峰赶忙附和：“对、对、对，如今看你们都能独当一面了，婚事也该提上日程了。”

沈一晨：“……”

她转头用眼神询问贺子聪：你知道这件事吗？

贺子聪很轻地冲她摇摇头。

贺志峰说：“一晨你别看我跟你爸老了，我们很开放的，不会逼你们现在就结婚的，今天主要想介绍你们年轻人先认识下……”

沈一晨看着两位长辈一唱一和，实在够腻味的，若不是沈立山手里掌控着一晨电商的命脉，她早就甩袖子走人了。

眼下即使心里不快，她也只能放下筷子说：“既然爸和贺伯伯都主张我们年轻人多接触，那你们先聊，我跟贺子聪先出去逛逛？”

二老听沈一晨要求单独相处，当然举双手赞同了。

两人出了包厢，沈一晨很轻地瞟了眼一脸桃花相的人，不耐烦地“哎”了声：“你也是被你爸逼着来相亲的吧，不如我们好聚好散？回去就说谁也没看上谁？”

贺子聪诡异地看了她一眼，似是询问她这么做合适吗？

沈一晨用力点点头。

在她还没弄明白贺子聪眼底的波澜是什么意思时，只见他一边往回走一边朝包厢的方向喊：“沈叔叔，沈一晨要甩了我，让我骗你们说……”

没想到这人有打小报告的毛病，沈一晨瞪大眼，转身一把扯住贺子聪，一手捂住他的嘴，连拉带拽地把人弄进电梯，等电梯缓缓下行才放开他："喂，我说你这人怎么这样？"

对方桃花眼略微一挑："我怎么样了？"

"我不是跟你商量吗，你有必要装成一副被甩了的委屈样吗？"

"我觉得你挺好！"挺好玩的！

沈一晨忍住甩他白眼的冲动，一本正经地吓他："贺先生，我觉得以你的条件，一定能找到比我更好的女朋友，你看看我要身材没有，要颜值没有，而且吧，我还有一个控制不住的毛病，就是看到帅哥就想撩。我跟你说我的历任男朋友都是因为我劈腿，才跟我分手的……"

沈一晨说完，特意观察对方的反应。

不想对方竟饶有兴致地等着她的下文："然后呢？"

"如果将来我真跟你结婚了，会给你戴一摞绿帽子的，绿油油的。你不怕吗？"

对方沉默不语，看神情似是陷入思考中。

正当沈一晨觉得有戏时，听到贺子聪说："没事，我能治好你劈腿的毛病。"

沈一晨愣住，反应过来自己反倒被调戏了，扔下一句"贺子聪咱们走着瞧"，就走了。

从圣都酒店回来，沈一晨特意拐了个弯去宠物超市买了些狗狗零食，才打车去周默住所上门道歉。

门铃响了两声，穿着居家服系着围裙的周默才来开门。

看样子周默是在做饭。

沈一晨进去后没见着毛球，问："毛球呢？"

周默伸手指着一个方向："在那边狗舍玩呢。"

沈一晨心里犯嘀咕，刚刚干过一架的俩狗共处一室真的没问题？

沈一晨顺着他手指的方向，推开房门。

视野宽阔采光好又通风的狗舍内，左边一半空间当作狗窝用，右边一半摆着小型驯狗器材及玩具。此时毛球正追着一个弹力球疯跑，而周默家的花花无精打采地趴在狗窝里，那副病恹恹的样子真像动了——

胎气。

沈一晨为之前的冲动后悔了，她脚步轻柔地走向花花。

两个小时前才被她揍过的狗，见到她靠近毛都竖起来了，颤巍巍地站起身，一副想要逃的样子。

沈一晨赶紧退后几步，蹲下身子试着跟它沟通，等它没那么排斥了，才试着摸摸它的头。

恹恹的花花被她摸舒服了，又懒散地侧卧下来。

沈一晨在家也经常给毛球撸毛，所以讨好这只小母狗并不困难。

片刻后，小家伙闭上眼发出均匀的呼噜声。

沈一晨抱着玩得欢快的毛球轻手轻脚地离开狗舍，就闻到一股香喷喷的煮肉味儿。她一脸好奇地走过去，正瞧见周默把胡萝卜泥放进电饭煲里。

“在做什么好吃的？肉末粥吗？”

周默明显愣了一下：“花花的孕妇餐。”

沈一晨握拳放在嘴边虚咳了声：“那什么，刚刚我看花花精神并不好，用不用换家宠物医院给它看看？我不知道它怀孕了……对不起。”

周默说没事的，只要她随叫随到就行。

沈一晨点点头说：“那你先照顾它，我带毛球回去了。”

“我也做了毛球的份，吃完了再走吧？”说着，他去储物间翻出一套宠物用的餐具。

沈一晨拒绝的话，就说不出口了。

周默将餐具清洗完消过毒后，和花花的饭碗摆放在一起。

他接过沈一晨怀里的毛球，一下一下撸着狗毛，问她：“平时你都给毛球吃些什么，它怎么胖成这样？”语气里的嫌弃让沈一晨有些汗颜。

“没吃多营养的东西，就是进口狗粮外加肉罐头。”

“怪不得。”

“晚上给毛球检查的医生说毛球营养过剩，它的免疫系统和呼吸系统不通畅，并且反应能力也在退化。医生建议毛球平常多参加些户外运动，还要注意营养均衡。”

“哦。”

“你平常工作很忙吗？”

“啊？”

“我的意思是平时多带它去锻炼，现在天热了，你可以买套小型健身器材，狗狗跑步机、宠物飞盘和益智漏食球，这些都能提高狗的大脑开发以及运动量。我待会儿分享给你一个育狗部落格，你可以看看上面狗友的分享。”

沈一晨听他侃侃而谈，再回想她进屋前瞧见院子里的一小块户外活动操场，就知道他对花花有多用心。

毛球就没那么幸福了，因为沈一晨工作忙它只能自己在家，吃的也只是狗粮。

沈一晨微微叹息，看着周默怀里不认生的小家伙，说：“毛球也有些毛绒玩具，可是我工作太忙了没时间跟它玩。”

周默实在为毛球的身体健康担忧，想了下说：“这样吧，每周四我休息，你可以把它送过来，我帮它减肥。”

沈一晨愣住，以他们现在的关系，这么麻烦他，好像……

“那不大好吧？”

周默拍拍毛球脑袋放它下去，义正词严地批评沈一晨：“没什么不好的，你把毛球养成这样，我还没找你算账就算便宜你了。”

毕竟，毛球还是当年周默送给沈一晨的生日礼物呢。

那年生日前夕，沈一晨明里暗里没少暗示周默，希望他能送她生日礼物。哪怕是个棒棒糖她也开心哪，因为她也想像其他女生那样收到男生送的礼物。

没想到生日当天，沈一晨生日礼物没收到，还因为考试不及格被外婆修理一顿，一气之下她就离家出走了。

周默在公园角落里找到她的时候，发现这人竟还有心情抬头看星星，顿时气不打一处来。

可走近了，却听到细细的压抑的呜咽声，周默心里“咯噔”一下，到嘴边的责怪，硬生生换成了：“你怎么在这儿？”

沈一晨吸了下鼻子，扭过脸悄悄擦干净眼泪。周默蹲在她身边耐心地问她离家出走的原因，可她怎么也不肯说，更不肯跟他回家。

周默没辙了，吓唬她这附近经常有流浪汉出没，才把她骗回家。

回家路上，周默诱导几句才知道，她离家出走竟然是伤心家里没有人记得她的生日，生日当天没有收到礼物就罢了，还被外婆打了。

周默听了，第一次觉得这个女孩也挺可怜的。她的顽劣叛逆可能只是想引起家里长辈注意吧，毕竟她已经没有妈妈了，她爸爸又不要她……

于是第二天早晨，沈一晨起床就发现家门前放了一个纸箱子。她打开箱子，一只毛茸茸的小狗出现在她眼前，再一看，箱子上贴着张字条。

是周默的字迹，写着“生日快乐”。

中午放学，周默老远就瞧见一脸喜滋滋推着自行车在校门口等他的沈一晨。她大概没有发现周默的不大情愿，看到他时，还热情地朝他招手。

等周默走近了，沈一晨欣喜地说：“你送我的小狗好可爱，浑身上下软软的。它好小，毛茸茸的，是刚出生的吗？它叫什么名字啊？”

周默古怪地打量了下她，想了想告诉她：“就叫毛球吧，跟你很配。”

[2]

下午五点，沈一晨刚听完市场部经理的报告，等人离开后收拾好东西急急要走，五点半她要去赴某服装品牌老板的约，却在拉开门时差点儿跟要推门而进的夏漫白撞个满怀。

沈一晨脚步一顿，往旁边闪了下两人才错开。夏漫白怀里抱着一束硕大的玫瑰花，看到她要外出，问："要走了？"

"对，MTC 的廖总约谈平台租金问题，行了不跟你说了，要来不及了。"

夏漫白却把臂弯里的花往沈一晨怀里一推："我想你暂时走不了了。"

沈一晨用眼神问她。

"贺子聪送来的，说要请你吃晚饭。"

"这人受虐狂吧。"沈一晨这段时间被贺子聪烦得不行。

前几次闲着无聊她还能陪这位大少爷玩玩心智游戏，现在她有重要的事要办，他还三天两头来公司门口堵她，一个劲儿地对二老说他们彼此一见钟情。

这让沈一晨无法再对他和颜悦色。

手机上收到一条短信："我向你们公司前台打听过了，你今天一直没出公司。"

沈一晨猛翻白眼，他什么时候连她公司前台小姑娘都收买了？

沈一晨回信息："很可惜，我们前台收我工资替我办事，她是骗你的。我现在并不在公司。"

夏漫白看见沈一晨脸上恶作剧般的笑，暧昧地问："他发了什么？"

沈一晨扬扬手机给她看贺子聪发来的内容。夏漫白微笑着说："要我看，那贺子聪也没什么不好的，有他给你撑腰，咱还怕总部今天一个改革明天一个裁员吗？”

“我看未必。”

夏漫白心累地摆摆手要她赶紧走。

这次，沈一晨依然拜托夏漫白去楼下拖住贺子聪，她自己趁机从后门溜走。

这条通往大厦后街的通道，知道的人很少，为了躲金秘书，沈一晨经常从这里出去，从没被逮到过。然而，还没走出公司后门，她就接到夏漫白的电话。

夏漫白说贺子聪大概已经走了。

“走了？行吧，还算他有自知之明……”沈一晨推开通道门。

挂了电话，沈一晨松了口气走向她的爱车。忽然，角落里蹿出一个人，她闪躲不及，撞了上去。

她一抬头，便看见贺子聪揉着胸口低头看着她。

沈一晨机警地后退一步，与他保持距离。

他却忽然向前，猛地逼近，以一种骚包至极的姿势把沈一晨逼到墙壁角落里。

贺子聪胳膊霸气地往她耳边的墙角一撑，邪笑着说：“总算被我逮到了，还好我有先见之明。”

沈一晨拿手挡着脸，将他上下打量一遍，透过他肩膀看到他身后的商务车旁站着的司机和助理，看来今天是甩不掉他了。

她换种表情，问他：“你怎么知道这里有后门的？”

莫非他把她助理收买了？

如果她的贴身助理能因为些小恩小惠被收买，那么这个助理也该挪挪位了。沈一晨公司招人什么都不怕，哪怕人笨点儿，平常开点儿小差，只要不犯太出格的错误，她都睁一只眼闭一只眼，但她生平最恨背叛。

从小就恨背信弃义的人。

幸好贺子聪的回答不如她所想："我约了你几次，你助理都说你出差了。而据我观察了几天，你的车每天都停在不同的停车格。这说明什么？"

这厮还给她留个悬念，沈一晨不想猜，就见贺子聪一脸不怀好意地看着她："我随便派个人在你车附近蹲守两天，就知道你在跟我玩猫捉老鼠的游戏……"

什么叫猫捉老鼠？

沈一晨不爱听了，理直气壮地看着将她拦下来的人："那又怎样？"

贺子聪忍不住"啧啧"两声："我能把你怎么样，不过是按照二老意愿把你娶回家。"

说着，他刻意往前欺了一步。

沈一晨感受到危险气息，用力推了他一把。

谁承想他一个大男人竟站不稳地后退了几步，他自己站不稳就算了，还拉着她一同倒向墙角，幸好沈一晨一把扶住墙才不至于摔倒。

贺子聪斜倚着墙壁顺势滑倒在地，助理见状忙跑过来要把他扶起来，却被他挥手赶走了："别扶我，我腰磕着了。"然后一脸指控地看向沈一晨。

沈一晨："……"

他一米八几的大男人，她轻轻推他一下——

就受伤了？！

这事搁谁也不信。

但不管沈一晨怀疑他是装的还是故意逗她玩呢，他就是赖在地上不起来，沈一晨也没办法。

贺子聪往地上一坐，义正词严地说："我腰抻着了，你负责。"

沈一晨没时间陪他耗在这里，提步要走。

贺子聪的助理伸臂把她拦下来："沈小姐，我们贺总因为你的粗鲁行为受伤了，您不会想不负责任就走了吧？”

“要我负责任？”沈一晨两手一摊，嗤笑一声，“说吧，想要怎么解决？”

她这话明显是问贺子聪的，助理一笑，代他回答：“应该问沈小姐想怎么解决吧？”

沈一晨抬臂看了眼时间，耐着性子说：“贺先生，我还有重要客户要见。这样吧，有什么事你找我助理沟通，是要去医院还是报警，她都会代我解决的。”

沈一晨相信这点小事助理还是能搞定的，她不敢太过为难，主要考虑到她爸这层关系。

助理没接她递过去的名片：“沈小姐是想推卸责任吗？”贺子聪竟还捂着腰，配合地呻吟两声。沈一晨直接揭穿：“你一个大男人被轻轻一推就受伤，骗谁呢？”

“没办法，每个人的体质不一样，我虽然是男人，但是从小就弱不禁风。”

沈一晨深深吸了口气，努力压住胸口的烦闷，挑着一边眉问：“说吧，你到底什么目的？”

贺子聪轻松地直起身，看着她的眼睛闪着狡黠：“如果你答应跟我一起吃晚饭，或许我可以不追究你故意伤人罪。”

沈一晨被这无赖气笑了，她慢动作地拿出手机朝对方示意，拨通保安室电话：“喂，保安室吗，大厦后门有人闹事，叫小李多带些人过来……”

不消片刻，保安队长连同七八个人拿着电棍气势汹汹地赶过来。沈一晨靠在一辆摩托车上，吩咐保安队长：“看到没，那三个人闹事，那个助理给我卸掉一条腿，司机卸掉一只胳膊，至于那个赖在地上不起来的人嘛……”

沈一晨盯着贺子聪不怀好意地笑了。

“他说腰抻着了，你们帮他治治。”

保安队长接收到沈一晨递过来的眼神，心领神会，手中电棍一挥：“还愣着干什么，行动吧。”

两分钟内，还在反抗的司机和助理就被四个保安制伏了。

保安队长还不停地挥舞电棍，以示威胁。

助理和司机交换一个眼神，心里猜测，沈一晨这是什么流氓老大的行为？

只有贺子聪淡定地坐在地上，看沈一晨想玩什么花样。

沈一晨只是想吓吓他们，哪能真卸胳膊卸腿的。

这会儿看贺子聪丝毫没有被吓到，沈一晨继续吩咐保安：“继续啊，上电棍，电晕后卸胳膊卸腿。”

保安队长得令，嘴里命令手下的人动手，暗地里却伙同同事们放水，故意让吓得半死的人挣脱了。

司机和助理挣脱后，不顾贺子聪的意愿，连拖带拽地把他架走了。

沈一晨倚着车身，朗声嘲笑：“贺子聪，我养的乌龟刚生了一个乖孙子，改天我给你送过去。”

老天爷主管人世间的一切，也是深谙人间的人情世故的主宰者，比如扇个巴掌还知道给个甜枣。就像今天下午贺子聪在她这里耍赖，气得她直接耍流氓，在解决了这个麻烦后，她就跟廖总谈妥了租金问题。

第二天，MTC 派出高管代表前来洽谈细节。

双方在会议室内各持己见，侃侃而谈。沈一晨放在桌上静音的手机，屏幕亮了起来。她瞟了眼，掐掉电话继续看大屏幕。很快，电话又来了，她拍拍夏漫白肩膀，示意自己出去接个电话。

随手关上会议室木门，彻底隔绝里面的讨论声。

沈一晨按下接听键。

电话里的人直接说道：“沈总，明早八点的董事会议沈董请你务必参加，会议内容主要是针对一晨电商的改革，还请沈总有个心理准备。”

金秘书传达完沈立山的意思后，挂了电话。

沈一晨傻愣在会议室门外，本来她还想等会议结束，打电话问金秘书关于一晨电商脱离总部的提案有没有递到她爸那里，怎么快一个月了都没消息，结果金秘书先把一晨电商体制改革的事告诉她……

这无疑是晴天霹雳，沈一晨透过百叶窗往会议室里面看，夏漫白正神采奕奕地解说着他们的运营方案。沈一晨再没心情继续参加会议，先行回了自己办公室。

会议结束，夏漫白推开沈一晨办公室门，扬扬手里的胜利果实：“看看 MTC 的大单，我刚刚让小程通知下去了，晚上出去庆祝一下。你选一家……”

看着好友脸上扬起的胜利微笑，沈一晨实在不想在此刻扫她的兴。

但公司面临灭顶之灾，她不能不跟夏漫白这个运营总监商量，只得硬着头皮打断她的欢喜：“漫白，我们可能庆祝不了了。”

“咋了？你还有事？”

沈一晨扶额：“我们提的提案没通过。”

“没关系呀，下次再继续提呗……”

“不光这个，”沈一晨心累地说，“总部那边提议，要把一晨电商由之前的自营平台加招商平台改成纯自营模式。”

“纯自营模式意味着我们要自建物流，重金砸广告费，还要引进各种货源渠道，董事会那边说得轻巧，我们需要多久才能建成一套完善的系统？而且那么大缺口的资金，总部出啊？”

沈一晨发出“呼”的一声，把金秘书发到她邮箱的文件给夏漫白看。

夏漫白转过电脑，看完后说：“你爸弄这个是针对你手里的一号地吧？他提过几次你都没答应，看来他终于要下手了。”

谁说不是呢？她知道沈立山搞这么大动作不光是逼她交出手里的一号地，他还想要蓝剑大厦的经营权。

两人在办公室里加班到深夜，也没讨论出应对方案。沈一晨身心疲倦地回到家，蹬掉高跟鞋，连拖鞋都懒得换，光着脚丫走向沙发，整个人像失了魂般轻飘飘倒在沙发上，感觉身上被压了千斤重，压得她难以动弹。

减肥成功后，她就多了低血糖的毛病，每每工作劳累或是没有按时吃饭就会头晕，此时她明明知道自己低血糖的毛病又犯了，却连手指都不想动一下。

没有开灯的客厅里死一般的沉静，就连平日里见她回来热情洋溢的毛球都不知道躲哪儿去了。

沈一晨忍着头晕喊了两声，也没见它过来。她手臂搭在额头上，睁着眼望着漆黑的屋顶，心烦了会儿，就迷迷糊糊睡着了。

听到门铃响，沈一晨不舒服地在沙发上翻来覆去，才晕头转向地起身去开门。透过猫眼看到周默牵着毛球等在门外，她这才想起今天是周四。上班前她把毛球送去了周默那里，而她忘记把它接回来了。

房门打开，毛球可算看到亲人了，尾巴摇得别提有多欢快了。它挣脱周默牵着遛狗绳的手，热情地奔向沈一晨，前腿扒住她裤脚要她抱抱。

沈一晨感觉心慌得厉害，实在没有力气抱毛球，只好拍拍它脑袋放它自己去玩，随后看向一身灰色家居服的周默："抱歉，加班刚回来，还没来得及去你那儿领毛球。进来坐会儿吧？"

他抬眸看向她的脸。

沈一晨不解他目光里的深沉，难受地拍拍脸颊，心里说，她这是出于礼貌的虚让，他应该不会进来吧……

他却抬脚径直往屋里走。

周默经过她身边，沈一晨感到头更晕了，全身控制不住地发抖，眼前一片模糊……

看到沈一晨晕晕沉沉往他这边倒，周默特别不绅士地往旁边躲了一下，还以为她又像先前那样逮到机会就想占他便宜呢……

结果这人径直往地上栽，都不带犹豫的。

周默吓得伸手一把捞住她。

“喂，你不是玩真的吧？”

周默整个人因她的重量踉跄地撞上门板，他一手揽住她，一手拍拍她脸颊。

毛球听到动静不知道从哪里跑过来，先是舔舔沈一晨脸颊，见她依旧闭着眼，又咬住周默衣角拉扯，发出求助的叫声。

周默把沈一晨抱到沙发上，一边掐她人中一边安慰毛球：“放心吧，我不会让她有事的。”见掐人中没用，他摸出手机拨打急救中心电话，视线一扫，瞟到了茶几上的文件。

第二天，乌云遮住大半边太阳。这个异常闷热烦躁的初夏清晨，早起而匆忙的人们赶着公交车地铁陷入早高峰拥堵中。

躺在病床上的人完全没被外界纷扰打扰。

沈一晨睁开眼，望着陌生的环境发呆。

这时，一个声音打断她的思绪：“别看了，这里是医院。”

在周默的提醒下，沈一晨想起了昨晚的情形，连谢谢都顾不上说，掀开被子就问：“现在几点了？”

“十点。”

沈一晨吓白了脸，急急朝他伸手：“借我手机用一下。”

周默从兜里掏出手机还没解锁，就被她急吼吼一把抢过去。

按亮屏幕后，她又问他：“密码多少？”

周默静默地瞧了她两秒，忽然靠近她。

沈一晨不解他为何忽然凑近她，甚至都忘了反应，浑身僵硬地看着他眼里忽明忽暗的光，然后脸颊一点一点贴向她……

他——是要亲她？

沈一晨心中小鹿乱跳，对他的忽然靠近有种难解的心情，有点儿期待却又莫名紧张。闻到他身上好闻的气味，沈一晨听见自己紧张地咽了口唾沫。

她都做好心理准备了，他却停了下来。

他握住她握着手机的手，脸颊贴近屏幕解锁了手机。

沈一晨：“……”她这自作多情的。

她借周默手机打通夏漫白的电话，就听到夏漫白焦急的声音：“你到底上哪儿去了？你知不知道我给你打了多少通电话，电话不接微信不回，董事会那边已经打来无数次质问电话了……”

夏漫白叭叭叭机关枪似的，沈一晨插不进话，好不容易逮到说话机会：“别急，我在医院刚醒，马上就过去。”

“你咋了？”

“没事，有点低血糖晕倒了。”沈一晨一边讲电话，一边去洗手间准备把病服换下来。

夏漫白说：“行了，你好好休息半天吧，会议推迟到明天开了。”

“那边咋说？”

“还能咋说，三次不出席董事会，把你‘弹劾’下去呗。”

“你说咱这次是不是真的玩完了？”沈一晨握着手机，不太自信地说。

“呸呸呸，说什么呢？什么大风大浪我们不都经历过来了，你安心在家休息，下午我把新的方案发给你。”

“你真的想出了说服董事会的方案？”

夏漫白说：“才捋出个头绪，整理出来后发给你。”

夏漫白的话像是给沈一晨吃了颗定心丸，回到家后，沈一晨半靠在沙发上，双腿往茶几上一搭，一手拿着文件，一手撸狗。

周默在厨房忙着做中午的大餐。

连接客厅的开放式厨房里传来啷啷啷的剁肉声，放眼望去，周默那架势还真有几分大厨风范。沈一晨一时好奇心起，把怀里的毛球放在地上，悄悄走过去，好奇地问："在做什么呀？"

周默手里刀速不减，还分神揶揄她："某人不是嚷嚷着要吃西湖牛肉羹吗？"

"你会对我这么好？"

周默不理她，沈一晨就自己研究他准备的菜色，就说他不会对她这么好吧，她指着碗里腌制的猪肝问："你还准备了这个？"

"医生说低血糖的人多吃猪肝和粗粮好，并且要注意生活作息，要适量运动。"

"哦。"沈一晨不大乐意，又问，"我不是病人吗，大厨应该照顾下病人的口味不是吗？"

明明就是普通低血糖，这沙哑的声音倒真像大病初愈的样子。

要搁以往，听到这话，周默就直接撂挑子走人了，但想到昨晚她那副如同斗败公鸡的德行，他好人做到底吧："那你想吃什么？"

"嗯……"沈一晨当真作势想了下，"红烧带鱼、油焖大虾、沙茶酱爆鱿鱼，再随便炒个青菜就行了。"

听她这口气，这还是简单的一餐了？不知道是在考验他厨艺还是有意刁难。

周默打破她的白日梦："前提是你家得有这些食材。"

毕竟，巧妇难为无米之炊。

chapter 03

暗潮涌动

[1]

周默的红烧带鱼出锅时，沈一晨正在沙发前聚精会神地看夏漫白发给她的文件，一会儿皱眉一会儿抓头发的样子看得周默都难受。

他本来想喊她过来尝尝的，看她一时半会儿也看不完，就去准备其他菜。结果一桌色香味俱全的菜色一一端上桌了，某人还是没有发觉。

周默悄悄来到她身后，半弯下腰顺着电脑上画重点的记号往下看，忽然出声："好好的电商公司为什么说改变运营模式就变了，你还真是任性。"

正在抓耳挠腮的人被吓一跳，差点儿撞到周默下巴，见他正一目十行看电脑里的文件，她"啪"地合上电脑。

倒不是沈一晨不信任周默，这是公司机密，不方便让任何外人知道。她只轻松地说："这只是有人提议，也不一定非要改成自营模式。"

"怎么说？你和你们公司的 COO 意见不同？"

"那倒不是。"

在周默的注视下，沈一晨在说与不说间犹豫着，后来想想周默好像从来没做过出卖她的事情，再说他所处的健身行业和她的电商行业跨度那么大，不存在什么竞争关系，就随口问了句：“你网购吧？”

这么白痴的问题周默都懒得回答，示意她继续。

“站在你的角度客观地说，你认为一家中小型企业纯自营电商平台更有发展前景，还是自营加招商平台更有发展前景？”

周默顺势往沙发上一坐，直接问：“你是问哪种经营方式更适合一晨电商吧？”

“对、对、对，你认为我们公司更适合哪种经营理念？”沈一晨像是找到知己般用力点头。

周默从小就头脑灵活，虽然他做的是健身行业，没有涉足电商行业，但沈一晨相信，就目前的消费者心理，他有自己的想法。

“如果是你，你会如何说服股东支持你的经营理念呢？”

周默联想到昨晚他看到的文件标题，想了下说：“一晨电商是属于沈氏集团的一部分，总部希望你们把电商平台改成自营模式，但你想要让他们站在你这边，是这个意思吗？”

沈一晨一脸神奇地看向他：“你怎么看出来的？”

周默没有回答她那么幼稚的问题，转而说：“这个不难，拉着支持你的股东回过头来打反对你的股东，然后给支持你的股东一点儿甜头。”

沈一晨眉毛一皱：“这就是你的建议？”

“你给我的讯息就是，一晨电商运营系统没有问题，出问题的环节在于你跟你父亲之间的矛盾，所以你带着对你爸有意见的股东反对你爸这个提案最见效了。”

“等等，”她拉住他手臂，一脸审视地看向他，“你怎么知道我跟我爸不和？”

周默笑了笑：“据我所知，沈氏集团你爸是董事长吧，他要是支持你，谁敢欺负一晨电商呢，恐怕你早就混得顺风顺水了。”

“那我这么做不是吃里爬外吗？”

周默对她的智商无奈地摇摇头，换种方法说：“你听说过事物的对称原理吗？我是让你利用对方的实力钳制住你爸的权力，这样你的公司才能发展壮大。”

可她要给对方什么甜头，才能让对方站在她这边呢……

沈一晨还想请教周老师。

周老师却不贡献智慧了：“这个得你自己动脑子想了。”

周老师替沈同学分忧完后起身坐到餐桌旁，等了一会儿，看某人叼着笔头还在沉思，叹息地摇摇头，拿起筷子夹了一只虾，享用他精心准备的大餐。

沈一晨看完文件，猛地抬头，发现盘子里只剩下四只大虾，哪还有心思想方案，扔下笔，急吼吼跑过来：“我的虾呢，你怎么全吃了？”

周默剥虾的动作不停，面对沈一晨的控诉，眼皮都不抬：“我以为你吃精神食粮就可以了。”

沈一晨看他轻松剥出虾，蘸汁，也赶紧拿筷子夹了一只虾，就看到周默把剥好的虾放进她碗里。

“这个赏你的。”

“我谢谢你哦。”那语气，分明带着不满。

周默竟举杯敬了她一下。

沈一晨只好端起酒杯喝了一大口红酒。

饭吃到差不多的时候，沈一晨问他：“你怎么想到开健身房的？我还以为像你这种学霸将来会成为国家栋梁之材呢。”

“开健身会所不好吗？现在的人越来越在意自己的身体健康，为人民服务本来就是项伟大的事业。”

沈一晨撇嘴：“你那会所不是最低消费不能低于三万吗，一般月薪三四千的能消费……”边说边摇晃着酒杯，话音未落对上一双探究的眼睛。

沈一晨被他盯得缩了下头。

周默轻笑："知道的还不少啊。不过你怎么这么清楚，难道你也是我们会所的会员？"

沈一晨被他这么一问，顿时心虚不已。她是不会告诉他，回来后她悄悄查过周默开的健身会所，并且他租的地方正是她妈妈留给她的蓝剑大厦的六层到八层。

面对他的质问和猜测，沈一晨眼珠一转，嘿嘿一笑："我们学校的募捐会，所有受邀嘉宾，宣传栏上不都有照片和职业介绍吗？"

周默似是无意追究她话里的真假，丢下餐后用过的纸巾，起身前说了句："医生建议你要有适当的运动，所以明早六点半楼下跑步。"

下午回到公司，沈一晨把周默的建议说给夏漫白听。

夏漫白放下看了一半的报表："甜头？他怎么跟你说的，你把他跟你说的话从头到尾再说一遍。"

沈一晨想了下，把周默教给她的办法从头到尾说了遍。

夏漫白琢磨了下，很快领悟到周默点拨的重点："董事会的第二大股东，方总，不是投标竞选蓝剑大厦的底商吗，下午我们可以约他出来谈谈。"

沈一晨眼前一亮："那我打电话约他看看？"

"这事交给我出面就行，不过单靠方总一家股东支持是不行的，我们得想个方案才行。"那么问题来了，她们要怎么拉拢其他股东支持她们呢？

"有了。"经过一番探讨，沈一晨也慢慢领悟到周默的用意，按下内线电话，"小程，你把沈氏集团所有股东的名单给我弄一份，十分钟内给我。"

半个小时后，会议室内，两位老总外加几位高管关起门来严密地讨论如何拉拢除了第二大股东方总之外的另外几位股东。

几位高管忽然接到这个消息，一时也没有什么建议。

鸦雀无声的会议室里，只有空调出风口发出嗡嗡声。忽然，沈一晨手中的笔“啪”的一声拍在桌上，吓得众高管后背汗毛都竖起来了。

“崔经理，HT 的电子产品是不是有在我们平台销售？”沈一晨沉冷地点名市场部经理。

崔经理被点名，有点腿软，连连应声：“沈总您稍等，我查查。”

片刻后经助理确认，崔经理连连点头：“是我们平台的会员。”

“好，从今天起市场部连续一个月主推 HT 的产品，特别是今天明天后天连续三天 72 小时滚动推出，并把这一季的钻石展位给 HT 留着。”

“沈总您这是要？”

“我要拿下郭总的支持票，就必须要让他看到我们的诚意。”

这样能行吗？市场部经理刚要发出质疑。

这时，夏漫白推开会议室门，冲他一笑：“五分钟后见分晓。”

几分钟后，夏漫白的微信响了一下，方总那边给回应了。夏漫白递给沈一晨一个大雪初霁的眼神：“方总的秘书约我们晚上八点见面。”

会议结束，各部门领导领了指令迅速回各部门执行指令，偌大的会议室内只剩下沈一晨和夏漫白两人。

沈一晨用笔点着画横线的三个小股东说：“我记得这个高总和张总好像跟郭总关系不错。那个赖总……”

“那个赖总你就甭想了，他这个人一向持中立态度谁也争取不来。”正事谈完后，夏漫白忍不住打趣她，“哟，看来这位军师不简单啊，这么快就让你开窍了。之前我教你多少为人处世之道，你这脑瓜子里装的全是鬼点子，半点不懂迂回。”

“他哪算军师啊，最多算个神算子。”

“那就更不能小觑了，有时间我一定要见见这位神算子。”

两人说笑着起身往外走，夏漫白负责难以攻克的方总，沈一晨负责郭总那边。

郭总看到沈一晨手里的 HT 产品在一晨电商平台的销售数据，听着她接下来的想法，心里不得不佩服她的心机。

商人逐利，郭总将租金压下两个点，提出一晨电商的钻石展位要免费给他们使用一年，他才答应去说服那些小股东。

从饭店出来把郭总送上车后，沈一晨给夏漫白打个电话，想问问她那边情况怎么样。

电话被拒接了，她发了条微信给她。

夏漫白始终没回。

沈一晨回到车上，中途开车去了趟世贸，等买完了衣服，才收到夏漫白向她道喜的微信，说已经搞定了方氏的方总，正在陪着 K 歌。

沈一晨高兴地吹了声口哨，很有心情地又多逛了几层店铺。当她左手包包化妆品，右手衣服鞋子满载而归，准备回家时，包里手机响了。

沈一晨停下来，费劲地腾出手，掏出手机，是贺子聪发来的语音电话。

“在吗？”

“不在。”

“不在你怎么说话呀？”

“……”

“我发现世贸这一块有家不错的餐厅，我们去吃吃看？顺便找你谈点正事。”

“加班。”

那边没声儿了。

估计对方觉得这种尬聊没意思了，正当她准备挂电话，计划下楼喝杯咖啡时——

贺子聪忽然说：“你转身，往后看。”

沈一晨顿时被吓得不轻，愣了两秒，慢慢转身。当真看到贺子聪正热情洋溢地朝她走来时，她赶忙转身，抬脚就走。

“哎，你这就没礼貌了，哪有瞧见熟人就跑的？”贺子聪几步追上她，胳膊一横把她拦了下来。

这女人竟还假装刚看到他，脸上的神情装得那叫一个像。

“呀，你真的在这里？我还想你在诓我玩呢。”沈一晨堆在脸上的惊讶她自己都觉得假，但已经被发现了，也只能硬着头皮演下去。

好在贺子聪没有揭穿她，还挺绅士地接过她手里的大小提袋，提议说:“我看你也逛累了，不如赏个脸下楼去喝个咖啡？找你谈点正经事。”

话都说到这个份上了，沈一晨再不去就说不过去了。

咖啡厅里，沈一晨问：“你刚说有正事要谈，什么事？”

她是那种有事说事，谈完正事再闲聊的人，否则心里总惦记着有要事没谈。而坐在她面前的男人，一副浪荡公子的模样：“谈情说爱算不算正经事？”

沈一晨皮笑肉不笑地呵呵两声，扬手招来服务员起身结账要走。服务员看贺子聪起身拦着，犹犹豫豫地走过来，被他一挥手打发走：“好了，谈正事，谈正事。”

他一改之前的嬉皮笑脸，道：“我找你是想谈一下丰泰电器入驻一晨电商的事。”

沈一晨放下咖啡杯，问：“给我个必须入驻一晨电商的理由？”

“我看了母亲节那天你们商城电器的销售额，成绩还挺乐观，所以我想把我们即将面世的电器放到你们网站做主推，但是你们的销售额要达到我的预期值。”

“据我所知丰泰电器在某宝和某东商城的销售额都高于我们商城，那不是你们最好的选择吗？”她看向他，猜测着问，“不会……这也是你撩妹的一种手段？我可不会感激你的。”

“这你放心，我从不拿丰泰电器的前途开玩笑。”贺子聪喝了口咖啡说，“找你之前，我把你们这三家公司做过对比，和那两家商城对比，你们主推美妆、电子产品和电器，而你们的租金又比那两家便宜很多，我们为何不合作，取得双赢呢？”

“怎么个双赢法？”

贺子聪给出的方案是二八分成，一晨二丰泰八，签约费他们每年给一千万。

沈一晨确实很心动，这不光是能赚多少钱的事，重要的是，多进驻几家一线品牌合作商，也能提升一晨电商的知名度。而沈一晨对公司的期许并不是做些小买卖赚些小钱，把一晨电商推上国际舞台是她的目标。

虽然沈一晨很满意贺子聪开的租金和分成的提议，但她还记得上赶子不是好买卖的道理，道：“这事我要跟公司的 COO 商量一下，你们这边有什么计划或者要求都可以提出来，整理成文件发到我们公司的合作邮箱，届时会有人跟你们联系。”

[2]

第二天，沈一晨趴在床上呼呼大睡，正在梦里跟人谈生意赚大钱，周默一个电话过来，沈一晨生意没谈成就被吵醒了。

清晨，小区里早起的老人在楼下打太极、遛狗。沈一晨走进操场，一眼就瞧见沐着阳光慢跑的周默。在她看来，晨跑于他来说是种享受。

初升的晨光，落在他身上，是那么光芒万丈。

那一刻，她的心弦像是被人捻动了一下。他身上的光芒与温暖一直是她所追逐的，从高中到现在，但她也知道这份美好是她永远拥有不了的。

意识到自己想太多了，沈一晨赶紧收回视线，一边调整着呼吸，一边拍拍脸颊喃喃自语着：“无念无动，无念无动！”

忽然，头顶被人敲了一下。沈一晨一抬头，发现周默已经站到她跟前了。

他不耐烦地说："不仅迟到还发呆，还不快跟上来。"

周默带着沈一晨慢跑一圈，一边跑一边观察她，纠正着："注意调整呼吸，记住两步一吸气，两步一呼气，脚步要抬起来……

"你看我干吗，看前面。

"这圈跑完后要适当地加速了，你要跟上。"

没跑一会儿，沈一晨就跑不动了，剧烈喘气不止。

周默嫌弃地自己先跑了，没承想，等他跑完最后一圈回来一看，沈一晨这会儿坐在树荫底下的休息长椅上，吃着雪糕晃着双腿。沈一晨见周默一脸不善地看着她，便递给他一根小布丁。

周默伸手推开。

沈一晨嘴里还振振有词："我刚刚跑到一半感觉头晕，就去买了一根雪糕。我不是要偷懒，你也知道我有营养不良的毛病。"

"小布丁能治营养不良吗？"周默毫不留情地揭穿她。

"所以呀，我盼着你快点跑完，我们一起去吃早饭。"说着这人还配合剧情假装不适地摇晃一下，才讨好地说，"走啦，我请你吃饭。"

一顿早餐的工夫，沈一晨又从周军师那儿套了些谈判技巧，开开心心去开会了。

八点半的董事会，沈一晨有了方总和郭总的支持，加上活学活用周老师的那套谈判技巧，最后她以三分之二的人数压住了沈立山的提议，完胜。

结果一出，沈立山脸色别提有多难看了。散会后，沈立山特意留下来没走，一直目光不善地看着沈一晨。

人走得差不多了，沈一晨才起身。

这会儿，沈立山也不装了，恶狠狠地将文件夹摔到桌上，说："孽障，翅膀硬了是吧，竟然敢拉着外人对付我，吃里爬外的东西。"

"我并没有吃里爬外，是爸爸你不给我留活路，我这么做也是为了自保哇。”

“自保……”沈立山离开前抬臂，手指虚点着她，“没有我哪来的你的安稳，沈一晨我警告你不要太过分，你自己好自为之吧。”

打了一场胜仗，沈一晨怎么能不开心，上午回来直接跑进夏漫白办公室把会上沈立山被气得不轻的事跟好友分享，然后问：“昨晚我给你发微信看到了没有？贺子聪要跟咱们公司合作。”

“他们把合作事宜发助理邮箱了，我上午刚看过。”夏漫白“啪”地合上笔记本电脑，她没告诉沈一晨的是，她回复的条件是要跟对方三七分成，签约费一千五百万。她对沈一晨说：“这事你甭管了，交给我去跟他们交涉。现在是他们急着推新品，壮大他们的品牌，我们要是这么容易签了，他们岂不是该拿腔拿调了？先晾他们几天，这事我自有分寸。”

事实证明，夏漫白的判断是对的。

这几天，丰泰派助理约了沈一晨好几次，都被她的秘书乐清拒了。贺子聪亲自致电给她，见她没接，又微信问她有没有空吃个饭。

不过，沈一晨以有应酬为由拒了。

晚上，她确实腾不出空来，因为今天是毛球八周岁生日。

沈一晨在宠物店订了生日蛋糕，晚上六点送到。

下了班，沈一晨高高兴兴地回了家。打开门，就看到屋里一地狼藉，她直接踢了鞋子，一边撸起袖子往里走，一边喊：“毛球给我滚出来。”

客厅里一片静。

沈一晨捡起已经碎了的粉饼直接冲向狗窝，发现狗窝里还有从卫生间扯出来的手纸和卫生棉，顿时气不打一处来。

那个闯祸精瞄到她的身影，“嗖”地从她眼皮子底下蹿走了。

沈一晨追着毛球进了卧室，抬腿一拦，把还要逃跑的小家伙堵住，蹲下身捧住它脑袋一脸严肃地问：“说，这是谁弄的？”

毛球眼睛看向别处不敢看她，她呵斥它，它还装可怜。

“你在装可怜，不给你吃蛋糕了。”

毛球似是听懂了，当真安静下来不再装可怜，一双黝黑的狗眼乖巧地瞅着她。

正在沈一晨拿它这副模样无可奈何时，“叮咚”一声，门铃响了。

起身开门前，沈一晨指着墙角对毛球说：“去墙角面壁思过。”

看着毛球前脚扒在墙壁上，后脚站稳，沈一晨才起身拉开门，却愣住了。

“怎么，不欢迎？”门外的周默一手牵着花花，一手拎着食材，他穿着简易休闲服，一脸不解地看着她。

“不是，我以为是送蛋糕的。今天毛球生日。”

“我就是来给毛球过生日的。”

沈一晨想，他一定看到她发的朋友圈了。看着站在他身侧异常乖顺的花花，沈一晨蹲下身，亲切地拍拍它额头。

花花友好地朝她摇摇尾巴。

“花花的肚子越来越大了，是不是快生了？”

这时，在卧室面壁思过的毛球因为被冷落发出不满的叫声，被沈一晨一嗓子就吼了回去。

周默听着小家伙可怜巴巴的呜咽声就想笑，感觉脚下踩到了什么东西，低头一瞧，是一盒已经碎掉的粉饼，再看向四周，笔记本被撕碎，纸屑到处都是。

大概是闻到了同类的气味，挺着孕肚的花花进来后直接钻进了主卧室，在毛球周围转悠。沈一晨忙着招待周默顾不上毛球，没一会儿，两只小家伙追赶着去阳台玩了。

周默来了就没闲着，拎着带来的食材直接进了厨房，问她给毛球做饭的灶具在哪儿。

沈一晨愣住。

她可从没给毛球做过饭，只好把平时做饭用的锅具拿出来。

周默问她："那我们做饭用什么？"

沈一晨想了下，记得家里还有个电炒锅。

"要不我们用电炒锅煮面吧。你想吃牛肉面还是海鲜面？或者方便面也行，我家里只有这些。"

"你自己吃吧，我要吃我的海鲜大餐。"

沈一晨这才发现他带来的其中一个袋子里，装的全是海鲜。

沈一晨不干了，嚷嚷着说："我这就下楼给你买，你等会儿啊。"说着，她急急换了鞋跑出去。

等沈一晨拎着全套锅具上楼，毛球的生日蛋糕也送到了。她把东西送进厨房后，先拆了蛋糕，招呼毛球过来给它戴生日帽子。小家伙上蹿下跳急着要吃蛋糕，沈一晨忙着点蜡烛，一个不慎把毛球眉毛烧着了。

她赶紧用手灭火。

毛球以为沈一晨因为自己犯了错要处罚它，惨叫着四处乱窜，沈一晨追它到卧室，眼看就差一步逮到它，小家伙刺溜一下钻进了床底，身子卡在里面出不来了。

"毛球——毛球——"

沈一晨趴在地上喊了半天，毛球还以为她要揍它，在床底下乱撞，死活不肯配合。厨房那边隔着嗡嗡的抽油烟机声都能听到主卧里的人喊狗的声音。

周默一个皱眉，暗忖不好，不会是花花被毛球欺负了吧，它现在孕期情况非常不稳。

顾不上解围裙，周默拎着菜刀就出去了。

还没走到主卧，就听到沈一晨喊："周默，周默你赶快过来，毛球卡在床缝里了。"

周默急匆匆走进主卧，一眼就瞧见沈一晨撅着屁股趴在地上，一边跟毛球沟通着什么，一边要逮住毛球，丝毫不知自己露底了。

周默迅速扭开头，喉结不自觉滚动一下，声音僵硬地说："你先起来，这件事交给我来解决。"

沈一晨还不肯起来，焦急地拉着周默要他一起趴在地上。

周默："……"

犹豫半晌，他还是委婉地提醒她露底了。沈一晨听了噌地蹦起来，赶紧伸手去拽裙摆，即使周默没有瞧她，沈一晨依旧羞得脸颊通红。

她这边刚缓过来点，门铃"叮咚"一声又响了。

这么晚了会是谁？沈一晨想着可能是夏漫白过来找她谈事情，边往外走边回答："稍等，来了。"

可当她透过猫眼往外瞧，瞅见门外的意外之客时，这门是怎么都不想开了。

等在门外的贺子聪刚刚明明听到有人说话，结果半天没人开门，只好耐着性子又敲两下，一边敲一边朝着门内喊："别装了，我知道你在家。"

"……"

想到贺子聪平时那副无赖样儿，还有他心机 boy 的属性，沈一晨真怕他看到周默在她家卧室，然后跟她爸胡说八道。

房门久久不开，贺子聪隔着门板威胁："沈一晨你可想好了，再不开门，我就打电话向你爸打小报告了。"

沈一晨没想太多，慌里慌张往回跑，拉起周默就把他藏进衣柜里，转身看到地上的菜刀，唰地拉开衣柜门，把菜刀交到周默手里，并告诫他不准出来。

周默没弄清楚情况就被沈一晨藏进了衣柜里，顿时一头雾水。

这种偷偷摸摸的行径……并且还躲在女人的衣柜里，一排内衣在他眼前晃来晃去——

他可是正大光明来她家的，凭什么躲。

脾气一上来，周默提着菜刀，推开柜门就出来了。

沈一晨气喘吁吁地拉开门。

贺子聪一脸不怀好意地坏笑：“怎么这么久才开门，不会是给我戴绿帽子了吧？”

说着，他就要抬脚进去，被沈一晨伸臂拦住了。

“这么晚了，不大方便吧？”

“晚上七点多算很晚吗？”

他扫了眼鞋柜上的深色男士运动鞋，猛然间出手抵住她肩膀将她转半圈，另一只手把她往屋里推，打量着屋内的凌乱：“你越不让我进，我越觉得屋里有蹊跷。不会是屋里真藏了男人吧？”

“咳……”沈一晨被他一句玩笑话噎住了。

刚迈进客厅，贺子聪却不往前走了，还害怕地后退两步。

只见周默提着菜刀，一副正准备出去的样子。

三个人面面相觑。

贺子聪最先反应过来，闪到沈一晨身侧，一脸不解地看着她。

周默则面色不善地盯着她。

沈一晨头疼得扶额。

贺子聪一脸受伤：“小晨你这就不对了，从我们认识到现在，我可一直都没有拈花惹草，你竟然在家里藏男人？”

沈一晨腹诽，这个心机 boy，以为每个人都按照他的剧情演戏吗？

没承想，周默先是看了看他们二人，然后特别善解人意地说：“既然你有访客，那我就不打扰了。”

他话语虽说得平淡礼貌，沈一晨却发现他两边眉角压着，薄唇紧抿成一条线，似是……

脑子一热，沈一晨推开贺子聪直接站到周默身边，手臂挽上他的胳膊不动声色地拧了他一下，嘴里介绍道：“我男朋友周默。”

周默可不合作，慢慢从她手中抽出胳膊，特别正经地介绍自己：“我是沈一晨朋友，周默。你好。”

沈一晨没想到当场被揭穿，直勾勾地瞪他。

这可把贺子聪逗坏了。

沈一晨只见他嘴角一翘，就知道这货没憋好屁。

果然，下一秒就见这人特别人模狗样地一边微笑着一边朝周默伸出手：“你好，我是沈一晨的正牌未……”

沈一晨神色一惊，赶紧截断他下面的话：“他是我的男性普通朋友兼合作伙伴。”

说着，她毫不客气地拍掉贺子聪伸向周默的手，更不敢再让他继续胡说八道。她近乎粗暴地扯着贺子聪硬是把人拽到了客厅角落，凶巴巴地问：“说，你是来干吗的？”

这臭不要脸的竟还有脸说是来查岗的，被沈一晨照着他脚背跺了一脚才肯乖乖说明来意。

沈一晨看到他手里的文件，顿时有些心虚。

贺子聪说：“丰泰发给你们项目部的文件你们看了吧，前几天派秘书约你时间，你助理说你出差了。”

沈一晨连连点头：“是，这几天忙死了。这不今天毛球生日，刚刚从外地赶回来。”

如此敷衍的理由，贺子聪也没有揭穿她，只是问：“明天你和你们公司的 COO 有时间吗？我们约出来吃个饭。”

沈一晨觉得把丰泰也吊得差不多了，松口答应：“明天我看看漫白有没有时间，有的话咱们约出来谈。”

这边刚送走贺子聪，一回身，沈一晨差点儿和换好鞋牵着花花要走的周默撞个满怀。惊吓之余，她一脸焦急地问：“你这就要走哇？”

周默抬腕看了看表：“时间也不早了，我待会儿还要去见个客户，毛球的生日大餐我做好了给它放餐盘里了。”

看他脸色平静，沈一晨吃不准他的忽然离开是生气了还是真的有事，心下一紧，急着解释：“我跟贺子聪真的没什么，就是他一直追我，我没答应。但我们有合作关系，我一直跟他保持着距离……”

周默没时间听她解释，抬手打断她：“那是你的交友自由，不过我真得离开了，再见。”

直到门“砰”的一声关上，沈一晨才回过神来，原本欢声笑语的屋子又变得冷清。看着霸着整个蛋糕吃得欢快的毛球，沈一晨径直走过去，抱过毛球，继续把没做完的生日流程补上，戴生日帽子点蜡烛，然后合影留念，发朋友圈……

夏漫白在评论里问毛球脑门上的毛怎么了，沈一晨没有回答。

心神不宁地睡了一觉，第二天，沈一晨想借着跑步再跟周默解释，结果周默没有来。沈一晨也没心情晨跑了，吃了早餐直接去上班了。

早会后，沈一晨把昨晚贺子聪来找她的事跟夏漫白说了一遍。

沈一晨托着下巴问：“我觉得是时候跟他们谈谈了，再拖下去我怕黄了。”

对此，夏漫白表现得一点儿也不担心：“这你就不必担心了，只要有你在，贺子聪就不会跟你翻脸。”

“我对他真有那么重要？”

夏漫白看了她一眼，眼中深沉难解。

夏漫白做事懂得拿捏尺度，中午和贺子聪一起吃过饭后，又过了两天才让秘书通知对方来公司面谈。夏漫白全权负责和丰泰的合作事宜，没多久，一份签好的合同就摆在沈一晨办公桌上。

翻开合同，看到上面的数字，沈一晨不解地问：“你的底线不是一千五百万的签约金吗，怎么降到了一千三百万？”

“这是策略，你提出来的价钱总要留给对方讨价还价的余地，对方还会念着你的好。”

沈一晨：“……”

开始的时候，夏漫白可不是这么说的，还让她死咬住底线，没想到夏漫白把余地留到了谈判桌上。沈一晨什么情绪都摆在脸上，自然玩不转谈判桌。夏漫白不同，即使她心里再讨厌一个人，只要有求于人都能把人夸天上去。

也就是这些年有夏漫白在，公司才会发展这么迅猛。

“辛苦我们大功臣了，想要什么奖励？”饭桌上，沈一晨跟夏漫白隔空碰了一杯，“我预约了下个月去香港医院打疫苗，我们一起去放松下怎么样？”

“看看再说吧。”

夏漫白话音刚落，沈一晨的手机响了起来。

看着上面显示的一串没有联系人的号码，沈一晨微微皱眉。

看来是认识的人打来的。

夏漫白递给她一个眼神，起身去洗手间，主动把空间留给她。

电话接通。

一个温柔的女声异常亲切地说：“晨晨，今晚回家吃饭吧，姜阿姨做了你喜欢吃的糖醋里脊。”

沈一晨撇嘴，没应声。

靠糖醋里脊就想收买她，没门。

大概电话那边的人也觉得忽然请沈一晨回家吃饭有些唐突，手机开着免提，她看了眼沙发上的沈立山，努力让声音听起来温柔些：“是这样的，今天是你爸生日，我们一家人很久没坐在一起吃顿饭了，我们等你回来吃晚饭。”

“不用了，晚上我约了客户，有饭局。”

“可今天是你爸生日，一年才一次，你看要不让助理替你去或者另约个时间？”

沈一晨最烦这种满腹心机却又装温柔贤淑的女人，不耐烦地说：“不是还有你们呢吗？多我一个不多，少我一个不少，你替我向我爸说声生日快乐，给他的礼物两个小时后到。”

“沈一晨，你是不是不想让你的破公司活着了，真以为我拿你没办法是不是？想要保住你的公司立马回来，我有事跟你谈。”沈立山怒道。

就这样，沈一晨不得不再次踏进沈立山的家。

打扮精致的姜瑜系着围裙和保姆在厨房里煲汤，知道沈一晨来了还特意出来跟她打声招呼。

坐在沙发上的沈立山从她进门起，就没正眼看过她。

前几天的股东会，她联合股东反抗沈立山，她就知道沈立山会有动作。

还不到一周，他就打算打亲情牌了。

客厅气氛沉闷，沈立山把她叫进书房，拿出一份文件给她看。

文件的内容是，她把她妈妈留给她的一号地让出来，沈立山把一晨电商的百分之五十股份还给她，让她独立运营。

不得不说沈立山是个成功的商人，为了逼她交出一号地，先是拿一晨电商改革说事，不见成效后又拿一晨电商的股权为诱饵。

谁都知道一号地在Y市的重要性，它不光是CBD商业区和世贸的中心枢纽带，还是很多企业和政府极力争取的地方。

这么炙手可热的黄金地段，沈立山想一分钱不出从她手里拿走……

哪有这样便宜的事？

沈一晨看完文件内容，毫不心动地还给沈立山。

沈立山问她：“我的条件怎么样？用一号地换一晨电商永久自由，从此我不再干涉你的事。”

“一晨电商能顺利脱离沈氏集团自然再好不过，但是，爸爸，您想一分钱不出拿走我手里的一号地，您的算盘是不是算得太精了？”

“你的条件是什么？”

“您手里一晨电商的股权，外加一个亿的地皮钱和一号地大厦建成后的一层底商归在我名下。”

说完，沈一晨心中暗喜，你狠，我比你还狠。

可她还没得意完，就瞧见沈立山用力一挥，将书桌上的东西划拉到地上。

“不愧是我生的女儿，还挺敢狮子大开口。”

“反正我是无所谓，一号地卖谁都是卖，我跟任何人开这个价都会有人买……甚至更高也会有人要，大不了我开个竞标会，标高者得……”

“你个吃里爬外的东西，你敢卖给别人试试？”沈立山话音落下的同时，沈一晨感觉脸上一阵火辣辣的灼痛。

她有些不敢相信地看着沈立山，她没想到他真敢动手打她。

她半边脸瞬间红了。

她嘴角噙着笑，对这个亲生父亲心寒到了极点。

她与沈立山之间的隔阂不是一时才有的，但她的叛逆劲儿也不是与生俱来的。

她妈去世还不到半年，她爸就续弦。

沈立山不仅领着那个女人进门，还告诉她，那个女人带来的儿子就是她的亲弟弟，还让她弟弟霸占了她朝阳通风的房间……

沈一晨这才明白，她妈肯定是发现了她爸出轨，才悄悄将财产转到了她的名下。

而她，自那一刻，就恨上了她爸爸……

因为她闹事，沈立山先是把她送到外婆家，再把她送到国外。等她回国，好不容易成立了自己的公司，他又处处为难处处打压。

现在，他还想一分钱不出从她手里抢走一号地？

这些年的隐忍愤懑绷到了极限，终于爆发——

“你对付我的时候可曾想过我也是你的女儿？你可曾对我心慈手软过？哪怕你对我有那么一丁点父爱，我们也不会走到今天这种局面。”

沈一晨说这话的时候，嘴角依然带着笑。

沈立山呼风唤雨惯了，哪受得了被沈一晨指着鼻子冷嘲热讽，怒到极致反倒笑了。

“你现在是不是觉得找到靠山，翅膀变硬了，就可以跟我抗衡了？你又知道方中言和郭凯是什么狠角色吗？你还敢去找他们。我告诉你，如果有一天他们把我拉下马，他们会像碾死一只蚂蚁那样灭了你，你看看到时候你的一号地还保不保得住。”

方中言、郭凯的为人哪里需要沈立山提醒，在和两家签合同时沈一晨也多个心眼儿留了一手。现在，双方都不敢轻举妄动。

沈立山设的鸿门宴不欢而散。

直到沈一晨离开书房，她还能听到屋子里摔东西的声音。

不过，那又关她什么事？

是夜，躺在床上翻来覆去闹失眠的沈一晨猛地从床上坐起来，掀开被子，却把睡在床尾的毛球给掀到地上了。看来毛球又不经允许跑她床上睡了。她烦闷地朝着毛球喊：“谁允许你睡我床上的？”

毛球瞪着无辜的双眼装委屈，还“呜”了一声。

沈一晨气势汹汹地下了床。

毛球被吓得毛都竖起来了，哧溜一下躲回狗窝去了。

吓跑那只可恶的狗后，堵在胸口的恶气依然无法顺下去，沈一晨看了眼时间，凌晨一点，她换身衣服揣着手机直接出门了。

挨着小区附近的商业街上有家酒吧，酒吧里的酒保好像认出了她，特别体贴地给她调了杯哥顿金加汤力水。

沈一晨喝了一口，味道略苦，有松子的清香，这酒连喝十杯也不会醉人。

可她今晚需要醉一场才能睡得舒服些。

于是，她向酒保要了两杯龙舌兰。

烈酒酒劲就是大，两杯下肚，沈一晨眼前已经出现重影了。她趴在吧台上，听到手机“叮”的一声传来收到消息的声音。

她从衣兜里拿出手机，怎么刷脸也解不开锁，还是酒保提醒她手机拿反了，这才成功解锁。

好不容易打开微信，看到周默发来的微信。

“明早花花产检，你不会忘了吧？”

“忘了？我没忘。”沈一晨朝着酒保傻笑，“他说我忘了产检……”

酒保一听她说产检以为她怀孕了，赶紧把她跟前的烈酒拿下去。她还不干了，刺溜一下从椅子上蹦下来，单手叉腰，也不知道把酒保当成谁了，指着人家开骂：“沈立山！我就是把一号地一百块钱卖给一个叫花子，我也不会给你！你个负心汉，这么多年把我丢到国外，现在又处处针对我……”

酒保人还挺好的，贴心地给她换了一杯白开水。

喝醉的沈一晨喝到嘴里感觉没味儿，一口吐在人家身上，这还不算，又骂人家“负心汉”，眼看围观的人越来越多……

甚至有人开始对酒保指指点点。

再好心的人被这样误会也怒了，酒保直接报警，交给警察解决。

周默和朋友从楼上下来，经过楼梯拐角，刚好见两名身穿制服的警察一脸严肃地架着个醉鬼从他们身边经过。警察一边走一边问那醉鬼家住哪里，怎么联系家人。

醉鬼呢，脑袋朝下耷拉着，长头发遮住脸，被问烦了，直接喊了句“都死光了”。

如此暴躁的声音令周默缓下脚步——

他不敢相信地看向聒噪处。

被警察架着的醉鬼，不是沈一晨还能是谁？

走在周默身旁的张清明见周默停下来，不可思议地看向声源处，暧昧地问："谁呀？"

"你外甥女。"

张清明识趣地闭了嘴，他这小舅当得还真是，沈一晨跟他还没跟周默亲近呢。沈一晨外婆家和张清明家都是从农村搬到城里来的，而张清明家辈分又高，他这才从他父母和沈一晨外公外婆那里赁来了小舅的辈分，说起来还是他占沈一晨便宜。

想到上次沈一晨车坏了找周默帮忙的事，张清明先不可思议地看向警察旁边瘦了吧唧的女人，又回忆了下沈一晨之前的体形，问："沈一晨？"

周默跟警察沟通完，又从皮夹里抽出五百块小费打发酒保离开。转过身来，这个喝得连爹妈都认不得的女人就这么摇摇欲坠撞进了他怀里。

还没等周默反应过来，涂着大红指甲的食指一把挑起他的下巴，"啧"了声："哪儿来的小鲜肉啊，来，让姐姐好好瞧瞧……"

"……"

"瞧这脸蛋嫩得都能掐出水来。"说完，沈一晨还不忘摸上他的脸颊，手指顺着脸颊向下摸上他胸口，目光又回到他脸上，"我租你半年做我男朋友怎么样？价钱随你开……"

"……"

"不愿意？"沈一晨仰头看他，发现这小白脸还瞪她，顿时怒瞪回去，"你还别不愿意，以前都是小鲜肉上赶子让我泡，你说你有什么可矜持的，害怕我不给钱？我跟你说我有的是钱，这就掏给你……"

说着，她去摸衣兜口袋，运动裤两侧口袋内衬都被她翻出来了也没摸到钱包。她愣了下，直接把手机揣进周默衣兜里，并告诉他银行支付密码：“我不是骗子，这手机里有十万块钱，密码是 775645。只要你陪姐姐我把戏做足了，我再给你十万。”

周默忍耐地看着她，一边阻止她上下其手，一边回瞪着一旁看热闹的张清明。

张清明朝他吹了声口哨：“我这外甥女够深情的，还没对你死心。”

如此调侃的声调，周默一个狠厉眼神甩过去，成功地让张清明闭上嘴。

周默一手抓住沈一晨一只胳膊，把这个抱住他脖子要亲他的女人从脖子上扽下来，稍稍弯腰直接把人往肩上一扛，跟扛麻袋似的扛着就走。

这女人吐了他一身也就罢了，还踹他。

周默这一路上可真够累的，开车送沈一晨回家，问这女人门锁密码，这人再次把银行卡密码说了一遍。周默想着银行卡密码和门禁密码设同组数字也没什么，就是显得弱智了点。

但每个人都有自己不同的习惯不是。

他试了试，系统提示密码有误，只能再问她一遍。

沈一晨说的还是这个，周默又试了一次，还是不行。想到有不少女孩子习惯用自己的出生年月当密码，周默问她是出生年月吗，这次她肯定地点头。

周默捻着她手指输入密码，系统再次提醒密码错误。

紧接着报警装置被触动，走廊里响起了响亮的警报声。

[3]

周默瞪着靠在他怀里傻笑的女人，无语得不行，赶紧按了取消键。

可是不行。

这大半夜的，走廊里的报警声听着格外瘆人，他都听到沈一晨对门邻居被吵醒的叫骂声了。很快，对面房门传来“吧嗒”开锁的声音。

周默神经一紧，把人往胳肢窝下一夹，急急躲进了安全通道。

那邻居打开门，探出脑袋朝走廊里看了下，没找到人，便回去继续睡了。

周默确定没人了，才松开捂住她嘴巴的手。

醉酒的女人一脸酡红，靠在他怀里昂着头看着他"咯咯"发笑——

浓重的酒气混合着温热的气息呵在他脖子上，刺得他皮肤痒痒的。

周默神情一凛，太阳穴被刺得突突直跳。

他低头瞅着勒着他腰，眼神迷离的女人。她勒得那么紧，他喉结明显滚动一下，一把推开赖在他怀里的女人。

脸色更加冷峻。

幸好沈一晨住的地方有电梯，周默没怎么费劲地把她弄下楼，再次把她弄进车里，就见这女人吐了他一车还抢他方向盘。

周默只好再次下车，把她弄到后座让她随便折腾。

车子开进车库的时候来了个漂亮的甩尾，待在后座刚有睡意的人被这么一个急拐，还不清楚发生了什么状况，就天旋地转间从后座上滚了下来，才刚着地，司机又来了个急停，她直接卡在了座位底下，脑门直直撞在了驾驶座上，发出"嗷"的一声惨叫。

周默这一晚上受的窝囊气总算报复回来了。

第二天一觉睡到自然醒的人还不知道自己被人捡尸了，闭着眼舒服地伸了个懒腰，眯缝着眼，伸手召唤她的小宠臣："毛球……"

沈一晨等了等，没有等到回应。

她抱着被子又滚了半圈，将被子夹在腋下，耐着性子继续喊："毛球过来，让哀家宠幸宠幸你……"

还是没有回应。

并且——

沈一晨用力闻了下，这床单被罩的味道并不是她熟悉的洗衣液香味——

她顿时睁开眼睛，见到陌生的房间环境，瞬间傻眼了。

这间冷色调的房间压根儿就不是她的卧室，并且她身上盖的灰色空调被像是男性喜欢的色调……

感受到危机的沈一晨这才警惕起来，她不会是被捡尸了吧？

她一下子从床上蹿了起来，先是检查自己有没有失身，待确定身上衣服完好后，就急急走了出去。

陌生的环境，偌大的房间，繁复的结构似迷宫，好不容易拉开一扇门，是衣帽间。沈一晨急急退出来，又去推第二扇门，却是洗漱间，打开第三扇门的时候，她终于如愿走了出去。

沈一晨猫着腰放轻脚步，想神不知鬼不觉地离开，可是天不遂人愿，就在她迈下第一节台阶的时候，眼前直直出现一双脚。

沈一晨："……"

她维持着猫着腰的姿势，视线顺着那双脚往上移，灰色家居裤下是一双大长腿，她看了五六秒才看到大长腿主人的真容。

周默抱着双臂倚着栏杆，看着拎着鞋子想要逃跑的某人："你这是要去哪儿？"

既然是被周默捡尸了，她就没必要那么神经紧绷了。

沈一晨扔掉鞋子大摇大摆地直起身，打量一番所处的环境，目光又回到他身上："我怎么会在你家？"

她为什么会在他家？这事可真够周默好好跟她说道说道的。

听完全部，沈一晨死不认账："不是吧……我从来不撒酒疯的，我平时都很少喝醉，不信你去问漫白。"

"那怎么解释你在我家睡了一晚？"

"这……"沈一晨完全想不起她在酒吧惹事差点儿被警察带走，还有她告诉他错误密码结果触动报警器把邻居吵醒这些事。至于她酒品是真的差，还是这么多年过得太压抑了，突然就借酒爆发了，具体是哪一种可能，连她自己也说不清楚。

沉默半晌，她只能说："这次是个意外，我平常真的很少喝醉。"

周默挑眉："哦？那你的意思是我还挺幸运，你好不容易喝醉一回还被我捡到了？"

当然不是了……

沈一晨捧着宿醉后脑门都痛的脑袋，张了张嘴想解释，又觉得多说无益。刚想跟周默告别，恰好钟点工阿姨上楼来叫他们下楼吃午饭。

沈一晨可没想到会在这里遇到上次跟她干架的钟点工阿姨，之前她来过周默家几次，一次都没碰上对方。

钟点工阿姨肯定也认出她来了，两人尴尬地对视片刻，那钟点工阿姨礼貌地朝她点了下头，下楼去了。

周默看着眼前有些狼狈的女人，示意她："你确定不需要整理下，再下楼吃饭？"

沈一晨眨了下眼睛，这才发现自己眼屎糊了眼角，还一身酒臭，连忙跑进洗漱间。

洗漱间里，透过镜子，沈一晨一眼就瞧见自己额头鼓了一个包，轻轻按了下，疼得她"嘶"地叫了一声，想了半天也想不起脑门上的包是怎么来的。

难道是被谁揍的？

沈一晨揉着脑门下楼，看到周默坐在餐桌旁，桌上碗筷摆放整齐，三菜一汤，就等着她入座一起吃。

她指着脑门上的包，有些气愤又不敢相信地问周默："我这儿是被酒保揍的？"

"你自己往门框上撞的，我拦都拦不住。"

沈一晨瞪大眼睛，摸摸胀痛不已的脑门，又看看门框，她是有多想不开呀，非要往门框上撞？

周默回给她一记“你想得没错”的眼神，谁说不是呢？

沈一晨半信半疑地坐下，喝了几口汤，猛然想起现在已经中午了，而她半天没去公司竟没人找她，她下意识地摸口袋想掏手机，然而——

“我的手机呢？”沈一晨问他。

“你问我？”

沈一晨脸色一惊，完了，手机丢了。

她手机里有不少工作信息和客户联系方式，如果被不法分子利用的话，后果将不堪设想。这么想着，她朝周默伸出手。

周默看着她白嫩的手指。

“借你手机用用，我得上网办理号码停机。还有，借我电脑用下，我得通知客户手机丢了，免得有人以我的名义做坏事。”

见她还知道轻重缓急，还行，比之前成长了不少。他面无表情地盯了她几秒，直到把她盯毛了，才慢条斯理地从家居服口袋里掏出她的手机还给她。

沈一晨惊喜地接过手机，发现手机没电关机了，便跟周默借了充电器，就近在餐桌附近找了插座充上电。手机开机后，她先联系了助理乐清，确定公司那边运作正常后又交代乐清一些工作，这才挂了电话。

乐清把这一日的行程表发来，沈一晨点开，边看边在行程上做标注。发现餐厅异常安静后，她猛地抬头看向周默。

只见他正抱着臂，用眼神示意她。

沈一晨见他那副高深莫测的样子，吃不准自己有没有酒后撒泼，脖子一梗，说：“你有话就说，别这副高深样行不行？”

“跟家里闹不愉快了？”

“嗯。”她声音闷闷地从鼻腔里发出来。

托腮忖度了片刻，沈一晨眼睛一亮，拉着凳子凑到周默身边：“问你个问题，你要认真回答。假设你在市中心有块地，很多房地产商都想买，你是会趁现在势头好卖掉还是留着自己开发？”

周默眼睛微眯，瞧着扯着他袖口讨好的人，吊胃口道：“真想听？”

沈一晨用力点头：“想。”

“按字收费，一个字一百块钱，给你半分钟考虑，想好了我开始说。”

“我又不想听了。”

“德行。”

周默看她脑门上显眼的包，伸手虚点阿姨，请对方去楼上拿医药箱。

沈一晨用棉签给伤口消过毒后在上面涂药膏，听到周默说：“我要是你，就趁着势头正好把手里的地卖掉。”

“什么？”她一惊，手上力道没收住，疼得龇牙咧嘴。

周默说：“一晨电商看着发展前景不错，你们的发展方向很稳，也很好地跟上了国家发展步伐，但一直受沈氏压制无法实现自己的抱负。如今一号地被政府、万盛和HT几方盯着……”至于她爸那边，不用他说，她自己也知道是个什么情况。

[4]

沈立山几乎使尽全力打压她，沈一晨硬气地拉着公司几大股东全力抵抗，她和沈氏集团不和的消息尽管极力对外封锁，仍是不胫而走，这也让她损失了几个单子，有几个运行项目更是停滞不前。

让她意外的是，贺子聪还敢顶着压力跟她签合约。

送贺子聪一行人出公司的时候，贺子聪落后几步，和沈一晨并肩走，冲她一笑：“去PK一场？”

沈一晨勾着唇斜睨他一眼，没有说答应也没说不答应，样子很酷地转身离开。

地下停车场，贺子聪坐在车里等了大概十分钟，就见沈一晨换了一身运动装，一身轻松地出现了。她拉开副驾这边车门坐上车，示意他开车。

车子开始走的主路，上了高架桥后一拐弯进了辅路。

沈一晨懒洋洋地靠在副驾驶座上，只有贺子聪主动跟她搭话才回一两句，大多数时候在闭目休息。

到了地儿后，贺子聪熟门熟路地带她进去。

二楼击剑馆已有身穿银白色训练服的教练在候着，见到他们来了，立刻起身。

教练见沈一晨身材精瘦，以为她是贺子聪带来学击剑术的，对她说："击剑前我们要做的基础拉伸是非常必要的，你先跟我做套简单的动作。首先腕部运动，先将右臂伸直上举，手腕放松，五指呈自然状态，朝……"

"教练，我不是学员，更衣室在哪儿？"

教练扭头看向贺子聪。

贺子聪点头说："你帮她找件训练服，就去忙吧。"

贺子聪趁沈一晨换衣服的时候，特意给她选了把适合女生的花剑。

沈一晨换完衣服从更衣室出来，看到贺子聪替她选的剑，略显嫌弃地看了他一眼，走过去重新挑了一把佩剑，姿势标准地朝他比画一下："用这个。"

贺子聪没想到这女人上了击剑场这么野，姿势标准，手速奇快无比。若不是贺子聪经常练习，未必能赢得了她。

沈一晨摘了帽子，满头大汗地坐在地上。

贺子聪见她终于认输了，也挨着她坐下来，拧开一瓶矿泉水递到她手里。

他垂眸，认真看了她片刻，问："发泄出来有没有感觉好点？"

沈一晨瞥他一眼："谁说我不开心了？"

贺子聪轻笑出声，没有接话。

沈一晨捏着手里的空瓶子，半晌，笑着说："如果我们不是相亲认识的，说不准还能成为朋友。”

说完不给贺子聪说话机会，她扶着墙往外走。

沈一晨在车上眯了一小觉转醒，睁开眼就看到了窗外金光灿灿的沈氏集团大厦，便要贺子聪在前面停车。

贺子聪送她下车后，约了客户在附近茶楼见面。

服务生很有眼力见地老远就迎上来，热情满面地问：“贺总，今天下午我们店新到了一批上好的茶叶，一会儿给您沏上尝尝？”

贺子聪微笑着点头，随意回了一条朋友圈信息，收手机的时候刚好看到一男一女推开玻璃门走出去。

贺子聪眉头轻微皱了一下，随后若无其事地跟着服务生进了二楼的专属包厢。

服务生上好茶具就走了，贺子聪闲适地一边煮茶，一边从旁边书柜里抽出本书看，过了十几分钟，包厢的门悄无声息地被人推开。

贺子聪从书本里抬头，一点儿也不意外地看着门口的不速之客。

夏漫白也没跟他绕弯子，坐下后直奔主题：“我们谈谈？”

贺子聪略一挑眉，头一次碰到被人逮到做坏事丝毫不感心虚的人，他轻轻放下书，问：“夏小姐要跟我谈什么？”

他眼底的嘲讽很轻，却没逃过夏漫白的眼睛。

“现在的人情还真是寡淡得很。”贺子聪笑道。

夏漫白听罢并没有恼，风情十足地撩了下头发，微微一笑：“贺先生何必拐着弯地对我冷嘲热讽，贺先生又比我高尚到哪儿去？难道您对沈一晨的行为是雪中送炭？”

贺子聪闻言，很轻地笑了下。

他真要好好打量下眼前这个看似仗义，实则满腹心机的女人。

夏漫白扫了眼禁止吸烟的标志，直接无视，从兜里掏出一根女士烟点上。

“我想贺先生并不是多事的人，也深知利益永恒的道理。”她沉思了片刻，弹了下手里的烟灰，“不如我们谈个合作怎么样，我帮你拿下一晨手里的一号地，你……”

“我凭什么相信你？”

“你可以选择不跟我合作，看沈一晨信你还是信我。但是一号地的行情你是知道的，我可以说服她把一号地卖给你，也可以说服她卖给别人。

“当然，今后肯定有需要贺先生帮忙的地方，毕竟我送了贺先生这么大一块蛋糕，不可能不收点好处。不过你放心，无论将来一晨的主人是谁，你在一晨的利益都是一样的。”

隔着朦胧的烟雾，贺子聪定定地打量着精致妆容下女人的面孔。他没有答应也没有拒绝，只是说：“我约的客户快到了。”

夏漫白捻灭烟，优雅地起身：“那我等贺先生的好消息了。”

上午的股东会结束，沈一晨为狠狠驳胜沈立山而高兴，整个人如沐春风地回来。

下午会议上，各部门经理对本月业绩进行汇报。

沈一晨听得心不在焉，悄悄在桌子底下开小差。

周默问她周末加班吗，约她周末一起带花花做产检。

沈一晨回他：“知道了债主。花花什么时候的预产期？”

她这个欠债人总有权知道花花什么时候的预产期吧？

“月底。”

沈一晨的“好，我尽量抽时间”还没来得及发送出去，就听见坐在她身旁的夏漫白故意咳嗽一声。

沈一晨抬头，正好最后一个部门经理做完汇报。

各部门经理齐刷刷地看着沈一晨，显然都注意到了她的小动作。

被人逮到开小差的沈总，没有丝毫不好意思，收了手机，故作郑重地咳嗽一声，精简地做了总结，要各部门经理把汇报文件留下后宣布散会。

助理把文件整理好交到沈一晨手里。

夏漫白说：“我记得这个月该聚餐了，大家都想想去哪儿吃？”

正在回周默信息的沈一晨闻言一愣：“今天几号，又该聚餐了吗？”

几位经理听沈一晨语气不好，均不好意思开口。

夏漫白看看经理们，顺了顺一头性感的波浪卷，提议道：“我看把聚餐地点就定在你们沈总家吧，省得你们沈总归心似箭。”

本来是一句玩笑话，却引来沈一晨不满：“为什么要去我家吃？”

夏漫白递给她一个眼神，她闭嘴。夏漫白说：“好了，就这么定了。各位经理回去后把手头的工作都交代一下，下班准时出发，过时不候。”

等人都离开会议室后，沈一晨不满地问：“为什么去我家聚餐？”

她刚刚都跟周默约好了要去周默家蹭饭，现在多出这么一件事，好不容易约好的蹭饭又要泡汤了。

沈一晨屈服于周默的厨艺有一段时间了。周默做的饭实在是太好吃了，连她这个十指不沾阳春水的总裁都爱上了逛超市，然后拎着一堆食材去周默家，等着被投喂。

所以近两个月下来，毛球被周默练瘦了，她反而被喂胖了。

夏漫白岂会猜不透沈一晨为何闹情绪，随手掏出烟点上，故意朝着她吹出一口气：“我这么做不还是为你好吗，晚上可以叫上你那军师一起，人多热闹，正好我也想认识一下他。”

沈一晨瞥了夏漫白一眼，没有作声。

其实她私心里并不想把周默介绍给夏漫白认识，一是觉得没必要，二是她觉得闺密之间什么都可以共享，唯独男人共享不了。

这段时间她听得出夏漫白对周默的好奇，心里不由得有了几分忌讳。尽管周默现在不是她男朋友，但她还喜欢着周默，自然不愿意他被别人惦记。

即便如此，沈一晨还是喊上了周默晚上一块儿聚餐。

傍晚，周默敲响沈一晨家门的时候，众人正在准备晚饭食材。有手切牛羊肉的，搬啤酒的，还有搬着电磁炉架锅子的，用烤箱烤蛋糕的，各司其位，忙得热火朝天。

听到敲门声，助理乐清去开门。

沈一晨端着圣女果从乐清身后经过，正好看到站在门外的周默。

昏暗廊灯下，周默一身西装，笔挺地站在门外。这还是沈一晨第一次看见他穿西服，深色西服勾勒出他挺拔的身姿，暖色灯光柔和地洒在他坚挺的肩上。

沈一晨抬眸就被他暗如星辰大海的眼眸卷进去，沉浸在他深沉的旋涡里。

其实她一直知道周默有多出众，无论是外形气质还是内在修养。

他绝对是让人眼前一亮的有为青年。

门外声控灯灭了，他站在黑暗的地方，依然让人觉得他光彩耀人。

周默察觉到她灼灼的目光，虚咳了声。

沈一晨拍了下乐清的肩膀说："傻扒着门干什么，这是我朋友周默。"

小姑娘可爱地跟周默打过招呼后，跑进屋散播情报去了。

所有食材准备就绪，大家伙儿围桌而坐。

氛围喜庆热闹。

周默被安排在了沈一晨的左边。

沈一晨坐下时，直接忽略了大家伙儿或暧昧或猜测的眼神。

周默呢，也不抢她这个老板的风头，遇到搭话的全都被他三言两语带过，把主要发言机会留给沈一晨。

餐聚过半，饭桌上众人闹哄哄地聊着天，沈一晨端着水果出来时，有人放起了室内音乐。

本来还走得飘飘然的沈一晨听到音乐像是受到什么刺激，脚下踉跄一下，差点儿将手里的果盘扔地上。

周默见她这副虚浮样，知道她八成是醉了，手疾眼快扶了她一把。

沈一晨还记得跟他道谢，只是看向他的眼神，亮晶晶的，蠢蠢欲动的……

“探戈。”她看着他，性感地扭了下腰身，缓缓朝他伸出手，“先生，可以请你跳支舞吗？”

沈一晨看向周默的双眸眼波柔媚，熠熠生辉。

周默直皱眉，直接把人按在椅子上，清淡的声音里透着警告：“你坐下，我去给你弄点吃的醒酒。”

周默进厨房，熟门熟路地打开冰箱，从里面拿出一个橙子，把两头切掉去皮，将橙肉放入破壁机中倒入凉水……

众人看着周默在沈一晨的厨房里熟练地做这一切，均一脸好奇地看向房子的主人。

其中有人借着酒胆起哄：

“沈总，周先生真的跟你只是普通朋友？”

“坦白从宽，抗拒从严。”

此时的沈一晨已经醉到有些失去领导形象了，看向众人的目光都是笑眯眯的，听到那句“坦白从宽，抗拒从严”时无辜地摆手。

她再笑起来的时候略显痞气：“我就是看上他了，你们有意见吗？”

室内顿时沸腾起来。

夏漫白趁着众人笑闹间悄然起身，拿着空果盘施施然走进厨房。

厨房只开了一盏黄色的壁灯，暖色灯光洒在周默身上。灯光下的人正倚在橱柜前低头看手机，骨节分明的手指灵活地在屏幕上移动着，整个人清隽儒雅。

夏漫白顿了下，手里的盘子故意滑到地上，脚下踉跄两步，整个人往周默这边倒……

一般男士遇到这样的情况都会顺手扶一把吧，夏漫白以为像周默这么绅士的男士绝对会伸出援手。

可周默不，见她扑过来，他条件反射地往旁边闪了下。

夏漫白来不及收力，崴了脚不说，手指堪堪抓住橱柜边沿才不至于摔倒。

她半蹲在地上扒橱柜的样子要多狼狈有多狼狈。

而周默像是刚反应过来似的，绅士地问："夏小姐不要紧吧？"

夏漫白盯着他那双无辜的眼睛，慢慢站起身，观察了片刻，微笑着说："早就听说周先生大名，今日一见果真是英俊儒雅气质非凡。一晨能遇到你这么一位军师，也算三生有幸了。"

周默就跟不懂人情世故似的："三生有幸倒不敢当，这么多年确实是没少做替她擦屁股的事。"

这句话怎么听都是满满的嫌弃，实际上又在告诉她，如果有人欺负沈一晨，他是不会袖手旁观的。

理解了这层意思，夏漫白眼睛转了下。

她皱眉看了下受伤的脚，低低地痛叫一声，向周默求助："我的脚好像崴了，周先生可以扶我过去吗？"

周默端详她两秒，指了指已经榨好的果汁："好像还真不行，果汁已经榨好了。"

他顿了顿，还是替她叫来两名女同事过来帮她。

周默端着鲜榨橙汁出来，就看到沈一晨痞笑着对手底下员工说："有你们叫姐夫的时候，不过不是现在。多学学我，矜持点。"

话罢，刚刚教育完手下员工矜持点的沈总，见到周默走出来，眼睛立刻变得雪亮泛光，充满了侵略性。

周默暗叫不妙，还没来得及做什么阻止沈一晨，就见沈一晨摇晃着起身，先将他从上到下打量一遍，满意了，发出啧啧两声。

周默一时没弄明白她是怎么个意思，稍一迟疑，就被她一把拉住走向客厅中央。

这次她没喊他小白脸，而是拉着他跳起了探戈。

周默无奈。

她拉起周默的一只手放在她腰际，抓住他另一只手握住，看他不配合，还耐心教他舞步："探戈就是趟啊趟着走，三步一窜呀两步一回头，五步一下腰，六步一招手……"

这从哪儿学来的东西？周默抱住她腰的手臂一抖，都气乐了。

在她还没有太丢脸前，周默叫大伙都散了，让手底下员工见到她这样，得多影响她总裁形象啊。

周默不了解沈一晨在员工心目中原本的形象如何，但从夏漫白今晚状似无意灌她酒，故意让她出丑，可以看出夏漫白的目的是——破坏沈一晨在员工心中的形象。

沈一晨这个朋友还真是不简单。

第二天，沈一晨是被毛球舔醒的。她皱着眉，眼睛眯成一条缝，确定这次是睡在自己家后，慵懒地拥着空调被起身，伸手招来她的小宠臣，挠挠它肚皮，等在床上赖够了，才起身洗漱。

拉开门，她一眼就瞧见落座在沙发上神清气爽、悠然看书的人。

他的手边放着一杯咖啡，脚边卧着花花，男人骨感的手指捻动书页，就是一幅养眼的静物画。

沈一晨心跳陡然漏了半拍，忽然就想到网上曾流行的一句话：好看的皮囊千篇一律，有趣的灵魂万里挑一。

在沈一晨心里，周默就是那个万里挑一的人，从学生时代到现在，从未改变。

大概是她的目光太过炽热，周默察觉到了，转过头来，递给她一个询问的眼神。

沈一晨急忙收回视线，拍拍发窘的脸颊：“你早晨把花花带来的？”

周默没有回答她的明知故问，放下手里书的同时顺手把停留的地方折上做个标记：“这本书借我看看，看完后还你。”

沈一晨这才留意到他手里的书名，是本纯英文的原版名著。

这本书沈一晨有印象，那时候刚到国外，她看人家女孩子都爱看些小说，为了融入群体，也买了几本名著，只是至今都没翻看过。

她书房里还有不少管理类和营销类书籍，回国那年她成立新公司，事事不懂，每天除了接触不同的人谈生意就是啃这些枯燥乏味的书。

这一路走来，她才发现纸上得来终觉浅，真到了商场上，每笔生意都不可能按常理出牌。过人的市场把握性和果断的决断力，才是商场制胜的法宝。

沈一晨看了眼半掩的书房门，自认为幽默地说：“书房里的书，你喜欢哪本都可以拿走，除了我书桌上的文件。”

说到这个，周默皱了下眉，问：“你们公司每笔财务支出都不经你手吗？”

“怎么可能？我是公司掌舵者，怎么会不留意资金流向。不过有时候事多了忙不过来，漫白会帮我过滤，可行的话，我直接在上面签个名就行。”

“你不觉得你书桌上的项目文件有几笔支出很蹊跷吗？五千万的投资，却没有详细的资金流向……”

周默话说到一半，见沈一晨脸色不好，解释道：“我并没有偷窥你们公司商业机密的意思，只是早晨进去找书扫了眼你书桌上的文件，觉得项目介绍得太过模糊，才想着提醒你一下。”

沈一晨表情很淡地点了下头，似是不高兴他怀疑她与夏漫白之间的友谊。

“……”他能告诉她，被她当作好朋友的夏漫白昨晚故意勾引他吗？

他能说，他感觉她的好朋友心思深不可测，有可能在她最没有防备的时候背叛她吗？

“我的用人准则是‘疑人不用，用人不疑’，我信任她就像我义无反顾地信任你一样。也许这个项目存在问题，但我相信她的人品。”

大概意识到自己神情太过严肃，沈一晨顿了顿，继续说：“周默，你不懂，在美国的那段时间，没有漫白你可能看不到今天的我。我人生最艰苦的日子，是她陪我熬过来的，这样的友谊不比你在我心里的分量轻。”

她看了眼周默脚边的花花，转移话题：“不是要陪花花去产检吗？等我一下，换身衣服马上来。”

临进卧室，她扒着门不忘宰他一顿：“带花花产检回来，我买食材，周大厨下厨做糖醋排骨怎么样？”

周大厨觉得“非常”不怎么样。

[5]

短暂的周末过后又是让人头疼的周一早高峰，沈一晨在路上堵了半小时，差几分钟九点才到公司停车场。

匆忙拿了东西走进电梯，电梯门一开，沈一晨就看到助理乐清抱着文件一脸焦急地站在门口。乐清看到沈一晨出来赶紧把文件递给她，伸手接过她的手提包。

乐清跟在沈一晨身后边走边说：“沈总，燕泽那边的燕总要退出我们电商平台，董事会打电话要您给个说法，并且……”

见沈一晨皱眉，乐清立马没声儿了。

沈一晨示意她继续。

乐清说：“并且技术部的崔技术和市场部的傅总也递交了辞呈。辞呈就放在您办公桌上。”

“什么原因？”

“挖角。”

沈一晨啪地合上文件，想了会儿，要乐清通知各部门负责人半小时后来会议室开会。

这次会议，用投票选举的方式，从市场部内部选拔出一名主管出来。

这事刚完，当天下午财务主管又递交了辞职。

沈一晨这才发觉事情不单纯，总觉得有谁在暗处搞她，并且那人还不是沈立山。这种被人在暗处玩弄于股掌间的感觉，非常被动，当务之急，她必须从内部提拔一名主管。

这次沈一晨留了个心眼儿，从外面外聘一名主管，和内部提拔的主管，两个人共同执掌一个部门，一个负责财务资金，一个负责申报。

听说外聘的这位还是夏漫白的校友，巧了。

周四周默休息时，听沈一晨聊起这事，他便提醒沈一晨多留个心眼儿，让她找人跟着离职的那两人，好找出幕后主使。

这些都不用周默教，那两名主管做完交接离开，她雇的人就悄悄跟上去了。

沈一晨放下筷子，突生一股好奇：“为什么对我这么好？”

周默先是沉默了下，颇有些恨铁不成钢地看着她：“好歹我们也是老乡，我不能真的看到你㞞到被人欺负吧？”

老乡？沈一晨往后靠在椅背上，咬牙笑了笑，没作声。

这时收到贺子聪发来的微信，沈一晨打开一看，顿时气笑了。

贺子聪发来一个射击馆地址，还有一封战书。

沈一晨没有犹豫太久就应承下了，还给他发了个竖中指的表情。

她收了手机，直起身体从餐桌前起身。

离开前，她似笑非笑地看了眼周默：“再见，老乡。”

贺子聪不知道沈一晨性子有多野，她就像蝎子，敏锐，争强好胜，具有攻击性。这几年承受着沈立山给的各方面压力，她无处排解，不仅会在夜深人静时飙车，射击、蹦极等极限运动就没有她没挑战过的。

所以贺子聪今天下的战书，她轻轻松松就应下了。

射击馆里，当沈一晨漂亮地赢了贺子聪后，立刻又向他下了战书。

三伏天里，就他俩在户外攀岩，贺子聪看着头顶上快他几步像只猴子似的奋力攀爬的沈一晨，不得不惊叹这女人惊人的体力。

这女人这么拼，他还真怕她中暑了。两个人坐在凉亭里喝冰镇果汁时，天都快黑了。微风中带着闷热潮湿的气流，闲聊了会儿，贺子聪忽然转入正题。

“我一个香港朋友是做服装生意的，想打开大陆市场，想借助你们电商平台打响品牌。你看看，这是他们的资料，沈总有兴趣接单吗？”

沈一晨接过他递来的文件粗略地翻了几页，勾了勾嘴角：“贺总，天下没有免费的午餐吧？”

“那是当然，毕竟商人逐利。”贺子聪狡猾一笑，“不过劳动报酬我还没想好，要是合作谈成了，记得你欠我一个人情就行了，需要时我自会找你兑现。”

沈一晨敛眉，没有作声。她是商人，很清楚对方不提要求往往是想从她这里捞到更多，但一晨电商的情况让她没有讨价还价的余地。

——至于怎么还这个人情嘛，等到时候再说吧。

两人正在聊着伊蓓服装的项目，沈一晨的手机忽然响起来。

看到是夏漫白打来的，她赶紧接起，她今天休息，要不是有什么重要事，夏漫白不会给她打电话。

开车回到公司，沈一晨直接杀进了夏漫白的办公室。

刚刚电话里夏漫白说，自己好不容易谈拢了一个项目，但启动项目的资金不够，急招她回来解决资金问题。

沈一晨听她把合作项目详细介绍了一遍，又听她说他们将要克服的难题，伸手钩了钩头发，被自己身上的臭汗味熏到，嫌弃地皱了下鼻子。

沈一晨沉思了下，拨通内线给财务主管：“孙总监，把公司可用资金和目前待回收租金项目做成报表，送到夏总办公室来。”

“我们的备用金大概还有多少，五千万还是六千万？”沈一晨踢了踢跷着的二郎腿，“实在不行，我们先启动一部分备用资金吧，我的意思是，甭管怎么样先渡过这次难关，再作打算。”她想了想，还是跟夏漫白说了，“上次那个假货问题，尽管查清楚了是有人故意为之，但不排除我们公司内部也出现了问题，所以我想——”

沈一晨拿笔在纸上写了两个名字：“把现有的库管汪慧敏换掉，换成陈泉。”

夏漫白心里“咯噔”一下。

“漫白，我现在有点怀疑你的眼光了，当初你是怎么看上这个人的？能力不足，工作松懈，导致公司损失这么多。虽说她之前也为公司立过功，但现在她的确不适合这个岗位了，这是我的坚持。”

夏漫白一拍桌子：“OK，这是你的公司，决策权在你。我没意见。”

沈一晨解释：“我并不是针对你……”

夏漫白直接打断了她的话：“理解。以公司大方向为主，我不是不明事理的人。”

这时，财务主管敲门把财务报表送进来。

沈一晨接过报表翻到末尾，一脸的不敢相信：“怎么才这么点儿？我记得不是有五千多万吗？”

财务孙总监看看夏漫白的脸色，小声解释：“上次的化妆品假货过敏事件，财务部支取了五百万赔偿顾客，还有上次的应急方案也从备用金中取了现金，沈总您忘了？”

化妆品假货过敏事件，实际上跟一晨电商并没有直接关系，主要责任方在花溪化妆品有限公司。跟对方签合同的时候，一晨电商不知道对方的供货渠道出了问题。为了解决这件事，他们一直在跟花溪沟通，对方却没给个说法，也不回应消费者。最终，消费者将苗头指向了他们。

他们倒了大霉，不仅经济上有损失，口碑还受到了影响。

不过，财务部支取五百万赔偿顾客，还有应急方案调用了备用金的事，沈一晨还真不知道。

这两件事都是由夏漫白出面处理的。

半个月前，她正忙着跟贺子聪谈合作案。

不过夏漫白做事她还是信得过的，了解地点了点头，让财务孙总监先出去。

等财务孙总监离开后，沈一晨从包里拿出伊蓓服装的资料扔到桌上，说：“这是香港伊蓓服装有限公司的资料，下午贺子聪约我谈的就是这个事，伊蓓想把品牌打进大陆，问我们有没有兴趣合作。”

“我觉得可以考虑呀。接洽这块你不用担心，考察和谈合作的事我来跟进就行。”

本来，沈一晨计划着等解决完化妆品假货过敏事件后，再对伊蓓公司进行考察与评估。不料，计划赶不上变化，三天后沈一晨就收到了伊蓓公司发来的邀请函。

为了表达他们的合作诚意，对方不仅帮她订了往返的机票酒店，还派了专车私人管家全程陪伴。

这趟香港出行，沈一晨倒像来度假的，有人包吃包住包玩。

[6]

飞机平稳落地的时候，香港整座城市正沉浸在一片狂风暴雨中。沈一晨刚打开手机，就收到管家打来电话说在中环路堵车了，请她等半小时。

抬腕看了眼时间，沈一晨望向被雨水冲刷干净的玻璃窗，透过朦胧的雨雾看到行色匆匆的行人。

香港这座寸土寸金的城市，生活节奏要比Y市快得多。几年前，她来香港旅游，有个导游跟她说，别看在香港工作赚得多，经济繁荣昌盛，但一家五六口人住三四十平方米的，比比皆是。

相比之下，沈一晨住在市区两百多平方米的房子里，还真是奢侈太多了。

沈一晨的耐心只有十几分钟，在手机上约到车，她直接打车去了饭店。等私人管家拉着她的行李送到房间的时候，她晚饭都吃过了。

刷到周默难得发的朋友圈状态——晒了张花花产子照片时，沈一晨刚结束跟夏漫白的视频会议，正吃着外卖小哥送来的特色小吃。

三只奶萌奶萌的小狗睡在花花身旁，即使大小狗都睡着了，沈一晨还是被它们的颜值迷到。当下，她拨通了周默电话。

周默照顾完产子的花花，腾出空来发条朋友圈状态，没想到发出不到五分钟，一排点赞的不说，手机还响了起来。

周默边甩干手上的水，边往客厅走，看清屏幕上的联系人，没有犹豫太久伸手划开免提。

“周默，周默，我看到花花生的宝宝了。哇哦，它们太可爱了，快发个视频给我。”

周默皱眉，某人欣喜的声音怎么仿佛自己当了外婆？

他蹲在花花的狗窝跟前，非常慈爱地抚摸着其中睡得正香的一只，嘴角微弯：“想看你自己过来吧，又不是不认识路。”

“我也想啊，不是傍晚刚到香港嘛。”

“你去香港干吗？”

“香港有个服装品牌想把他们的衣服推广到大陆，找到了一晨合作，前两天他们特意邀请我来公司视察。”

“怎么我才刚到香港，花花就生产了。”错过花花生产，沈一晨甭提多惋惜了。毛球第一次怀孕流产差点儿死在手术台上，她就给它做了绝育手术，她还没享受过当外婆的喜悦呢。

这会儿看得到摸不着，别提多抓心挠肺了。

“我说你也太不够意思了，好歹我也是花花的责任人，花花生产这么大的事你怎么能不提前通知我呢？你也太不尊重我这个负责人了吧？”

周默将手机放在橱柜上开着免提，他一边着手准备花花的孕妇餐，一边留意着狗室的动静，嘴里心不在焉地“嗯”了声。

沈一晨没发觉他的敷衍，又一连跟他说了好些话，他的回答要么是“嗯”，要么干脆不回答了，沈一晨气得挂了电话。

周默去狗室照顾完刚刚吐奶的小狗宝宝回来，就发现通话结束了，显然是沈一晨挂断了。等把肉末粥放锅里煮，他才腾出空来给她发视频。

沈一晨被气得不轻，一晚上都没睡好。

早上，管家带着七七八八的特色早餐来敲门，她才醒过来。

坐在餐桌前，她一边吃早饭一边看周默昨晚给她发的视频。

吃过早餐后，沈一晨先参观了伊蓓的生产线，之后又去伊蓓在市区的几家门店逛了逛。

伊蓓是做中端服装品牌的，听管家说，伊蓓成立三十年了，之前的老总思想保守，一直打不开格局。半年前，伊蓓的少东家接手管理，对公司做了一番调整，眼下正呈现风风火火的局面。

伊蓓的这位少东家，沈一晨来之前也做了一番了解。

这位蓝总，留学期间一举拿下服装设计与经济管理双学位，毕业后曾留在著名品牌 Versace 工作两年，回到伊蓓直接担任设计部总监，三年后，才接下他父亲的衣钵。

三日后，沈一晨见到了这位年轻有为的掌舵人，从对方敏捷的思维与优雅的谈吐可以看出，这绝对是个人精。

本来一切进展得挺顺利的，不知道为何，谈着谈着，对方竟要她先玩两天，再谈合作的事。

沈一晨心里不由得一阵嘀咕，猜不透对方意欲何为。

告别伊蓓的蓝总，沈一晨先去宠物店给三个新出生的小家伙买礼物。之后，让私人管家和司机把买的礼物送回酒店，她自己打车去了旺角。到那里的时候，夜市刚开始热闹。

尽管沈一晨是一家公司的老板，但她没事的时候挺喜欢淘地摊衣服和饰品的。有次她戴着从地摊上淘来的耳钉上班，乐清愣是把她几十块钱的耳钉当成了钻石耳钉……

一个人在夜市里逛累了，沈一晨找了家店坐下来点些吃的，等她准备结账时，这才发现手机被偷了。

沈一晨兜里揣着刚刚找零剩的四块六港币，无望地走在香港街头。

狂躁的空气裹着热浪扑面而来，看样子过不了多久，会有场大雨席卷这座城市。

头顶雷鸣电闪，沈一晨拎着大包小包在街头急走。有汽车在她身后长鸣两声，沈一晨皱眉，回头就瞧见车窗半降，后车座里露出贺子聪的半张脸。

贺子聪朝她笑得那叫一个风骚。

沈一晨没跟他客气，直接上了车。

贺子聪打量了下她身上的短裤背心和人字拖鞋，忍不住调侃她："瞧瞧，我们沈总平日的穿着还真是亲民。"

"亲民个屁，刚刚手机被偷了。"

在车上吹着空调冷风，沈一晨舒服地跷着二郎腿，笑着说："香港还真是小啊，在哪儿都能碰到贺总。"

"你还真要感谢今天遇到我，要不然你手机就甭指望找回来了。"

“你有办法？”

贺子聪冲她神秘一笑，打开车载冰箱递给她一瓶冰镇饮料，问她手机是在哪儿丢的，特别豪气万丈地说：“包在我身上，三天后保证物归原主。”

“就这样？”

不要点报酬什么的？

不料，贺子聪回答：“就这样，反正未来也是一家人。”

沈一晨抄起喝了一半的水要砸他。

贺子聪攥住她的手腕拦住她，正色道：“你这次跟伊蓓的蓝总谈得怎么样了？”

沈一晨瞧了他一眼，只说她要再考察两天再决定。

晚上回到酒店，沈一晨用她另一部手机跟夏漫白视频。

“伊蓓的蓝总说要考虑两天再谈合作的事。”沈一晨有点焦躁，担心在沈立山的高度施压下，公司过不了多久就会被拖垮。

笔尖在纸上重重画上一道，夏漫白盯着屏幕那头的沈一晨，安慰道：“现在是伊蓓有求于我们，该担心的应该是他们。你要知道商场上考验的不仅是实力，还有心理。”

商场上的尔虞我诈沈一晨都懂，也知道上赶子不是好买卖的道理，可不知道为什么，明明是板上钉钉的事，她却莫名产生一股不安。

她从电脑桌底下拿出纸笔，在上面写下几个化妆品和电子产品的牌子，之后她把手机摄像头对准便笺让夏漫白看清楚。

“来香港头三天里，我去了香港岛和九龙两个地段的购物区，从大陆过来的游客大多会选择这几个品牌的化妆品，还有这几个品牌的电子产品。我们公司经营的领域本来就是电子产品和化妆品，所以我想……”

夏漫白立马明白她的意思：“你是想把这些受欢迎的国外品牌引到一晨来卖，以低租金引来大货源。”

“对，我爸的手再长也够不到国外品牌商那里。”

这次香港之行激发了她一些新的想法，一晨电商的格局不能局限在国内与跟沈立山的内斗上，一晨电商要想摆脱沈立山的压制自行壮大，就要打开新的局面。

但这些都建立在有充足资金的前提下。

夏漫白沉默片刻，语气沉重地道："我虽然也很赞同你的想法，但是我刚把一晨的资金拿去做了投资，三个月收益百分之十五，虽然有风险，但我考虑收益很大，就做了。明天再去银行看看吧，实在不行，可能要你稀释点手里的股份。你稀释的股份，等我们渡过难关再想办法赎回来。"

两天后，在伊蓓的谈判桌上，双方谈崩了。

沈一晨看着会议桌上的调查报告，头疼地捏捏眉心。

这是伊蓓对一晨的调查报告，上面不仅有一晨近三个月的不良业绩，还有他们不知道从哪儿弄来的，赔了几百万的化妆品假货过敏事件，还附带顾客投诉他们进货渠道不正规，真假化妆品掺着卖的评论截图。

面对质问，沈一晨极力辩解了一番。

可惜，对方并不相信她的说辞。

到嘴的鸭子就这么飞了。

贺子聪知道此事打电话过来时，沈一晨正郁闷得要死。下午，夏漫白告诉她，因为公司有不良记录，银行拒绝贷款给他们。

贺子聪安慰沈一晨："这次合作不成功，还有下次。"

沈一晨蔫蔫地点头。放在以前，她还真不把伊蓓这种小公司放在眼里，这不现在处境不一样嘛，任何一家合作商找她谈合作，她不仅要全力以赴，最好还能拿下合作。

贺子聪也感觉到她心情不好，安慰她："哎，别气馁。过两天我再给你介绍别的朋友认识，短暂的困难更能锤炼一个人的毅力。"

沈一晨嗤笑一声：“谁说我气馁了。”

“没有吗？没有最好了。告诉你一个好消息，你的手机被找到了，是你过来拿，还是我给你送过去？”

“还真被找到了？”沈一晨声音终于有丝起伏，“想不到你贺大少人脉还真广啊。”

那天贺子聪说时，她也只是随耳一听，没想到他还真放在心上了。

贺子聪也是拜托这边朋友看能不能找到，今天上午就有人把手机送到了他的住处。

沈一晨懒懒地倒在沙发上，不想动：“等会儿我让管家过去拿吧，这次算我欠你一个人情，日后还上。”

“正好我住的酒店离你住的地方隔一条街，待会儿给你带过去，顺便带你去个好地方。”

沈一晨略一沉思：“行吧。”

两人一起吃过午饭，直接打车去了贺子聪说的地方——赛马场，买票入场。

沈一晨和贺子聪刚坐下，工作人员就过来发给他们每个人一本小册子。

沈一晨研究半天也没研究明白游戏规则，看着前方赛道，无聊地道：“搞不懂你们为什么喜欢赛马会，哪有真的赛马有意思？”

“这你就不懂了吧？听着，我跟你讲……”

沈一晨没等他讲完，就随手选了一匹看起来实力不错的马。

贺子聪立刻否了：“那匹马看起来是不错，但是你看那匹马性子烈，它的主人根本就驯服不了它，人跟马产生不了默契，是没有办法赢得比赛的。”

他拿望远镜瞧了会儿赛马道：“要是我，我就选九号。你看那匹马看着不起眼，但我觉得实力不错。”说完，他得意一笑，“跟着我，保证你这局输不了。来，在一、三、九里选一个。”

下午的赛事一共十场，沈一晨他们赢了七场，虽然赚到了不少钱，但是沈一晨并没有放在心上。

等赛事一结束，她就想直接回酒店躺着。贺子聪不放人，手臂虚搭在她肩膀上推着她上车：“再带你去个有趣的地儿，保证你没去过。”

“哪儿啊？”

这一下午先是日晒又是下雨的，现在她衣服潮乎乎的，特别不舒服，哪儿都不想去。

走进那片纸醉金迷的地方时，沈一晨可没想到贺子聪会带她来这种地方。

服务生是清一色的奶油小生，沈一晨刚进来时差点儿撞到一个男人。那细皮嫩肉的柔弱男人说话的声音都是酥软的，听得沈一晨起了一身鸡皮疙瘩。

那男人看到她，眼睛顿时就亮了，柔柔地想往她身上栽——

沈一晨机警地往旁边一闪。

那男的差点儿栽个跟头，“哼”了一声走了。

沈一晨摸摸鼻子坐下来，看着身旁的贺子聪，嗤笑出声：“你不会是同性恋吧？”

本来看笑话的高大身影顿了下，凑近她耳旁不怀好意道：“要不今晚我们开房试试，我保证不出一个月就能让你怀上。”

沈一晨闻言，双腿随意往茶几上一搭：“哪里需要我亲自试呀，把刚刚那位找来，我在旁边看着不就知道了。”

本来想将一军的贺子聪被噎得没话说了。

她又不是十七八岁的小女生，哪里会被他三两句话撩拨到脸红心跳，这么多年她参加的饭局无数，什么荤段子没听过？早就练就了脸不红心不跳的功力。

对付任何男人，她都能游刃有余，唯独周默不行。

这一晚上，沈一晨喝了不少酒，慢慢就有些醉了。贺子聪出去接电话时，特意给她叫了个男人陪酒。

贺子聪从包厢出来后，走到走廊尽头接电话，一接通就语气不好地说：“不是不让你给我打电话吗？你那边情况怎么样？”

“我这边出了点小状况，我需要你再拖住她一天。”那边的人语气有点急，似是怕他发现什么，急着要挂断。

贺子聪皱眉，明明计划到万无一失的事情怎么会临时出了状况？

他略一沉思，敏锐地问：“你不是背着我私自改变计划了吧？”

那边的人不说话。

贺子聪再问：“你吞了她多少资产？”

“不多，现在才吞了她百分之五的股份。”

“不是说好了只拿回属于你的东西吗？你怎么出尔反尔，我命令你马上收手。”

“抱歉，我已经停不下来了。一晨电商都是我的，我凭什么收手？”

“你疯了？亏得沈一晨那么信你。”

电话那头的人听到这些也不恼，嘲讽地嗤笑出声：“贺先生这么义正词严干什么？你以为自己是什么正人君子吗？如果你是，就不会跟我合作，也不会为了拿下一号地牺牲公司旗下一个新品牌去讨好她。”

“……”

“你以为她知道你跟我的合谋后还会原谅你？你只能跟着我的步调走。”

沈一晨这边，喝完服务员递来的酒，她感觉头更晕了，连周默给她发的微信都瞧不清楚了。

她烦躁地点开语音说："发语音。"

在香港刚谈拢一单生意的周默，拒绝了客户派司机送他的好意，一个人恣意地走在大街上，本来想问问这女人在香港哪里，没想到他等了半个小时，等到的竟是这么火气的三个字。

他眉宇微拧，心想这女人还在为花花生产那晚的事生气？转念一想，既然都来了，还是别跟她置气了。

他刚想再给沈一晨发微信时，就收到了沈一晨的回复。

"我好像有点不对劲，人在赤焰酒吧。"

沈一晨借口去卫生间，锁了门躲在里面给周默发求救信息。虽然说远水解不了近渴，但贺子聪消失的这十来分钟里她试着给他拨了几次电话，发了几条微信，都没有得到回应，她只好向周默求救了。

总躲在卫生间里也不是事，沈一晨强撑着回到沙发上，刚坐稳，陪酒的男人忽然靠近，抓住她的手就要耍流氓。她神情一紧，当下一个闪身，一把将一米八几的瘦弱男人摁倒在沙发上，单腿压在对方背上。

慢慢地，她手上就没了力气。

贺子聪烦躁地推门进来，看到的就是沈一晨把人放倒在沙发上的背影，他不知道是该笑还是该哭。

他只当沈一晨喜欢这样的，便抄手靠在门框上吹口哨，直到看到沈一晨脸色是不正常的酡红，人似乎也有点不正常——

沈一晨色眯眯地看着被她压在身下的男人，还顺着男人拉着她的手摸上——

贺子聪还来不及阻止，身后木门就被人大力从外面推开——

贺子聪差点被撞个狗吃屎，手扶住墙才勉强稳住身子。

一团黑影越过他，径直走近沈一晨，厉声阻止："沈一晨，你给我住手。"

听到熟悉的声音，沈一晨神情恍惚地看着用力攥住她手腕的人，又扭头看了看被她压在身下的人，混沌的大脑已分不清，哪个人是周默……

她只觉浑身燥热，又抓了一把眼前裸露的大片胸肌。

周默扣住她的双臂，黑着脸把她架下来。

贺子聪接收到周默眼底的冰冷煞气，想象着待会儿自己的下场，顿觉头皮发麻。

离开前，周默并没为难贺子聪，只是用两人能听到的声音低声跟他说了几句话。贺子聪脸色顿时难看起来，目送周默抱着沈一晨离开。

回酒店的路上，周默没少被沈一晨吃豆腐，衬衫和脖子上蹭的都是这女人的口红。沈一晨像只猴子一样，在车里上蹿下跳。他钳制住她的双手，她就用嘴亲他的脸颊、手背，他一手攥住她的双手，另一只手按住她不断向他靠近要亲他嘴唇的脑袋，她就双腿借力一蹬，跨坐在他腿上。

好不容易把人弄进酒店房间，周默撸起衬衫袖子直接进了浴室，放沈一晨一个人在客厅折腾。

忽然，浴室磨砂玻璃门被人用力推开，撞在墙上发出巨大声响。

周默皱眉直起腰，都没来得及看清情况就被人一把推进了浴缸里。

水花四溅。

出于本能，周默不由得抓了沈一晨腰侧一把。这不抓还好，一抓下去，周默整个人都惊了。

抬眼一看，周默脑袋嗡嗡作响，一股一股的热气直往脑门上冲。

她，竟然没穿衣服？

周默一时不察，沈一晨手指就爬上他胸膛，微微用力，想把他的衬衫纽扣扯下来。

幸好衬衫质量好，沈一晨没能得逞，手指摸索着，似乎想寻找其他的进攻方式。

周默喉结不由得滚动一下，心跳加速。

顾不上自己的狼狈，周默一把揪住她的手，忽然起身，长臂一搂，就把沈一晨从水里捞出，扯下浴巾裹在她身上，将人打横抱起带到床上。

他没有马上离开，而是抓着她的手，想着一个小时前，她也是这么摸着另一个男人的……

胸口一阵一阵地憋闷，周默捏住她消瘦的下巴，嘴唇凑近她，恶狠狠地说："嗯？学坏了？"

沈一晨盯着他裸露在外的性感锁骨及开开合合的嘴，舔舔干涸的唇，抬着脑袋凑近，想要亲他。

周默一把将她按了回去，伸手从酒柜里倒了一杯烈酒喂她喝下去。

这下某人彻底醉过去了。

第二天，沈一晨醒来时，头痛欲裂，想到自己现在受的苦都是因为贺子聪，就一阵愤懑。

撑起身就着床头的温水吃了一片止痛药，她才起床。

吃过早饭，沈一晨打车直接去了贺子聪所在的酒店。

老远就看到贺子聪使劲低着头往前走，整个人心不在焉的。沈一晨眼珠子一转，故意伸腿。

贺子聪一时不察差点儿被绊倒，皱眉看向始作俑者。

当看到沈一晨一脸痞笑地站在他跟前时，他急忙用手遮住脸。

可为时已晚，他急欲遮掩的手臂被一把抓下。

沈一晨看到他鼻青脸肿的样子，惊讶了几秒："你的脸怎么弄的？"

他能告诉沈一晨，昨晚周默离开前给他下战书的事吗？

显然不能，那太丢他身为男人的脸了。

昨晚周默抱着沈一晨离开时是没有为难他，但周默停在他几步远的地方，一步一步缓慢地靠近他，声音极低地对他说："我知道你泰拳打得不错，明早七点悦瑞俱乐部见。”

一大早，他就被周默修理了一顿。

说实话，知道周默是一名健身教练前，他对自己的身手还挺自信的，毕竟他一个一米八几又经常健身的大男人，对付两三个男人都不在话下，他也自然地将周默归在了“一般男人”那一栏里。

结果，他被周默吊打到几乎找不着北。结束后他才知道，Y市鼎鼎有名的几家高级健身会所都是周默开的。周默离开前，还警告他离沈一晨远点，否则不介意换种方式再修理他一顿。

当时贺子聪被周默那洞察一切的眼神深沉地审视着，不由得就有几分忌惮与心虚。

所以看到沈一晨的身影，他下意识地想躲开，此刻发现她眼底的笑，又觉得自己和夏漫白的阴谋没有被识破，心情才稍稍放松下来。

沈一晨一知道昨晚是周默把她送回酒店的，立刻摸出手机打给周默。

然而电话一接通——

“沈一晨，能耐了？好的没学会倒学会进风月场所逍遥了？”

那咬牙切齿的狠劲，沈一晨特别庆幸此时她没在周默跟前，否则她真怕他会像小时候那样直接修理她一顿。

沈一晨在周默面前一直挺识时务的，马上狗腿地说：“你在哪里，我马上过来找你。”

电话那端久久没有声音，然而周默沉默越久，沈一晨心里就越没底。

在她忍不住向周默承认错误时，她听到周默沉声说：“沈一晨，记住了，下次再去那种场所，不要再打电话来烦我。”

chapter 04

周默，我喜欢你

[1]

沈一晨握着手机的手慢慢从耳边移下来，安全起见她还是不要见周默的好，转念又想，她都一周多没见他了。

从心底钻出的思念闹得她难以忍耐。

想到让她想见又不能见周默的罪魁祸首，她将在周默那儿受的气一股脑地撒到了对方身上。

贺子聪瞅着沈一晨脸上明艳的笑容，以为沈一晨就这样饶了他。

下一秒，脚背传来一阵椎心刺痛。

他垂眼，就瞧见这女人穿着高跟鞋用力在他脚背上碾。

沈一晨冲他笑得有多甜，脚下就有多狠。

贺子聪本来差点儿被周默揍到残废，现在又挨了这么一碾，顿时，毫无形象地在大厅叫起来。

大厅经理听见这边动静，过来询问情况。贺子聪一个手势，将他打发走了。

见大厅经理频频望向这边，沈一晨表面上假装亲昵地帮贺子聪整理衣领，底下却屈腿用力向他小腹顶去。

临走，她撂下狠话："这是昨晚你陷害我的惩罚。"

贺子聪弯腰捂住腹部，抬眼看着沈一晨走向远方衣角飘起，走路带风的样子，竟笑了出来。

沈一晨有个毛病，心里不痛快的时候就爱折腾人。

私人管家送来的午饭不知道换了多少回，都被退了回去，管家内心叫苦连连。而始作俑者双腿搭在茶几上，抱着电脑，啃着苹果看文件。

管家拎着第六份外卖苦着脸走出来时，看到贺子聪登门到访，立刻像见到救世主，赶紧把他请进了门。

沈一晨以为私人管家去而复返，眉宇一皱，不耐烦地抬眼，看到立在跟前的人是贺子聪时，又将视线转回电脑上："你来干什么，没被修理够吗？"

贺子聪讨好的意味十足，说昨晚的事他真的没想到那男人胆儿那么大，敢当着他的面使这种下三烂的手段。

"还生气呢，昨晚的事我向你道歉。"他往沈一晨身边一坐，捻起果盘里一颗葡萄，刚要塞进嘴里，葡萄被沈一晨一把抢走扔回了果盘里。

贺子聪"嘿嘿"干笑两声，用肩膀顶了她一下："别生气了，你瞧，因为我的疏忽，周默不是替你收拾了我一顿吗？我们这样扯平了好不好？"

沈一晨瞪他。

"怎么，还没哄好他？"

说到这个，沈一晨更来气了，抓起沙发上的抱枕就往贺子聪身上砸。

贺子聪嬉笑着躲开，抓过抱枕扔在一边，讨好地说："别气，别气，我帮你想主意还不行吗？"

沈一晨半信半疑。

她也是没办法了，早晨从贺子聪住的酒店回来就去找周默了，他却避而不见，打电话怎么讨好他，他都不阴不阳的。她在电话里套半天话，也没套出周默住在哪里，回来这才胡乱撒气。

贺子聪看她脸色微缓，不再像只小怪兽般攻击他，讨好地说：“你知道我们男人最吃哪一套吗？苦肉计。我跟你说这最容易让男人心软。”

沈一晨懒得理他，他当周默是一般人吗？

见她不说话，贺子聪伸长手臂把她拉过来：“别担心，我跟你说，就没有我搞不定的人。我的办法保证能把人给你弄过来。”

“什么办法？”

贺子聪附在她耳边说了几句。

沈一晨瞅他，在他得意的目光下摇头：“这不是个好办法，周默有多聪明你是没见过……”

“我不信你脱了衣服他还能掀开被子检查，再说了不是还有我吗……”

半个小时后，周默接到贺子聪用沈一晨手机打来的电话。

门铃响的时候，沈一晨正像只孵蛋的母鸡，用暖水袋捂着身体，用热毛巾敷着脑门。

听到门铃声，她噌地扔下热毛巾，又把暖水袋往底下藏了藏。

贺子聪帮她掖好被角，又检查下放在热毛巾里焐到 39℃的体温表，将体温计给她让她夹在腋下。

准备得万无一失了，他冲她比了个“OK”的手势，去开门。

沈一晨憋在被子里，竖着耳朵听着门外动静，听着脚步声越来越近，连忙拉紧被子把自己裹严实了。

房门“吱呀”一声被推开。

沈一晨用力夹了夹腋下的体温表，闭着眼痛苦地呻吟着。

可她在床上痛苦地滚了半晌，也没听到动静，心下不由得一紧。

难道她演得不够逼真，为什么预想的探额头，关心的话语，一样都没有?

似乎有一道热辣辣的视线胶着在她身上。

周默的确不信昨晚还活蹦乱跳的人会忽然感冒发烧了，而且沈一晨从小就鬼点子多，难保她不是在耍苦肉计。

顶着头顶如炬的目光，加上身下暖水袋的温度，沈一晨感觉自己快被烤化了。脸颊都被染上一层晕色，她假装咳嗽两声，借着从被子里伸出胳膊的动作给贺子聪打手势。

贺子聪领会，立马凑近床边："哦，我让她夹了一支体温计，时间到了。"说着，他就要伸手掀开沈一晨的被子。

然而，他的手指还没碰到被角，就被周默一把攥住。

贺子聪眼神一闪，扭头。

周默说："我记得今天早晨警告过你不要靠近她，希望你不要挑战我的忍耐度，滚。"

气氛顿时陷入冷凝。

沈一晨感觉周身的空气温度正在急剧下降，眼睛偷眯条缝观察他们。可她是睡着的病人啊，什么都不能做。

别说两个男人只是在对峙了，就是打起来了她也不能蹦起来……

然而，她预想的瞬间大打出手的戏码没有上演。

贺子聪本就没有久留的意思，正好顺着台阶开溜了。

房间一下子只剩她和周默两个人。

沈一晨闭着眼，神经绷到了极致，连大气都不敢喘。

没一会儿，被子被人轻轻拉开，那人取走她腋下的体温计——

一只冰凉干燥的手掌贴上她额头。

看来他是看到体温计的温度了。她又时不时地咳嗽几声……

相信了吗?

沈一晨缩在被子里就差为自己的演技拍手叫好了，听着脚步声远去，她才敢换个姿势。

贺子聪为了让她迅速升温，往暖水袋里灌了几乎100℃的水，这会儿，她感觉肚皮都快烫秃噜皮了。

然而姿势还没换好，眼角余光就瞥见周默端着一盆水，拿着毛巾进来了，她连忙一动不动地闭上眼。

几秒后，身侧的床垫塌陷下来，接着额头传来一阵冰凉的舒适感。

再这么下去，她要中暑了。

周默替她物理降温后，又伸手试了下她额头温度，随即皱了下眉，定定地盯着空调被里的人。

沈一晨下意识地心里一紧，眼皮先是跳动一下，假装被吵醒地睁开眼……

她迷蒙着眼，先是看了下天花板，装作一副才发现周默的样子——

“你怎么来了？”

“不是你要贺子聪打电话要我来的吗？”

沈一晨盯着他的表情琢磨一秒，立马明白他是在诈她。

她的手搭在额头上，痛苦地咳嗽两声：“我都卧床不起了，哪还有精神让他打电话呀？”

“是吗？”周默盯着沈一晨频繁眨眼的小动作，嘴角无声地抽搐。

迎上周默那双仿佛能洞察一切的眼睛，沈一晨有点心虚，又有点后悔听了贺子聪的馊主意，她感觉这招骗不过周默。

果然，下一秒，周默一把将她的被子掀开，一眼就看到她身上放着三四个暖水袋。

“我错了。”沈一晨见事迹败露，赶紧承认错误，她一手攥住周默衣袖，一边解释，“我是真的有点发烧，前两天打疫苗好像有点不适应。”

谁信！

周默漠然地扯回袖子，扭身就走。

下一秒，腰身被一双手臂箍住，接着一个毛茸茸的脑袋拱了上来。

沈一晨紧了紧抱着周默腰身的手臂，主动承认错误：“我错了，我错了，主动向你承认错误，我不该去那种混乱场所……”

见周默不作声，沈一晨继续说：“但我心里实在烦闷，跟伊蓓的合同黄了，银行的贷款又没贷下来，我就想找个地方发泄一下。”

“继续编。”

“我没编，除了刚刚和贺子聪合伙把你骗来……”沈一晨越说声音越低。

周默挣开她手臂，一脸阴沉地转过身，目露凶光地看着她。

沈一晨吓得不轻，本能地退后，退到安全距离。

他那么生气干吗？

——真被气着了？

两人目光对峙了片刻，沈一晨慢慢蹭到周默身侧，见他没那么凶了，才傻笑着转移话题：“花花生的小狗真可爱，你给它们办满月吗？”

周默不理她。

沈一晨继续找话说：“你来香港了，谁照顾它们呢？是张阿姨吗？”

周默还是不理她。

“我有点头晕，想吐……”

沈一晨讨好装可怜的话说了一箩筐也没让周默消气，没辙了，她不耐烦地“唰”地掀开被子，一条腿跪在床上，一只脚踩在床上撑着自己，与周默对峙：“我就问你，怎样你才肯消气吧？”

周默瞪她，自己不对，还有理了？

然而他还来不及说什么，就被沈一晨搂住脖子强吻了。

温热柔软的唇瓣一触就走。

沈一晨一双黑葡萄似的眼睛攫住他，脸上的神情再认真不过：“周默，我喜欢你。”

[2]

自从那天冲动亲了周默后，周默还没找她算账，沈一晨自己反倒先躲着他了，本来说要去看三只新出生的小家伙，也一直没敢去看。

乐清接过沈一晨手边的行李。

沈一晨只将手中的行李箱递过去，自己拎着手里的礼盒，边走边东张西望。

像是在找人，表情闷闷的。

出了机场大厅，沈一晨被迎面扑来的热浪扑得倒吸一口气，推了推鼻梁上的墨镜，快步走到车旁，随手把礼物扔进后备厢，上了车靠在椅背上就冷着一张脸。

前座的司机和乐清大气都不敢出。

乐清小心翼翼地回头看了沈一晨好几眼，最后一次偷瞄被沈一晨逮个正着。

沈一晨懒洋洋地递给她一个有屁快放的眼神。

乐清左手换右手用力捏了下，再转过头来，见沈一晨低头瞧手机，好像忘了刚刚那茬，甜笑着讨好：“沈总，我觉得你愈加意气风发了。”

沈一晨视线都没离开手机：“再给你一次坦白从宽的机会，否则我扣奖金了啊。”

“别、别、别……”乐清头皮发麻，硬着头皮说，“还不是花溪化妆品假货过敏那件事，明明我们已经做过赔偿了，大多数顾客也同意了咱们的赔偿，但有一位厉女士，她死咬着咱们卖假货，嚷嚷着要去消协告咱们。光今天一天，她就打了十几通电话。还有一位邹女士，也是一直不和解，她觉得她委屈，我还觉得咱们冤枉呢，明明该找花溪担责任，却咬着咱们不放。”

这种事对方这么死揪着不放，无非是想要多捞些钱。

乐清开始也以为对方这么难缠是为了钱，但现在……她小心翼翼地说："她们态度这么坚决，我瞧着不是为了钱。"

沈一晨眉一蹙，沉思了会儿说："把她们的号码给我，我来瞧瞧她们到底意图为何。"

当天晚上忙完工作后，沈一晨分别约了两位女士见面。两位女士态度坚决，无论沈一晨好说歹说，就是不答应和解。沈一晨那个气呀，表面上她笑意盈盈，内心恨不得脱了鞋拍在对方脸上。

不管沈一晨怎么旁敲侧击，对方都滑不溜秋的。

幸好她明智，来的时候请了一位律师朋友同来。

沈一晨见没有和解的可能，便朝那位朋友使了个眼色。对方立马公事公办地罗列出多条法律条款，至此，邹、厉二人才面有骇色。

这件事并没有完，她可以跟对方协商和解，但她也不确定对方会不会在网上发表不利于一晨电商的言论。

这件事之所以闹到现在，起因就是邹女士将检查报告贴上评论区，引来众人围观讨论。一时间，一晨电商的网络风评变差。

夏漫白第一时间找对方和解，却没成功。于是，她简单粗暴地删评论，并封了对方的账号，同时下架了花溪化妆品的所有产品。

没想到，第二天对方注册了很多小号贴检查报告，还将他们封号的事散播出来。

一下子，事情就闹大了。

一晨电商的其他化妆品也受到了影响。

乐清见沈一晨寒着脸上车，也不敢多话。沈一晨往后倚着椅背，借着昏黄的路灯看窗外行色匆匆的行人。

车子缓缓驶进小区。

沈一晨脑子里盘算着工作计划，忽然手机铃声骤响，吓了她一跳。

她拿出手机，看到来电显示的名字，神情意外。

是她姑姑，沈欢。

接通电话，沈一晨没说话，而是等沈欢先开口。

沈欢不负所望，见她这边玩神秘，直接说：“小兔崽子，连你姑的电话都不接了。”

沈一晨本来一肚子的郁气没地方发泄，这会儿被她姑那句“小兔崽子”逗乐了。她都多大了还叫她小兔崽子。

不过，沈欢也没比沈一晨大几岁。沈一晨出生的时候，沈欢七岁。

姑侄俩平常也是没大没小惯了。

沈一晨无辜道：“冤枉啊，姑。我前几天出差太忙才漏接了你电话，怎么想起给我打电话了，沈大记者？”

“前天出差刚回来，正在休假。出来我们俩吃个饭？”

“不会是什么鸿门宴吧？”不怪沈一晨多心，她现在对沈家任何人都不信任。

沈欢失笑：“我不掺和你和你爸之间的事，我们俩就聊聊天吃顿饭。”

“你请客，我就去。”

沈欢出声笑骂句“去”，便挂了电话。

沈欢在楼上餐厅足足等了半小时，沈一晨才姗姗来迟。

上了楼，沈一晨没想到姑夫也在。

沈一晨礼貌地喊了声“姑父”，等他们夫妻二人腻味完，沈一晨才注意到沈欢穿着孕妇装。

怪不得她姑姑这名战地记者会舍得从叙利亚回来，原来是怀孕了，再一问，今日出来吃顿饭，姑父都是车接车送的，如胶似漆得很。

当年家里是极力反对他们结婚的，加上沈欢坚持自己的职业追求，这对聚少离多的情侣险些分手。

沈一晨心里感慨着，现在他们算是苦尽甘来了。

菜一来，姑父立刻夹了一筷子清蒸鱼到沈欢碗里，才起身告辞去办事了。

沈一晨坐在一旁，喝着冰镇啤酒。

沈欢见她郁郁寡欢的，便出言关心。

沈一晨只说是工作上的事。

沈欢犹豫片刻，斟酌着说："我昨天晚上回了趟家，正巧遇到贺家的孩子，听说你们在交往？"

沈一晨笑了一下："姑，你今天约我不是为了给我爸当说客的吧？"

"怎么可能？我是站在你这边的，一听你爸他们在商量你们订婚的事，立马来向你求证了。"

"订婚？"沈一晨放下啤酒罐，摸了下口袋里的烟，又收了手问，"我爸和贺子聪背着我商量订婚的事？"

又是这种背着她替她做决定的戏码。

当年出国也是这样，沈一晨高三上得好好的，忽然就被沈立山送到国外。

在做这些决定前，没有人征求过她的意见。

若不是沈欢也在美利坚进修，不仅照顾她，还帮她报了个英语速成班。沈一晨在那个陌生的国度，夹杂在异色皮肤、讲着不同的语言的人群中……那种格格不入感，几乎把她逼疯。

也是那时候，沈一晨和这个只大她七岁的姑姑建立起了深厚情谊。

沈欢见她脸色不济，试探地说："其实吧，我觉得贺子聪是个不错的人选，昨天在饭桌上他承诺会照顾你一辈子，并且说话做事都是站在你这边的。为了你，昨晚他就驳了你爸两次，你没看到当时你爸那脸色……"沈欢顿了顿，"如果你已经有喜欢的人了，那就另当别论了。"

沈一晨被她看得内心一紧，别开视线说："怎么可能。"

然而，沈一晨这视线一转，就瞧见从旋转玻璃门里走进来一对男女，一副相谈甚欢的样子。

沈一晨定睛一看，那个身姿卓越、风度翩翩的男人，不是周默还能是谁？

他身边的女人是谁？

沈一晨的视线追着这对登对的男女落座，透过绿植缝隙，她发现周默不经意地望向她们这一桌。

沈一晨猛地回头，用手戳着后脑勺，假装瞧着别处，就听到沈欢说："不要因为跟你爸作对，错过好的男人。"

周默只瞧见一个怪异的女人拿后脑勺对着他，便低头继续向女伴介绍这家餐厅的特色菜。

沈一晨见没被发现，才敢大些声音问："你说贺子聪不错？"

"一晨，你懂我的意思。"沈欢无奈地笑，"于我的立场，我不想掺和你和你爸之间的争斗，但你不能一直活在斗争与仇恨中，你需要有自己的生活，包括认真谈场恋爱，组建自己的家庭，你看这几年你把自己累成什么样了？"

沈一晨知道她还有后话，便没有出声，听她把话说完。

"当年所有人都反对我跟你姑父结婚，也都反对我追求自己的理想，只有你鼓励我做真实的自己，我还是觉得那时候的你活得勇敢、真实。"

沈一晨莞尔一笑。

"姑，你错了。我那时是没有能力追求自己所想所要，所以才会鼓励你坚持。我鼓励你跟家里对着干，其实还有一方面原因——"她斟酌片刻，缓慢道，"但凡我爸反对的事我都要坚持，包括你跟姑父的恋爱，劝你坚持的另一方面我也是想要气气他。"

沈欢讶异，盯着她看了片刻，最后无奈道："你这个皮孩子，就不能让我以为你当年真的是为我好吗？"

后来，两人又闲聊了一些家常。

其间，沈一晨不停透过绿植缝隙偷瞄周默那一桌。

沈欢离开前郑重其事地说：“晨晨，如果你不喜欢你爸介绍的男朋友，就不要委屈自己，毕竟婚姻是一辈子的，在这件事上姑永远支持你。你不喜欢贺子聪，周六就不要去参加家里办的家宴。”

沈欢离开后，沈一晨坐在原位缓缓眯眼，郁闷地看着周默那一桌。好不容易等到周默起身朝洗手间走去，她悄然起身，朝着他们那一桌走去。

她的突然出现，吓了周默女伴一跳。

沈一晨并不觉得自己出现得突兀，假装镇定地落座，自我介绍着：“你好，我是周默的前女友。”

对方神情一凛，心里对周默起了各种猜测。

见对方上钩，沈一晨装作一副受害者的样子，假装温柔地说：“我想你刚跟周默认识吧，你别看他一副翩翩公子的样子，我跟你说，他有家暴的恶习，我就是因为受不了他的暴力前两天跟他分的。”

见对方不作声，沈一晨问：“你不信？”

“我跟周默认识半年了，他并不像是你描述的样子。”

沈一晨偷瞄了眼卫生间方向，见周默没回来，随口胡诌：“那是你没跟他生活过。”

说着，她撸起阔腿裤，露出前两天因为醉酒磕浴缸上还没消肿的膝盖给对方看：“你看，这就是前几天他回家揍我的证据。”

为了让对方信服，她握住对方的双手，语气恳切地说：“《不要和陌生人说话》里的安嘉和知道吧，周默就是现实生活中的安嘉和，外人根本看不出他的……”

忽然眼尾扫到周默回来的身影，沈一晨急急起身，忙用手遮住脸颊，半弯着身，像只兔子急急窜走。

做贼心虚地躲到餐厅外，沈一晨倚着栏杆，越想越觉得憋屈，也不知道她刚刚像个神经病似的跑到那女人面前乱说一通，人家信不信她。

想到周默可能有了女友，沈一晨烦躁地往嘴里叼了一根烟，摸出打火机点火，一手拢住火缓缓点燃。

她还没抽两口，嘴里的烟忽然被人粗鲁地抢走。

沈一晨拧着眉斜眼横过去，到口的横话还没说出口，就瞧见来人竟然是周默。

周默把从她嘴里抽出来的烟掰折了，扔进了垃圾桶里。

“看来跟贺子聪学了不少东西啊，学会抽烟了啊？”

这话一听就是嘲讽。

沈一晨心中有气，又被周默瞧见自己狼狈的一面，竟还回了句：“谢谢夸奖。”

周默连看她的眼神都变了，冷着声音问：“以为我在夸你呢？”

沈一晨拢了下被风吹乱的头发，另一只手摸了下衣兜里的烟。其实她烟瘾并不大，只有在工作压力大，心情不好的时候特别想抽。

但周默在，烟是抽不成了。她伸手在兜里翻了半天，也只翻出根牙签，拆了包装，叼在嘴里。

周默看她这副吊儿郎当的模样，拧着眉，一副忍无可忍的样子。

沈一晨似笑非笑地看着他：“我剔牙你也管吗？”

语气里的不正经怼得周默无言以对。

两人就这样无言以对了几秒，沈一晨掏出车钥匙套进食指，边转着边往前走：“拜拜！”

没走两步，她的胳膊猛然被周默一把攥住，她都来不及反应，就被他转半圈拽到跟前。

周默一脸严肃地看着她：“喝酒了还敢开车，你是想被刑拘是吗？”

沈一晨回头看了眼不远处，站在周默车旁的女人，存心逼近他，整个人都贴上他胸膛，还朝他顽皮地哈了口气：“不然呢，你送我回去吗？”

说这话时，她的眼睛一眨不眨地看着他。

周默迎上她那双黑沉明亮的眼睛，却从那双吊儿郎当的黑瞳深处看到某种纯粹而干净的东西。

片刻后，周默逼自己转开视线，转身离开。

沈一晨眼前恍惚了一下，靠着车身自嘲地笑了笑。

她再次从兜里掏出一根烟叼在嘴里，缓缓点上，却并没有吸，眼睛盯着某处定定出神。

周六家里办的家宴……

嗤，怕是给她办的订婚宴吧。

她是一定不能出席的，但怎样能躲过去又能把她老子气得够呛呢……

兀自沉浸在自己思绪里的沈一晨并没有发现有人靠近，直到嘴里的烟，第二次被人粗暴地夺下。

沈一晨猛地抬头，看到去而复返的人忽然站在眼前，有些反应不过来。

片刻后，她冲他咧嘴一笑："我走，我走，不打扰你……"

下一秒，手里的车钥匙被人一把夺走，沈一晨眼睁睁地看着自己的车钥匙被周默揣进裤兜里，傻眼。

她傻站在原地琢磨了会儿，抬脚就这么光明正大地跟在周默屁股后面。

沈一晨腹诽着，是你让我跟的啊，到时候看我怎么给你使绊子。

然而走到周默的车旁，看着周默上了车，沈一晨还在出神。副驾驶的玻璃窗忽然打开，周默不耐烦地说："你是准备在这里站一晚吗？"

沈一晨闻言，贼眉鼠眼地往车里面瞄……

那女人竟然没在？

车子沉默地驶在马路上，沈一晨偷瞄了眼周默不苟言笑的脸，不想去猜他为什么忽然撇下女伴送她回家？

她心里有事，并没有像平常那样讨好周默。

“默哥，去泰安的高铁我订后天早晨八点的怎么样？你觉得没什么问题我就下单了。”

有人给周默发来语音。

沈一晨回过神来。

“我这边没什么问题，你问她们女同事有没有什么特殊需求的，没什么问题就订下来吧。”

“好嘞，回头把账单发给你，您老给报个销。”

周默挑了下眉，没说什么。

新消息进来，看到助理发来的账单截图，周默眼睛都不带眨一下地把钱转了过去。沈一晨偷瞄了眼他手机上的账单，腹诽，遇到周默这样的老板，还真是好命。

然而，沈一晨腹诽的嘴脸还没来得及收拢，就被周默逮个正着。她心底一虚，谄笑着问：“健身会所组织旅游啊，你对手底下的员工还真不错。”

周默没有回答她，只是用眼神示意她。

沈一晨没明白，直到他说“下车”时，才发现车子到了她的公寓楼下，而她再见到他指不定又要到什么时候。

她心里很乱，只知道不能就这么放他走了。

周默见她没有动作，又用那双能洞察一切的眼睛攫住她。

沈一晨被他盯得不知所措，急急找个借口：“我突然想起毛球还在宠物寄养中心，能不能送我过去接毛球回来？”

然而找再多的借口，车子总有开回终点的时候。

周默把车钥匙还给沈一晨。

沈一晨接住钥匙，又把毛球放回笼子里，纠结了半天，猛地抬头，一字一顿地说：“周默，我喜欢你。”

[3]

“……”

“我是认真的。”

“嗯，我知道。”

沈一晨哽住——

他知道？

“那你的意思是……”

沈一晨是那种有什么说什么的直爽性格，周默是那种把别人胃口吊到老高折磨人的性格。看着周默一脸的淡漠，沈一晨觉得自己没戏。

从小到大，沈一晨都以征服周默为目标，虽然她从来没有成功过。

但她还是不能放弃。

于是，她拿以前的陈芝麻烂谷子说事：“你记得自己曾经说过吗，如果我考上Y大，就会让我追你。”

周默脸上的神情变得很微妙。

见他不认账，沈一晨理直气壮地说：“虽然我当年没有考上Y大，但我出国拿到了名牌大学的毕业证，还有了自己的公司，这不比考上Y大厉害很多吗？而且我没去Y大，不也让你有个清静的大学吗？”

周默差点儿被她的歪理感动了：“我当年也只是说会考虑。再说了，当年的事你真的确定要跟我掰扯清楚吗？”

沈一晨有种搬起石头砸自己的脚的感觉，立马换了个语气说：“我这么优秀，难道都不能在你这儿有优先考虑权吗？”

周默握拳放在唇边虚咳，尴尬过后说了句“我会认真考虑下的”，就把她赶下车了。

一上午，沈一晨上班都挺郁闷的。

沈立山打电话过来的时候，沈一晨正在跟营销部的同事们开会。她看到屏幕上的来电显示，示意下夏漫白，起身走出会议室，回到自己办公室接电话。

电话一接通，沈一晨毕恭毕敬地说："沈董，找我什么事？"

沈立山愣了片刻，似是没想到沈一晨会这么痛快地接他电话，但他依旧绷着声音说："我们父女非要以这种方式相处下去吗？"

"都已经这样了，还能怎么办？您能让我妈起死回生还是您能跟你老婆离婚？"

"今天我不是来跟你吵架的，你姑姑回来了，周末回家一起吃个饭。"

"行啊，吃饭是吧？中午还是晚上？"

"你这是什么态度？"

沈一晨双脚往办公桌上一搭："我爸都快把我的公司整垮了，您希望我什么态度？"

"……"

即使隔那么远，沈一晨都能听出沈立山被噎得不轻，她嘴角轻轻上扬，嘴里却不情愿地说："您要是不说，周末的家宴我就不去了。"

"你敢。"

沈一晨心说你看我敢不敢。

"后天中午十一点半开饭，到时候你姑他们会去接你。"似是不想多说一个字，沈立山说完就挂了电话。

乐清拎着吃的进来，就见沈一晨瘫在皮椅上，双腿大大咧咧地往办公桌上一放，手里把玩着一支笔，眼睛里闪着狡黠的光芒。

看到她来了，沈一晨招了招手。

乐清被沈一晨的样子吓得一哆嗦，但碍于她的年终奖掌握在沈一晨手里，只好拎着吃的走过去，笑得那叫一个谄媚："沈总，我给你带了你最爱吃的炸鸡，还热乎着呢，你尝尝？"

沈一晨看都没看香喷喷的午饭一眼，问她：“你追过男生吗？”

“啊？”乐清愣了下，把自己从学生时代到初入社会的恋爱经历想了下，摇头，“没成功过。”

“那就是追过了？”

乐清点头：“有一个差一点儿就追上了。”

沈一晨示意她说下去。

乐清也清楚沈一晨并不想听她的恋爱经历，便挑重点说：“也没什么特别的方法，就有事没事老在他面前晃悠……”

有事没事老在他面前晃悠，沈一晨记下了。

“还有呢？”

“在心仪的男生面前表现得贤惠点，比如男生打球的时候帮忙拿衣服，或者自己做些拿手美食送给他，主动跟他套近乎……再然后就假装下雨的时候没带伞什么的，多给自己制造点麻烦，如果那个男生喜欢你的话一定会帮忙，这样一来二往相处的机会不就多了吗？”

沈一晨点头表示受教了。

但做好吃的就算了，周默的厨艺在她之上，这个根本就行不通，不过……制造麻烦，她倒是挺擅长的。

像是茅塞顿开，沈一晨收起双脚，起身就走，经过一脸呆萌的助理跟前时说：“我出去一下，外卖你吃吧。”

她记得周默今天下午两点上班，有两节课。沈一晨边往外走边看了一眼腕表，直接下楼，朝保安室走去。

刚刚吃过午饭的保安正窝在保安室里偷懒打游戏，听到有人敲玻璃，一个甩眼横过去，待看清站在门外的人是沈一晨后，本能地要把手机藏到背后，转念一想都被发现了，便打开门尴尬地喊人：“沈总。”

沈一晨看了眼他手里的手机，眯着眼假笑：“给你一次将功补过的机会，愿不愿意？”

保安清楚沈一晨眯着眼狐狸笑，肯定没好事，但也知道今天这事若是追究起来，被罚两百块钱是跑不了的。

为了两百块钱，保安没有犹豫就答应了。

“拿上你的电动车钥匙跟我走。”

保安载着沈一晨，一开始还炫了下车技，得意扬扬地说：“沈总，不是我跟您吹，开车我不如您，但骑电动车就没几个人比我车技好的。早晨咱们那条街多堵哇，我照样能稳稳地穿梭在机动车之间，咱这车技，您就放一百二十个心吧，保证比您坐宝马车还稳当。”

他说这话，原本是想让沈一晨对他刮目相看。

不料，后车座上的那位祖宗却感兴趣地说：“今日这话我可当真了啊，待会儿考验你的时候别犯㞞啊。”

保安吓了一跳，回答时差点儿结巴：“那、那当然了，我的本事不让沈总见识下，我这不是打自己脸吗。”

沈一晨眼睛一眯，笑着拍了拍他的肩膀。

保安心里“咯噔”了一下，莫名有种不妙的感觉。

半小时后，他们到达周默工作的健身会所。

当保安知道沈一晨要他帮忙制造一个车祸现场时，立马苦着一张脸，结巴道：“沈总，我、我刚刚跟您说着玩的，您、您怎么就……当真了呢？”

沈一晨弹去落在衣袖上的飞虫，从衣兜里掏出一盒烟，递给保安。

保安摇头拒绝：“沈总，您这是让我拿生命去冒险，到时候我要是真的刹不住车，您这小身板还不得被我碾了。”

沈一晨面无表情地看了他片刻，叹息着说：“谁要你真骑车撞人了，演戏知道不？制造一种我被你撞伤的假象。”

“噢！”保安一听是假的，立马接过沈一晨递来的烟，并掏出打火机给沈一晨点上，“这个我擅长，到时候您就往我车轱辘前一坐，我就假装死不认账，还跟您横，是这样吗？”

沈一晨头疼地扶了扶额，就他这样的还敢跟她横，等会儿周默来了没两句就会被套出实话来。

她想了片刻说：“一会儿你看着车牌号是7734的SUV过来，就假装骑车过来，等看到他要下车你骑车跑就行了。”

“这样真的没事吗？你朋友会不会调监控找警察抓我？”

“有我在，他调个屁呀。一会儿你照着做就行了。”

一点四十五分，周默的车子出现了。保安见到后老远朝沈一晨打招呼，骑着电动车飞速向沈一晨驶去。本来保安骑到沈一晨跟前就应该立马停下来的，可不知怎的，他一紧张，就忘了刹车。尽管沈一晨机警地向旁边闪身躲开，但电动车把还是把她胳膊刮伤了，她整个人栽进花坛里。

保安顿时吓破了胆，张嘴刚喊出一个“沈”字。

沈一晨一个眼神威胁过去，嘴里还夸张地痛苦呻吟一声，接着骂：“你怎么骑车的，我走的是直线吧！”

保安被沈一晨骂得忘了台词，看到周默下车径直朝着他们这边走来。这一刻保安死心眼儿地想，就这样被周默逮到吧，大不了他赔医药费。

沈一晨可没想到平时油嘴滑舌的保安，关键时刻还挺有责任心的，眼看周默还有一小段距离就走到他们跟前了，便使劲朝保安挤眉弄眼。

保安脖子一梗，对沈一晨说：“沈总，我、我送你去医院吧，医药费我赔。”

沈一晨捂住胳膊上的伤口，急了：“你再不走开除你。”

保安这才匆匆跨上车，拧开车钥匙启动车子走了。

然而，周默理都没理畏罪潜逃的人，径直朝着栽进花坛里的沈一晨走去。

他不知道沈一晨伤得重不重，因此并不急着追究罪魁祸首，回头去保安室调个监控，什么都查出来了。

健身会所里，学员陆陆续续来了，换好衣服后，就围着前台小姑娘聊天。

电动门打开，一伙人看到周默抱着一位姑娘进来，顿时睁着八卦的眼睛看着。

周默进了门直接把沈一晨放在就近的沙发上。

有人打趣道："默哥，这是谁呀，不介绍下？"

沈一晨抬头。

几名刚刚下课的男老师正朝这边走来，个个肌肉结实，身材凹凸有型。她的目光不由得转向周默，瞧瞧他的手臂，又瞧瞧他的胸肌……嗯，总之身材不会太差就是了。

忽略沈一晨猥琐的目光，周默招呼前台帮忙拿急救箱。

沈一晨仿若受伤的不是自己，见几位老师走近，才舍得从周默身上移开视线，大方地自我介绍："嗨，大家好，一晨电商的沈一晨，仓促前来，没有打扰大家吧。"

她知道这个时候不能惹毛周默，刻意不提两人关系，但这种朦胧的解释更容易让人想歪。

但那就不是她能管的事了。

她正在那儿偷偷嘚瑟，就接到周默沉默无言的目光。

所幸几位老师都不是八卦的人，很快将注意力转移到当今电子商务的发展趋势上去了。周默一会儿有课，没有加入他们的聊天，确定沈一晨没伤着要害后，拜托前台小姑娘帮忙照顾一下沈一晨，就去上课了。

等聊熟了，这几个人什么脾气秉性沈一晨已经摸了个大概。

其中一位名叫小柯的男老师跟沈一晨聊得投机，问她："原来你们平台主要是做电子产品、化妆品和服装的？我想买台电脑，你有什么好的建议没有？给我推荐几个性价比高的牌子呗。”

“你想要什么价位的，主要用来打游戏还是办公？”

“你怎么这么了解我，当然是打游戏用。”

沈一晨想了下，掏出手机找到某电脑品牌商的一个顾问电话，跟对方打过招呼后，把对方微信推荐给小柯，并说：“我的建议是你买个一万块钱左右的，就足够了。这个顾问你先跟他聊着，看上哪款直接跟我说，我最低价格给你。”

“那我先谢谢你了。”

“客气什么。”沈一晨眼睛微微一眯，“加个微信吧，方便联系。”

小柯老师离开后，前台小姑娘正好拿了快递回来。

沈一晨瞄了眼被她放在置物架上的快递，闲聊似的问：“你平常工作还挺忙呀，既要维护店铺还要帮忙接收快递，辛苦了。”

前台工作说实在的没啥技术含量，琐事繁多又学不到什么东西，还被人呼来喝去的，太累人。

沈一晨经过自己公司前台时，偶尔也会这样安慰他们公司的前台小姑娘，或者请她们喝个下午茶。

在沈一晨的生意经里，只有对下属大方了，人家才会认真对待工作。

在这位小姑娘看来，有沈一晨这样的领导还真是幸福。

沈一晨顺着这话题继续跟她聊：“你们要出去活动吗，我看周默买了新的登山鞋。”

前台小姑娘没啥心眼儿地就把他们的假期行程全告诉沈一晨了。

周默上完课下楼，就看到沈一晨正拉着前台小妹聊着什么。沈一晨见他来了，立马转开话题。

前台小妹就没她机灵了，看到周默过来还笑嘻嘻地说：“默哥，一晨姐让我问你……”

沈一晨急忙拉住，生怕这个单纯的小姑娘会坏了她好事，微微一笑：

“小凡，不用了，我自己问他就行了。”

她想起什么似的，又对小姑娘说：“你不是说要给我发一份减肥食谱吗？我一会儿就要走了，你能不能先帮我整理下，谢谢啦。”

等前台小妹离开后，周默才坐在她身旁，盯着她胳膊上的伤口看了会儿，问：“你要问我什么？”

啊？真问呀？

沈一晨挠头，脑子转了半圈说：“刚刚看你们的健身老师身材很好，所以问她那老师是教什么的。”

“你想学？”

“正在考虑中，毕竟你们家费用这么高。”

“所以解释下你今天为什么出现在这里吧？”

沈一晨：“……”

这只狡猾的狐狸看似在关心她，实际上又在给她下套。

如果她顺着他的话说来这里是想办会员上健身课的，那就真中了圈套。可她不给个冠冕堂皇的理由，他这里又糊弄不过去。

沈一晨一时左右为难。

看着沈一晨窘迫的样子，周默心底带着几分揶揄，脸上却故作严肃地瞅着她。

想好了，沈一晨索性大言不惭地说：“我是来办公事的。”

她随手一指：“剑盾那边的科技园你知道吧，我经过这儿是要找他们老总谈生意的。”

“现在走吗？”

“啊？”

沈一晨没反应过来，就听到周默说：“不是要谈生意吗，现在就走吧。”

啊？他这是监督她去谈生意呀，看看到底有没有这么回事。

沈一晨才不上钩，收了手机说：“早过时间了，还谈个屁呀。我重新约了时间。”

周默了解地点点头。

就在沈一晨以为他信了她的鬼话时，听到他轻描淡写地说：“沈一晨，当我第一天认识你？”

沈一晨睁大眼睛。

“我比你肚子里的蛔虫都了解你，最后一次宽容你在我面前说谎，小骗子。”

然而某小骗子并没有自觉。

周六下午太阳快下山的时候，周默他们一队人乘大巴到达泰山脚下。过了检票区有一块平整的陆地，一队人边在上面走着，边聊石碑上那些题字名人的历史，时不时还要等等落下队伍拍照的女同事。

听到山涧有潺潺溪流声，女同事这才收起相机欢快地朝着水流声走去。

周默他们这帮大老爷们儿还没走到就听到女同事喊：“哇，这里的风景真不错，你看日落的余晖照在溪流上多美。小凡，小凡，快过来帮我拍照。”

忽然白光一闪，周默本能地转头，发现一个女同事笑嘻嘻地在偷拍他。

吸引他目光的并不是偷拍他的那道白光，而是站在溪岸边举着相机找角度的人。

西下的夕阳透过树影婆娑的叶子像束追光倾泻而下，而沐浴在整片橘红光芒下的人毫无知觉，举着相机，微仰着头……

今天的沈一晨穿着浅粉色外套，牛仔裤，脚下蹬着一双运动鞋，全然不知随风跳跃的光打在她侧脸上，已成了别人眼中的一道风景。

看到她的那一刻，周默心里不知是惊艳多些还是无奈多些，只是沉默地打量着她，并不打算上前打扰。

直到一个老外举起相机要拍她。

考虑到她的名声，周默几步上前用身子挡住老外的镜头，礼貌地用英文告知对方她不接受拍照。

老外惋惜地摊摊手，走之前用英文夸赞：“Your girlfriend is beautiful.”

对身后的玩闹嬉笑，沈一晨并不是毫无知觉，只是没想到她把光影效果调到最佳，终于拍到一张满意的照片之后，一转身，一眼就瞧见人群中一身运动装、正在跟一位外国人话别的周默。

那外国人离开时还冲她微笑着摆摆手。

沈一晨愣了下，也微笑着向对方挥挥手，走到周默跟前。

迎上周默眼底的寒光，沈一晨假装发出一声惊呼：“呀，好巧哇。真是人生何处不相逢啊。”

周默不动声色地瞧着她，仿佛在说：谁要跟你相逢……

没有接她这话茬，看女同事都拍完照了，周默招呼大家：“时间不早了，大家继续赶路吧。”

沈一晨：“……”

他不邀请她同行吗？

沈一晨就这样不受欢迎地硬挤进了他们的队伍，有男同事一路跟周默攀谈，沈一晨插不上话，只能跟上次加她微信的男老师和前台妹子闲聊。

等那男老师也离开了她奔向周默，她才发现他们每个人都背着登山包，登山包上面横挂着简易帐篷。

坏了。

看样子他们是打算在山上过夜了，而她订的是山脚下的一家酒店。

前台妹子也看到了沈一晨背后的双肩背包，问她：“我们打算晚上在山上露宿，一晨姐在山上订酒店了吗？”

沈一晨颇为尴尬地摇头："并没有。"

前台妹子脸上的片刻尴尬没能逃过沈一晨的眼睛。片刻后，前台妹子说："如果不介意的话，你可以跟我挤一晚上。"

沈一晨连连点头。

"不过我睡相很差，你要是能……"

"没关系，我睡相也不好。"

于是，两个睡相不好的姑娘就这样搭了伙。

夜晚更深露重，山上更冷，即使沈一晨穿了件冲锋衣还是觉得冷，没一会儿就感觉自己被冻得脚都麻了，她不好意思叫大家伙儿等她，只能一瘸一拐地追着他们的脚步。

眼看前面的人与她拉开的距离越来越远，再抬头，看到旁边大石上写着"十八盘"。

传说十八盘是泰山登山盘路中最险要的一段，共有石阶 1827 级，是泰山的主要标志之一。

沈一晨又走了两步，忽然发现周默正停在高她两步的台阶处，居高临下地看着她。

沈一晨走到他跟前，扶着石头砌成的护栏跺了跺脚，抬头望向他时嘴角扯出一抹邪笑："周老师，你好。"

"收起你的痞笑。"

沈一晨摸摸嘴角，无辜道："喂，我做的可都是正经生意，一不杀人放火，二不偷税漏税，怎么就痞了？"

说这话时，沈一晨嘴角一直扯着笑，那双看向他的眼睛透亮中带着一丝暧昧。

见周默无言，她索性挨着周默在他脚边坐下。

周默也挨着她坐下，望了会儿满天星辰，递给她一个东西。

沈一晨接过，借着月光看到他递给她的是一壶酒。

“喝点吧，暖暖身子。”

沈一晨毫不客气地就着酒壶喝了一口，高浓度的白酒从嗓子眼直烧到胃里，辣得她吐了吐舌头。

“你这什么酒，怎么这么大劲。”

周默不接她这话，盯着她一双亮晶晶的眼睛看了会儿，问：“说说为什么出现在这儿吧？”

他了解的沈一晨，虽然顽劣任性了点，但也不至于到荒度昏庸的地步。

那么大一家电商公司，终日在她父亲的打压下，仍能屹然而立，从这一点就可以看出她对待工作还挺认真的。

可近日各界舆论喧嚣，她不在公司坐镇却跑来泰山游山玩水？

这怎么也说不过去。

沈一晨确实没什么心情游山玩水，昨晚周默送她回去后，她打电话给夏漫白，把自己要逃婚的想法跟夏漫白说了，又把公司这两天的事交给夏漫白处理，连夜收拾行李直接来了这里。

在酒店一觉睡到自然醒，沈一晨洗漱完吃过早午餐，想着家里什么都张罗齐了而身为主角的她却没出席……

想象着此刻家里混乱的场面，沈一晨不紧不慢地喝了口咖啡，才编辑好信息给沈立山发过去。

原本，她想着沈立山应该会暴跳如雷，恨不得立马派人把她逮回去，没想到，事实上他理都没理她。

沈一晨叹了口气，存心不聊这话题。她盯着金属酒壶看了会儿，忽然笑着问：“你说我们俩这样算不算间接接吻？”

周默毫不留情地抢走她手里的酒壶，一本正经地看着她：“我说你怎么张口闭口跟个女流氓似的，嘴里就没个正经的。”

周默懒得再跟她周旋，起身拍拍裤子要走。

沈一晨赶忙跟着起身，伸手拦住他：“我保证，保证好好说话。”

周默瞥了她一眼。

“我这次来就是为了你。”她顿了顿，厚着脸皮问，“那件事你说要考虑一下，我给你时间了，你考虑得怎么样了？”

这恬不知耻的德行，周默无奈地回答：“你倒不害臊。”

“那你的答案呢？”

“考虑中。”

望着走在前头的人，沈一晨嘴角轻轻一扬，考虑中就是有戏喽?

由于沈一晨拖了周默后腿，他们到达山顶用手机联系到其他人的时候，大伙儿都支好燃气灶煮上方便面了，燃气灶旁边放着切好的火腿肠和生菜。

沈一晨被人热情地安排在周默旁边席地而坐，有人捧来一碗温热的牛奶递给她，说：“夜里山里冷，你喝点牛奶吧，驱寒的。”

沈一晨礼貌地道了谢，捧着碗喝完牛奶，果然没那么冷了，又用喝牛奶的碗吃泡面，完了学着别人呼噜噜地喝香喷喷的汤。

大伙边吃边聊，沈一晨很快融入这个团体中。

饭后，大伙又合力把帐篷支起来，等做完这些工作看时间还早，有人提议打牌消磨时间。

沈一晨没听说过他们的玩法，有人便教她打。

沈一晨是对数字很敏感的人，开始时输了几把，后来都在赢。

大家伙儿实在看不过去，搬来周默降服沈一晨这只妖孽。

谁知周默放水，沈一晨整晚都是稳赢不输。

直到变天了，大家伙儿才散去。

临走时，还有人嚷嚷：“默哥你放水，存心让沈一晨赢。”

沈一晨听罢扯了下唇，边跟着小凡往帐篷走，边冲身后抱怨的人摆摆手：“行了，不要抱怨了，明早请大家吃早饭，我还能占你们便宜不成?

晚安。”

然而，祝人家睡个好觉的沈一晨却整晚都没睡好。

大概是赚了黑心钱，报应来了。

沈一晨躺在帐篷里听着小凡熟睡的呼噜声，翻来覆去睡不着，又翻个身背对着她闭上眼数羊，才酝酿出睡意，就被睡梦中的小凡一脚踹在了屁股上。

沈一晨一个激灵被踹醒，扭头瞧了眼熟睡中的人，挪了挪身子想要离小凡远些，小凡却逮住她一只手直接往嘴里送：“猪蹄好好吃哦……”

眼瞧着自己手臂被小凡送入口中，沈一晨脸都吓白了，好不容易从小凡手中抽回自己手臂，却猛然对上一双呆滞的，看着她傻笑的眼睛。

沈一晨吓得“嗷”一嗓子，连滚带爬地跑出帐篷，直奔周默的帐篷。

刚刚与投资人用手机开完视频会议，周默才熄了灯准备睡觉，就听到有人急切地猛拍他帐篷。

“周默，救命……”

［4］

那颤颤巍巍的声音，让周默原本刚闭上的眼睛猛然睁开，腾地坐了起来，一把拉开帐篷帘。

迎接他的是沈一晨惊吓过度的苍白脸色，她怎么吓成了这样？

周默还没弄明白发生了什么事，沈一晨一猛子扎进周默怀里，紧紧地搂住他的腰，抱住了就不撒手。

大晚上被一个女人投怀送抱，饶是正人君子周默也有些不淡定了。

他拍着她后背，试着与她沟通：“你先松开，发生什么事了？”

想起小凡睡梦中睁眼朝她傻笑，沈一晨就怕到后背直冒汗。刚松开些的手臂又抱紧周默，她在他怀里颤抖地摇摇头：“小凡她梦游，把我胳膊当猪蹄啃，她就那么直勾勾地看着我笑……”

周默明显松了口气，甚至忍不住笑了下。

沈一晨心有余悸，皱着眉用腿顶了他一下："你还笑，还有没有点良心？"

周默这才敛了嘴角弧度："她这是梦游症，明天早晨你问她，兴许她什么都不记得了。"

"那怎么办，我待会儿回去她还会不会把我胳膊当猪蹄啃？《西游记》里的魏征就是梦里把泾河龙王给杀了的。"

神话故事也信。

沈一晨又说："我会不会明早起来，发现自己少了一只胳膊？不行，我不回去了，我要跟你在一起。"

周默无奈："你睡我这儿吧。"

"那你睡哪里？"

他看着她一副惊吓过度的样子，扶她躺下去，临走不忘揶揄一句："放心，我不会给你占我便宜的机会的。"

迎接他的是砸在后腰上的枕头。

周默离开后，沈一晨霸占了他的帐篷，一点儿鸠占鹊巢的内疚都没有，摊开手脚呈"大"字形躺在软垫上，这儿看看那儿摸摸。

也不知道他用的什么牌子的洗衣液，味道还挺清爽。

正当她噘着嘴研究被子上的清香味儿是什么植物的味道时，压在枕头一角的手机忽然响了下。

沈一晨本无意偷窥别人隐私，可手机又接连响了两下，她找手机的时候就看见微信名叫"小鸽子"的人——应该是女性——给周默发来一条微信："周默，睡了吗？"

沈一晨握着手机，心情微妙地酸了下，拿着手机走出帐篷。

帐篷外等着看日出的人很多，似乎每个角落都聚满了人，还有很多互相不认识的人披着租来的军大衣天南地北地闲聊。沈一晨穿过人群，在一块相对僻静、视野极佳的大石上发现了周默。

他正坐在大石上，面朝巍峨的群山瞭望远方的夜色，身前就是悬崖峭壁。沈一晨小心翼翼地爬上石头，在他身边坐下，看了会儿广袤的夜空，再看看黑漆漆的远方。

啥也看不见。

刚刚看他一副陶醉的样子，也不知道在看啥。

周默歪头看了她一眼："你大晚上不睡觉，上来干吗？"

沈一晨紧了紧攥在手里的手机，口气略酸地说："刚刚有个小美女约你看日出，不知道你赴不赴约啊？"

周默以为她说的是她自己，接过手机看也没看，直接揣进兜里："不是都追上来了吗？"

沈一晨诧异地看了他一眼，心说，我已经把信息传达到了啊，是你自己不要看的。

两人并肩感受着寂静的夜色，听着远方传来不知名的鸟叫声，近处还有这个季节特有的蛐蛐声，竟也不觉得无聊。

阵阵凉风从衣领处往里灌，沈一晨被冻得搓了搓双手，裹紧外套。

周默看她冻得不停搓手，犹豫了下，脱下自己身上的冲锋衣，披在沈一晨肩上。

熟悉的温热气息不经意地掠过，沈一晨身体一僵，心跳陡地漏跳一拍。

抓住带着周默气息的外套紧了紧，她头也没敢抬，本来想说声谢谢的，但她什么时候跟他客气过啊，便低声嘟囔了句："算你有良心。"

把衣服借给沈一晨的结果就是，周默第二天感冒了。

清晨被周默的咳嗽声吵醒，沈一晨睁开眼才发现自己竟靠着周默睡着了。

再一看，沈一晨被眼前的美景惊呆了。

天际边露出一抹曙光，一点儿一点儿撕破黎明前的黑暗，不消片刻，整片夜空由鱼肚白慢慢变成通红一片。

岩石底下有人感叹自然界的美妙，有人架起摄像机把这美妙一刻拍摄下来。

沈一晨微微偏头，就看到周默脸部线条柔和地沐浴在初晨的阳光下，眉眼间放松的样子有种水墨画里走出的绝尘。

直到此刻，沈一晨才明白人们常说的，和喜欢的人在一起即使什么也不做也会感觉很幸福，她现在就感受到了这种静谧中的甜蜜。

看了看远方天际，又看看周默，她微微歪头，靠近周默，掏出手机，对准镜头喊了声："周默。"

周默扭头，听到"咔嚓"一声。

她笑吟吟地把拍好的照片举到他面前。

照片上淡黄的阳光下，她脑袋微微靠向他，对着镜头笑得开心甜美。他来不及收起脸上的神情，看向她的目光柔和宁静，仿若她是他眼中的一道风景。

这个连声招呼都不打，忽然闯进他生活的女人……

周默也只是淡淡地收回视线，静静地感受着大自然的美景。

然而这种静谧没有维持多久，周默的同事找到了他们，大家有说有笑地摆拍、合影留念。等看完日出，沈一晨刻意落后一小段距离，拐了个方向去山顶简陋的早餐店买了豆浆和油条。

本来都打算离开了，她忽然想到周默把衣服借给她穿好像着凉了，又叫老板帮忙煮了份姜糖水。

老板看她一个人打包这么多份，特意要店伙计帮忙拎出去。

帮她拎东西的小哥哥本来就腼腆，加上沈一晨长得漂亮，沈一晨跟他说句话他都会脸红心跳。偏偏沈一晨闲得无聊，把人家逗到不敢看她了才闭嘴，到了地方她塞给小哥哥一百块钱小费放人回去了。

沈一晨拍手招呼大家伙儿过来吃早饭，眼睛四处寻找周默的身影。

眼瞅着正在收拾行李的周默打了两个喷嚏，她脚步一提，准备给他送姜糖水。

走到一半的时候却蓦地止步——

有人快她一步递给他一杯姜糖水。

那女老师还挺漂亮，身材也不错，跟周默并肩坐在一起，看着挺般配。

沈一晨站在不远处看了会儿，顺手把装了姜糖水的保温杯揣进了兜里，大步朝着他们那边走过去。

看到沈一晨过来，那女老师还冲沈一晨微笑一下。沈一晨却直接往周默边上一坐，看着周默手里来不及打开的姜糖水，假装咳嗽几声，哑着声音说："有没有热水，肚子疼。"

周默不相信十分钟前还活蹦乱跳的人，这会儿会突然生病，盯着她转动的眼珠子以及那闪躲的眼神，不用深究，他就能断定她为着什么目的在撒谎。

心虚地瞟了眼那审视的双眸，沈一晨略一偏头躲过他的视线，凑到他耳边说："生理期，肚子疼。"

周默明显噎了一下。

这——他还真没有办法求证。

他沉默不语地把手里的姜糖水递给她。

沈一晨倒真不客气，拧开保温杯一口气喝了半杯，眼瞅着女老师失望地离开，嘴角微微上扬。

她用胳膊顶了周默肩膀一下："那女老师喜欢你？"

周默用明知故问的眼神看向她："舒心了？"

沈一晨心里说"你身边有这么多的莺莺燕燕，我舒心个屁"，面上依旧笑着说："我舒服多了。"

下山的一路上，沈一晨不给微信名叫小鸽子的女老师丝毫靠近周默的机会，连去洗手间都把包放在周默这儿，以便回来时能够名正言顺地走在周默身边。

反正她这狗皮膏药是当定了。

刚从洗手间出来，沈一晨看到不远处围了一圈人，听到有人在小声议论着什么。

看到周默也走了过去，她甩甩手上未干的水，也跟了上去。

等走近了才发现，是一个年轻女人晕倒了，看着嘴唇青紫、呼吸困难的样子，她身旁还蹲着一个不知所措的女人。

“让一让，谁帮忙打下急救电话。”周默把手里背包扔给沈一晨，一个箭步走过去。

沈一晨抱着包愣了一秒，也追着周默走过去，见他蹲在病人身前灵活地解开病人前襟的扣子，一下一下规律地压着病人的胸口做心肺复苏。

沈一晨蹲在原地，焦急地看着病人的情况。

三四分钟后，年轻女人的手指终于有了一丝动静。

沈一晨欣喜地告诉周默：“她的手指动了。”

周默看了沈一晨一眼，视线又回到年轻女人的脸上，刚刚放松下来的神情，又为之一震——

这女人渐渐有了喘息声，只是呼吸沉重，像是嗓子卡住了东西。

待在一旁的沈一晨也听到了，心头为之一紧，接过周默手里的急救工作：“交给我，我有经验。”

沈一晨将年轻女人的脑袋侧向一边，掰开对方的嘴巴，用手去抠里面的脏东西。

可年轻女人嗓子里的痰太黏，根本抠不出来。眼看着对方的生命命悬一线，沈一晨急得满头大汗，一边让对方躺平，一边唤着：“周默……”

周默抬眼瞅她。

“快，帮我掰开她的嘴，我帮她把痰吸出来。”有汗顺着沈一晨的额头流下来，她却浑然未觉。她跟围观的游客借了一根吸管，插进年轻女人喉咙里，用力地吸对方嗓子里的痰。

终于，年轻女人口中的痰被沈一晨吸出来大半，粗重的喘息声逐渐平缓。沈一晨丝毫不敢放松，又采取了刺激咽部、让周默协助拍背等急救措施——

附近医护人员赶到，年轻女人被抬上担架抬走。沈一晨才松了一口气，跪在地上，捂住胸口抑制不住地呕吐起来。

有人递给她一瓶矿泉水，并且细心地把瓶盖拧开了。

沈一晨来不及感谢，又是一阵呕吐，直到将胃里的东西全吐光，才接过矿泉水漱了口。

感到有人走过来，她微微抬头，就瞧见帮着把病人送走的周默折回来，蹲在她面前，手掌轻轻拍着她后背，另一只手拿纸巾擦拭她嘴角的脏物，问她：“你没事吧？”

沈一晨顾不上自身情况，扶着他的手臂焦急地问：“那女的没有生命危险吧？”

周默摇头说没事。

沈一晨松了一口气的同时靠着一块石头坐下来：“我妈就是哮喘，被痰憋死的，身边要是有懂常识的也不至于……”

后面的话，她没继续说。

周默怔住了，看向一脸平静的沈一晨。

“其实我以前的理想是想当一名医生，救死扶伤多伟大，可我天生就是做生意的料，满手的铜臭味。”

沈一晨微笑着看了看自己的双手，那一刻周默在她眼底看到了一闪而过的类似嘲讽的情绪。

[5]

那年轻女人不知道是什么背景，刚被医护人员接走，家属就打电话找上了沈一晨。

那是本地的一个陌生号码，沈一晨确定不是这座城市的合作商的号码。

不过也只犹豫了一下，她就按了通话键。

对方礼貌地说："沈小姐，我是卢珊哥哥的助理，就是刚刚你们施救的小姑娘哥哥的助理。我们黄总想当面对你们表示感谢，不知道你们今晚有没有时间，我派车去接你们。"

沈一晨把这人的话很快琢磨一番，礼貌地回绝了："不必了，今天的事，换作是任何人我想都不会袖手旁观的，况且我们救人，并不图什么……"

见沈一晨不肯松口，对方说："但黄总想当面感谢你们。当然，不会让你白跑一趟的，一切都是有偿的，也不会浪费你们很多时间。"

不想再跟对方废话，沈一晨直接说："祝黄小姐早日康复。就这样，再见。"

本以为这件事就这么过去了，没想到对方竟如此神通广大，他们才到山下，就有人迎上来了。

来人是一个男人，上前拦住她的去路，恭敬地说："沈小姐，请跟我们走一趟。"

沈一晨张望，就瞧见了先前蹲在病人身边的女人，马路对面停着两辆黑色奔驰车，车旁各站着一位司机模样和一名保镖模样的人。

怎么着，她不去，对方还想绑着她去不成？

没见过这么霸道道谢的。

相较沈一晨的冷脸，周默比她懂得变通多了。他的手保护性地揽住沈一晨，客气地跟对方说："我们去，有劳了。"

上车前，沈一晨问周默："我们救人还不应该了，他们这叫谢人吗？"

周默将她脑袋转正，让她看清状况：“你没看清现在的情形吗，我们真的走得了吗？”

沈一晨后背一阵冷汗。

“那我们怎么办？”

“既来之则安之。”

沈一晨可做不到周默的既来之则安之，透过墨色玻璃一路记下车子的行驶路线。

约莫行驶了一个小时，车子在市区繁华的路段停下来。

这一个小时里，号称是助理的男人跟他们简单介绍了他们救的那位年轻女人的家庭背景。

女人名叫卢珊，二十二岁，大四学生，从小患有哮喘。他口中的黄总名叫黄立行，三十岁，卢珊的哥哥，黄石集团的掌舵人。黄石集团主营业务涉及互联网、金融行业。兄妹两人的关系说起来有点复杂，黄总年幼时没了妈，卢珊年幼时没了爸，双方父母就这样一人带着一个孩子组建了一个家庭。

从助理含蓄的话语里，沈一晨听出，这毫无血缘的哥哥似是对妹妹产生了男女之情，妹妹好像不愿意，闹脾气离家出走了……

这狗血的剧情听得沈一晨一阵唏嘘，坐在车后座跟周默咬耳朵：“这剧情怎么跟我高中看过的一本小说挺像的？”

周默递给她一个保持安静的眼神，然后抬头示意。

沈一晨循着他的视线往前看，助理正贼眉鼠眼地看着他们。

见到黄立行本人后，沈一晨倒是觉得做黄立行妹妹还挺幸福的。这黄立行，要颜值有颜值，要钱有钱。

虽然男人漆黑的发间夹杂着几根白头发，但举手投足间透着良好的修养。

沈一晨细看，男人硬挺的眉宇间透着些焦虑与憔悴。

她心想，这大概是被他那妹子折腾的。

从他在电话里巨细无遗地叮嘱保姆照顾卢珊的生活饮食，就可以看出他真的很在乎这个妹妹。

黄立行也是在确定卢珊脱离生命危险后，才抽身过来见他们一面。之前他们俩被安排在医院附近的星级饭店，一直由助理陪着他们聊天。

黄立行时间有限，趁着服务员上菜期间，他先特别郑重地感谢了他们俩，并朝助理招手。很快，他们眼前摆了一张填了十万元的支票。

周默看到桌上摆的支票没什么反应，倒是沈一晨拿起这张支票瞧了瞧，又放了回去："黄先生这不是拿钱侮辱我们吗，以为我缺这十万块？"

对方诚恳表示并没有侮辱她的意思，并表示有什么要求可以尽管提，只要要求不过分都可以满足。

沈一晨拿起筷子夹了块鳕鱼，味道还不错，大手一挥："要不……"这顿饭你请？

然而她一句话没说完，桌子底下的小腿就被周默踢了一脚。

周默接过她的话茬："黄总方便的话，给我一张您的名片吧。"

两个男人视线交汇，黄立行点头："当然可以。"

黄立行惦记着医院里的卢珊，这顿饭没半小时就结束了，饭后周默要沈一晨跟助理先生先走。沈一晨走出旋转门，朝大厅里面望，好奇周默在跟黄立行谈什么。

三五分钟后，两个男人握手告别。

架势隆重，像是刚谈拢一单生意。

等黑色奔驰车驶远后，沈一晨凑近周默，鸡贼地问："你刚和黄立行聊了什么？"

"你想知道？"他脸上的表情神神秘秘的。

沈一晨更是心痒难耐："当然。"

"不告诉你。"

沈一晨朝着夜空翻白眼，还能不能愉悦聊天了。

两个人沉默地走了一段距离，沈一晨忽然撞了周默肩膀一下，八卦地问:“你说，如果卢珊也喜欢黄立行，他们结婚的话，在中国算犯法吗？”

周默不屑地看了她一眼：“人家的事，管那么多干吗？”

“我不是好奇嘛。”

周默看了眼具有地标性的隶属黄石集团的高楼大厦，无声笑了下:“以黄立行的能耐，只要他想，就能。”

沈一晨不知道黄立行在这座城市的影响力，对周默的说辞嗤之以鼻。

“你去问问，就我手上这张名片，有多少人巴结都得不到。”

“就连你也想抱他大腿？”那她可要好好鄙视他一番了。

“那倒不是。”周默收起镶了金边的名片，“不过多个朋友总是好的，况且他还欠我们一个人情。”

沈一晨恍然大悟。

怪不得他刚刚如此大方地推掉黄立行的重金酬谢，原来在这儿等着呢。

黄立行也是人精。

别看他对卢珊是真心实意的好，但他终究是商人，当然会防止他们日后狮子大开口。

刚刚沈一晨离开后，两个男人暗自过了几招。黄立行借着递给周默一根烟的动作认真打量一番跟前的年轻人，才允诺周默一个心愿。

虽然是周默争取来的利益，但沈一晨认为这军功章也有她的一半。

不再纠缠这对兄妹的感情问题，沈一晨笑得一脸贼兮兮：“周默，我发现有个成语形容你特别贴切——老奸巨猾。”

“老奸巨猾是吗？”周默阴险地笑，手臂绕到她颈后，微微用力捏住她后颈，“说谁老呢？”

“嗯？”

沈一晨才不怕他，抓住他手臂，另一只胳膊肘向后一拐。

周默被她顶得咳嗽一声，身形不稳地后退两步。

沈一晨这才发现他脸色有些苍白，似乎很不舒服。

她伸手探他额头，这才发现他额头滚烫，不由分说地拉着他就要去医院。

周默眉心深锁，说什么也不肯去医院。

两人在街上拉扯了一阵。沈一晨拗不过他，只好退而求其次：“行，咱不去医院，去药店买退烧药总行了吧？”

换来的却是周默一句“多管闲事”。

晚上两人订的是两间房，沈一晨与周默的房间之间隔了一间。沈一晨放好行李，敲响周默房间的门。等了一会儿，才等来他开门。

他穿着睡衣，手里拿着毛巾，头发还在滴着水，应该是刚洗完澡。看到门外站着的是沈一晨，他侧身让她进去。

看到衣扣来不及扣，半裸着胸膛的人，沈一晨有些不自在，兀自解释了一句：“我来给你送退烧药的，顺便看看你烧傻了没。”

周默嘴角抽动了下，懒得搭理她。

沈一晨看他走路都不利索了，扶着他走到床边躺好，帮他盖上被子，喂他吃过药，还给他贴了退烧贴。

冰凉的触感贴近脑门，周默难受地闭了闭眼睛，也只是虚弱地反抗一下，任沈一晨折腾。

沈一晨看着确实病得不轻，温顺得像只小豹的男人，好心情地弹了他脑门一下，转身去洗手间浸湿毛巾帮他物理降温。

把他胸前、腋下、手脚都擦了一遍，又给他量了体温，看着病恹恹的某人，沈一晨顽皮地伸手拍拍他发顶：“你乖哦，睡一觉就好了。”

本来已经昏昏欲睡的某人，蓦地睁眼瞪她：“给你脸了是不是？”

沈一晨才不怕他，似是知道他想赶她走，抓住他滚烫的手，捏捏他手指：“我保证，等你烧退了就走。”

实际上，周默烧了一晚上，沈一晨又是姜糖水又是退烧药地伺候着。天都快亮了，他才退烧睡得安稳些，她却累极了再没力气挪步到自己房间。

周默醒来，入目的是一个毛茸茸的脑袋。他视线略过沈一晨沉睡的脸，直接扫向抱着他手臂的双手。

他试着抽出手臂。

试了几次都未果。

周默嘴角抽搐，没想到这人睡着了占有欲还这么强。

要不是周默咳嗽几声，沈一晨还睡着。

沈一晨可没想到睁开眼就跟周默视线撞个正着，迷糊地眨眨眼，才想起自己昨晚照顾周默就这么睡着了，不解他在看什么。

周默盯着她看了几秒，指了指她嘴角：“流口水了。”

沈一晨一愣，赶紧用手擦了下，一摸什么都没有，才发现被骗了，反手拧了周默胳膊一下。

周默一把压住她的后颈，手指微微用力，捏得她缩了缩脖子。

沈一晨翻腾半天也没翻出周默手掌心，谄笑的眼底闪着狡猾：“疼，疼，疼，你先松开……”

周默与她对视，缓缓松手。

然而才松开手指，他就被沈一晨抓住手腕，反身一折，她一腿跪在周默跟前，将他压制在身下，眼底闪着胜利的光芒。

“这叫兵不厌诈。”

面对沈一晨的沾沾自喜，周默只是目光直直地锁住她，似笑非笑道：“能耐了。”

惊觉他话语里的危险，她还来不及防备，周默手腕向外一翻，瞬间脱离她的控制，利落起身的同时一把搂住沈一晨腰身，轻轻一翻，转瞬已换沈一晨被他压制得动弹不得。

沈一晨恼羞成怒："松手。"

"不松呢？"

沈一晨瞪他。

周默似笑非笑。

两人无声地对峙了几秒钟。

周默大概也觉得两人动作太过暧昧，松开她，起身。沈一晨见他松懈，忽然伸腿用力一钩。周默失了防备，重心不稳地压在她身上。紧要时刻，他不得不松开钳制沈一晨手腕的手，胳膊肘用力撑住床垫，避免真的压到她。

沈一晨却趁此机会，一把搂住他颈项，微微用力，然后鬼使神差地吻上了他的唇。她的吻很轻，一触就走，抬眼就对上周默黝黑的眼眸。

他面无表情地看着她，深沉的眼底闪着莫名的情绪。沈一晨心底莫名一慌，心虚地大声嚷嚷："是你先招惹我的。"

对于某人的强词夺理，周默只是沉默几秒后，按着她的头加深了这个吻。

他捧住她脸颊，拇指在她唇瓣上摩挲着，认真地说："我考虑过了，既然我早晚都逃不出你的手掌心，我们再折腾也没意思，不如试试。"

沈一晨以为自己听错了，慢慢领会过来他话里的意思，眉眼慢慢弯起。

"别高兴得太早，只是试用期。"

沈一晨第一次听说这事还有试用期的？

于是，她问："那我可以行使女朋友的权利了吗？"

周默点头。

"我还是喜欢在上面。"说着，沈一晨翻腾着把周默压在身下，再次吻住这个她用整个青春追到手的男人。

chapter 05 僵局

[1]

在谈恋爱这门功课上，沈一晨像个青涩懵懂的小学生。

除了高中时代那么执着地追过周默，后来的几年里，她将所有精力都花在与沈立山的钩心斗角上，从来没认真考虑过感情问题。

现在两个人关系忽然改变了，沈一晨反倒不知道该如何跟周默独处了。

由于沈一晨和周默订的酒店就在市中心，午饭过后，周默按照同事发来的定位去大明湖找他们会合。

大家伙儿正在惬意地划船游湖，有几个人坐在岸边的凉亭里吃雪糕和烤肠。见到周默和沈一晨一起过来，小柯老师热情地递给沈一晨一瓶饮料，等他们坐下后，说：“上次多谢你推荐的顾问，让我少花了不少钱。”

沈一晨接过饮料，视线从湖面上收回来，冲小柯老师微微一笑：“那你这算是贿赂我了。我要是不喝，都不给你面子。”

对方微微一愣，看到沈一晨一脸的打趣，这才跟着笑了。

沈一晨无意跟他深聊，手里的饮料也一直没碰。等大家伙儿划船回来，船体靠岸，沈一晨用手肘轻撞下周默手臂，把饮料递给周默拧开。

周默虽不解沈一晨的花花肠子，但也知道她不会娇弱到连瓶盖都拧不开，将饮料还给她时打量她一眼。也就是这时，赶上大伙从船上下来，然后——

那个名叫小鸽子的女老师手里的饮料就“吧嗒”一声掉了，之后整个下午，她都不在状态。

宣誓完主权的沈一晨也懒得再针对她，拉着周默在济南宽厚里逛了逛，停在一家店前买鸡爪。此时周默手上已经拿着一堆沈一晨买来的吃的，听她的意思买完了鸡爪还要买烤脑花，却没想到前一刻还兴冲冲的人，下一秒却皱着眉挤出了人群。

周默看着从人群中挤出来，空手而归的人，问：“怎么了？”

沈一晨赶紧把手机揣进兜里：“没事，突然不想吃了。”

她忽然没了胃口，是因为刚刚贺子聪给她发了条微信，内容很简单：“沈一晨我真是越来越佩服你了，行，挺好。”

沈一晨猜不出贺子聪发这条微信是什么心情，生气或者无所谓？但以她对贺子聪的了解，他的动机并不单纯。

然而事情还没捋出个头绪，周默的同事乌泱泱从另一条街拐过来，大家伙儿嬉笑着一打岔，这件事就被她抛到了脑后。

晚饭依然是周默这位老板请客，这几天沈一晨跟着周默的团队蹭吃蹭住，现在两人刚刚确定关系，周默更不会跟她计较这些小事。饭后，大家伙儿在周默的总统套间打牌到深夜才离去。

沈一晨等人都走后才起身，临走时扒着门框，恋恋不舍道：“男朋友，临别时不该有个吻吗？”

周默垂眸看她，看着她眼眸深处的小顽皮，嘴角轻轻一扯：“沈小姐，你戏太多了。”

“这难道不是我身为实习女朋友该有的权利吗？”她扬着下巴，不满地吊着丹凤眼看他，“你这是剥夺我的权利。”

周默目光锁住她，高大的身子靠近。

沈一晨呼吸一滞，属于男人的阳刚气息混着沐浴液的味道直接扑过来。

她头皮一阵发麻，紧张地咽了口唾沫。

开始她以为周默是故意吓她，直到腰部被他手臂环住。用力一带，周默不费任何力气就把她带进怀里。沈一晨耳尖地听到房门落锁的声音。

下一秒，她被周默抵在了墙上。

眼看着他的俊脸慢慢在眼前放大，沈一晨慌得急忙闭上眼。

“扑通……”

“扑通……”

“扑通……”

她清楚地听到自己的心跳声，格外清晰地敲着耳膜。

这一刻的不知所措，沈一晨才知道那些书上的卿卿我我都是纸上谈兵，一点儿都不适合此刻她的处境。

她甚至不知道该睁开眼与他对视，还是闭着眼安静等着周默亲上来。

周默似是有意逗她玩，按照正常情况他不是该亲上她了吗？可他呼吸在她鼻端停留了片刻，忽然转到她脖颈敏感处。接着，她感受到周默的手掌摸上了她耳朵，指尖轻轻揉捻着她耳垂。

沈一晨呼吸一紧，忍不住颤抖一下，听到周默贴着她耳朵低声说：“是不是我也得行使点男朋友的权利。”说完，另一只手粗鲁地扯了下她的衣服。

沈一晨猛地睁开眼，大喊一声：“不行！”

她管不了那么多了，紧张到结巴：“我……我的意思是我们可以先从亲吻开始，剩下的等以后再说。”

一向天不怕地不怕的人也有怕的时候，周默垂眸看她紧张地咽了口唾沫，终于笑了。他退开一步，双手却从她腰侧移到上面，手掌捧住她脸颊，慢慢靠近。

沈一晨以为他又要亲她了，赶紧闭上眼。

然而他的吻却没有如期落到她唇上，只是很轻地落在她的额头上。

沈一晨浑身酥了一下。

他贴着她耳朵说：“你的晚安吻，试用期女朋友。”

然后，她就这样被周默推着，赶出来了。

直到被人关在了门外，沈一晨才后知后觉地发现——

她被周默耍了！

从济南回去，沈一晨终于可以光明正大地和周默坐在一起。高铁上无聊，沈一晨处理完邮件戴着耳机看网剧，看着看着就睡着了。周默看着睡得东倒西歪的人，轻轻帮她摘下耳机，扶住她脑袋靠在他肩上睡。

三四个小时过得也快，下高铁时被周默叫醒，沈一晨整个人还是蒙的，还没睡醒。

周默替她收拾行李，下了高铁，一手牵着她，一手拉着行李箱往前走。沈一晨看着被他握紧的自己的手以及他修长骨感的手指，抿唇羞笑的样子像个初恋的小女生。

出了站厅，周默的同事们准备直接回家，沈一晨和周默在出站口跟大家告别，朝另一个方向走去。

等到了没人的地方，沈一晨递给周默一个东西：“送给你的。”

周默低头瞧见她手心躺着的小猪钥匙扣。

铜黄色小猪，银白色钥匙扣，样子丑丑的，看得周默直皱眉。

“老板说这个是一对，我就买了。我这里也有一个。”说着，她从口袋里掏出挂在车钥匙上的钥匙扣，在他眼前晃晃。

周默无奈，只好掏出车钥匙让她把钥匙扣挂上，放到口袋里。

火车站附近停车费很贵，沈一晨大前天来的时候把车停在了附近大型超市的地下停车场里。周默计划着先陪她去取车，明天再来取自己的车。电梯门在地下一层打开，光线暗淡的停车场里安静得有些吓人。

沈一晨有些心神不宁，边走边打量着四周。

本来夜里有一两个人经过也没什么，她却觉得那两人看他们的眼神不对。

不是她多心，那两人经过她跟周默身边后就拨通了电话，好像在跟人报备什么。对方声音很低，她听不清，一路不安地走向她停车的地方，眼看再斜穿过一排车子就到了，她目光却瞧见了停车格里停靠着的熟悉车子以及扎眼的车牌号。

下一秒，沈一晨抓住周默的手，猛地一紧，抓牢周默转身就跑。周默不了解情况，但他心思缜密，看到沈一晨如此紧张，不用多想，这伙人肯定是冲着沈一晨来的。

如此危急时刻，沈一晨还能分析出不能往电梯方向跑，沈立山既然料准了她今晚会回来，肯定早就把最便捷的路堵死了。

于是，她拉着周默往离他们最远的出口跑，眼看还有一段距离就能出去了，一道堵住去路的车灯一闪，耀眼的白光刺得沈一晨抬手挡了下眼睛。

待看清有四个人从车上跑下来，同时还有人从他们背后包抄过来时，她极速转身。

那几人却到了眼前，抬手直接攻击沈一晨。沈一晨机灵地闪开，周默也隔开了另一个人对沈一晨的偷袭，把她往身后一推，牢牢地把她护在身后。

看着牢牢护住她，身手敏捷以一对二的周默，沈一晨来不及感动，另外四个人从侧方赶来了。

沈一晨猛地转身，一脸骇色。

她是真的感觉到危机了。以周默的身手，对付两三个人是不在话下，但对面现在有六个人，沈一晨真的没把握。

现实容不得她想太多。躲开两个男人的袭击，沈一晨旋腿就给了其中一个男人一脚。男人愣了一下，显然察觉自己低估了沈一晨的能耐，把沈一晨当成了手无缚鸡之力的小姑娘。

看来还是个不容小觑的女人。

这伙人跟周默只是周旋，他们目的明确，是沈一晨。但周默太厉害了，收拾完眼前的人又转过身来击退围攻沈一晨的男人。

但两个人要对付六个人，并且对付六个训练有素的练家子，还是太难了。

先有四个人把周默和沈一晨隔开，后两个人单独对付沈一晨。

不消片刻，沈一晨就被人擒住了，对方架着沈一晨的双臂就走。

沈一晨蹬着双腿，扯着嗓子喊："周默，救我！"

周默分神回望，就看到一个人缓缓从车上下来。那人朝这边挥了挥手，围在周默身边的人立马收了手。

沈立山看了眼保镖手里拎着的犹如小鸡崽扑腾的沈一晨，无声笑了下："离家出走好玩吗？"

他目光转向周默，客气地说："明日小女订婚，还要感谢周先生一路护送小女回来。虽说你们是青梅竹马的交情……"

"你闭嘴。"沈一晨打断沈立山的胡说八道，抬头看向周默，只见他眼神淡淡的，看不出任何情绪。

沈立山不管她，继续说："我知道你从小任性，就爱跟我作对，但你和子聪是从小订下的婚约，你自己心里应该有数。该如何处理朋友间的关系，我想你心里应该有个尺度吧。”

最后一句话，沈立山是看着周默说的。

眼下的情形周默还是分得清的，他看向沈一晨说：“你来说。”

“你别听他放屁，我跟贺子聪根本就没有男女之情，我们……”

“晨晨，你说这个就太伤我心了。”

贺子聪人未到声音先到，引得众人不得不看向他那边。风度翩翩的贺子聪一身西装笔挺手捧鲜花地来到沈一晨面前，他让人松开沈一晨后，伸手扣紧沈一晨肩膀，看向她的目光莫测。

贺子聪强迫她硬靠在他怀里，看着周默笑得优雅绅士：“晨晨还没跟你说吧，明天是我们的订婚典礼，不知道周先生肯不肯赏脸，明天来参加我们的订婚典礼。”

那个瞬间，沈一晨恍然大悟，为什么这几天会过得如此风平浪静，原来沈立山连沈欢都骗了，故意放出假消息引沈一晨上钩。

呼啸而来的窒息感像层密密麻麻的蚕丝网，细致坚韧地勒住她，让她反抗不得。

被人算计的滋味并不好受，但再多的质问也是徒劳，她只希望周默能相信她，可她却找不到有力的证据证明自己跟贺子聪的清白。

实际上也容不得她再多说几句话，她被沈立山带来的人强押上车。周默想拦，却被贺子聪挡住，他笑容可掬地说：“可能我跟晨晨的订婚来得有些突然，上次我们见面的时候周先生还警告我离她远点，我想现在这句话应该原封不动地还给周先生。”说着，他从兜里掏出一本本子递到周默眼前，翻开让周默看。

由于距离有些远，透过墨色玻璃车窗，沈一晨只看到贺子聪给周默看了一样东西，然后周默整个脸色都变了，看向她这边的目光阴鸷寒彻。

那道目光恶狠狠的，若是沈一晨在他眼前，周默怕是要将她生吞活剥了。

无能为力地看着押着她的黑色车子从周默身边呼啸而过，直到周默的身影被狠狠抛在身后，沈一晨闭了闭眼，绝望蔓延到四肢百骸。

那是她用整个青春换来的爱情，还等不及开花，就夭折了。

[2]

沈一晨被人松开手脚，她转过身来，秀气的眉毛拧成一团。

贺子聪这么做显然把她惹恼了，她气势汹汹地问："你为什么这么做？你也不是非我不可的人，为什么要陷害我？"

贺子聪挥手让人出去，看向她的目光里歉疚一闪而过："抱歉，我认为这是对我们最好的选择。"

"什么叫最好的选择，不过是为了利益罢了，你和沈立山想合作那是你们的事，为什么要把我拉进来，以为我不敢翻脸是吗？"

贺子聪抓抓头，有些烦躁，话犹豫了几个来回，才婉转地出口："你有没有想过，你要真的豁出去了……你强扭来的爱情，最后也会离你而去，到头来可能会失去一切？"

"都已经翻脸了，我豁出去了结果还能坏到哪儿去？"

贺子聪烦躁地在屋里走了几圈，才看着她说："晨晨……"

"不要叫我晨晨，你不配叫我的名字。"

贺子聪无奈道："我知道你现在讨厌我，但有件事我不得不提醒你，在你豁出去之前，你想想自己有多少资本可以跟你爸抗衡，看看公司里属于你的资产还有多少？"

沈一晨愣了一下，抬头看向贺子聪。

贺子聪无辜道："不是我，我并没有对你的公司做什么。"

沈一晨现在懒得跟他多说一个字，抓起属于自己的东西离开，说："别以为这样我就会出席明天的订婚宴。"

“晨晨，别反抗了，这次你根本就逃不了。”

沈一晨看着他冷笑：“但我知道你有办法。”

贺子聪默了片刻：“我不会帮你的。”

沈一晨定定地看了他几秒，瞬间逼近，出拳。

拳头带着凌厉的劲道袭来，贺子聪双手格挡。沈一晨换了个方向，抄起茶几上的水果刀。贺子聪神情一紧，闪到老远，不敢相信地道：“你玩真的？”

然而他闪身躲开后，才发现沈一晨的目标不是他。

她抄起一把水果刀直逼自己脖子，额上青筋隐隐鼓起，双眼通红地看着他。

“贺子聪，我知道我不是你的对手，但今晚我一定要离开，不然我就死在这里。你自己选吧。”

“小晨晨，我说你是不是言情小说看多了？别闹了，等过了明天，有什么事我们好商量。”说着，贺子聪一步一步靠近她，企图夺走她手上的刀具。

沈一晨闪身一躲，刀尖直往皮肤上用力推了推，她颈部白皙的皮肤上瞬间多了一道血痕。可以想象如果她再用力一点儿，血液将会喷涌而出。

她嘴角竟还噙着笑，举着手机说：“我刚刚给我的律师发了一封邮件，如果今天我走不出这个屋子，到时候他会接手这个案子，并向媒体曝光。你想，出了这样的丑闻，我手里的一号地……呵呵……”

守在门外的沈立山的保镖，听到屋里动静，训练有素地推开门，瞧见屋内情况，跟贺子聪用眼神交流了一番，正要动作——

沈一晨说：“我记得脖子的动脉在这里吧，想看看是我的动作快还是你的动作快吗？”

“……”

“贺子聪，你应该了解我，死，我从来不畏惧，更不在乎鱼死网破。”

气氛一时胶着到了极点，贺子聪无法眼睁睁看着闹出人命。

她的今日之举，在他看来不知道算是一种傻气还是执着。

“让她走。”

保镖队长犹豫了，真把沈一晨放走，他没有办法向沈立山交代。

贺子聪神情疲惫地说：“有什么事，我担着。一会儿我会亲自跟沈总说明这件事的。”

看着沈一晨离开的倔强身影，有一瞬间，他有点同情她的处境了，好心提醒：“回去后查查你们公司的财务状况。”别被身边人卖了还替人家数钱呢。

这个残酷的社会，除了自己，谁都信不过。

出了酒店，沈一晨风风火火打车去周默的住处。一路上，她给他打了好几个电话，发了无数条微信，他都没有回。

到了地方，她才发现他并没有回来。

坐在周默家门前的大理石台阶上，沈一晨隐隐觉得，周默这次生气，她是哄不好了。

回到自己家里，找来酒精棉签处理脖子上的伤口。酒精沾到皮肤，她才感觉到刺疼。

几乎失眠了一整晚，沈一晨早晨醒来第一件事就是打开手机，看周默有没有回她消息。

看着空白的消息栏，答案是没有。

拖着失眠后酸疼的身子起床，沈一晨发现她眼睛周围都是浮肿的。临出门前，她化了淡妆，找了件高领上衣遮住伤口。

回到公司开了一上午会，好不容易打发几位高管离开，沈一晨拨打财务电话，要财务总监把这个月的财务支出报表送过来。

孙总监语气明显有些慌，应了声“好”就挂了电话。

她要的明明是一份简单的财务报表，可沈一晨等到了中午，也没拿到。

午休时，她决定亲自去一趟财务部。

让她意外的是，夏漫白也在。

对她的忽然到来，夏漫白巧妙地掩去脸上因她突然出现而闪现的慌乱，巧笑着打趣：“沈总这么想我，都等不及我回去，亲自来找我吃饭？”

“不是，我找小孙。”沈一晨目光转向孙总监电脑屏幕上的文件。

这时，夏漫白说：“是我一直在耽误小孙的时间，让她帮我算个项目预算，急用。你要的资料只能下午给你送过去了。”

孙总监也连连点头：“沈总，我忙完这个项目立马把报表给您送去。最迟下午两点。”她边说，边噼里啪啦精算着一组数据。

沈一晨在边上帮不上忙，又要等夏漫白一起去吃饭，便出了财务总监办公室，随意地在财务部闲逛。田主管抱着一袋文件拉开独立办公室的门，边看着时间，边快步往外走，猛然见到沈一晨，惊吓过度的表情好像见了鬼。

随后，她微笑着说：“沈总，我下午一点要去税务局交一份报表，就先走了。”

沈一晨微微一笑：“田姐辛苦了。”

看着田姐急走的背影，沈一晨微微皱眉。她今天有这么凶吗，田姐看向她的目光为何显得如此惊吓？

来不及想明白田姐的怪异行为，夏漫白抱着文件走出来，来到她身边，半开玩笑地问：“怎么忽然要查账啊，搞突袭呀？”

“没有。”沈一晨多留个心眼儿，“我要开源节流，对公司的支出重新做个规划。”

“减少消耗的办法我没想到，但开源的项目倒是谈了一个，刚刚我跟小孙做的预算，就是为了那个项目。”夏漫白边说边推着沈一晨往外走，“我发现公司附近新开了一家鳝鱼馆，我们边吃边聊。”

“既然你忙完了，那我让小孙把报表打出来，顺便一起带走……”她话没说完，就被夏漫白强转过身子。

夏漫白提醒地指指腕表：“喂，你看看现在几点了，不好多占用人家休息时间吧。”说着，她向小孙眨了下眼睛，“小孙，一定要在上班前把报表送到你们沈总办公室，记住了吗？”

小孙连连点头：“是、是、是，沈总放心吧。”

看着沈一晨的身影终于离开，小孙松了口气的同时松开掌心，看到一手心的虚汗。

鳝鱼馆内，看着满桌爱吃的菜色，沈一晨一点儿食欲都没有。

可能是她表现得太明显了，夏漫白敲敲她跟前的碗，玩笑着说：“让我猜猜让我们沈总茶不思饭不想的是公事还是私事呢？”

沈一晨扭头看她，不愧是自己的知交朋友，一个表情她都能看出端倪。

这下，沈一晨连装装样子都懒得装了。

她整个人半瘫着，往椅背上一靠，撸了把头发：“昨晚我才知道上周六的订婚是假消息，昨晚我跟周默回来，贺子聪竟然联合我爸派人在停车场堵我。”

“然后呢？”

然后……

想到昨晚周默离开前凛冽如寒冰的眼神，沈一晨整个人都黯淡了：“周默误会了这件事，很生气。

“漫白，我该怎么办？我感觉这次哄不好他了。”

夏漫白眼底闪过一丝阴鸷。

沈一晨声音低低地说："那是我用了整个青春追逐的人……"

"不是我打击你，你和周默吧……我知道你很喜欢他，但像周默那样的人吧……"

"周默怎么了？"

"你们的确不匹配。一晨你要知道，不是所有感情都有结果的，你要看开些。"

沈一晨傻住，没想到就连夏漫白都劝他们就这样结束，让她不要再纠缠，可周默才开始对她好，他才开始喜欢她……

她放不开手。

傍晚下班，沈一晨直接去了周默的健身会所，得到的却是周默一天没来上班的消息。她开始还不信，打周默手机却得到"您拨打的电话无法接通"的回复。

小凡在旁边看着沈一晨做无谓的挣扎，小声问她："你跟默哥怎么了？"

沈一晨一听她这话，立即问："是他让你这么说的？"

"不是，不是，默哥真没在，他这几天有事情要处理，都不会来店里了。"

那不就是赤裸裸地躲着她吗？

她站在原地想了下，跟小凡借了手机，拨打周默电话。

果然，周默的联系方式只对她设了防。

等待接通的几十秒，沈一晨像是经历了一个世纪的漫长等待。

这期间，沈一晨咬着唇，不知道待会儿要怎么跟周默解释，又或者，他听出是她的声音直接挂断电话怎么办？

这种心理上的煎熬犹如蚂蚁在啃咬着她的心灵。

幸好没响多久，周默就接通了，声音哑哑的：“小凡，不是跟你说了有什么事找方总吗？”

“是我。”沈一晨用力攥紧手机，害怕周默会挂她电话，急忙说，“我跟贺子聪真的没关系，我能不能跟你见一面……”

“不必了。贺太太，那是你跟他之间的事，没必要向我解释。”说完后，周默果断地挂了电话。

那声“贺太太”萦绕在耳畔，久久不散。

手机一振，周默给小凡发来微信。

“把沈一晨列入会所黑名单，她再来，不必对她客气。”

定定地盯着屏幕上简单的几个字，沈一晨脸上是从未有过的难堪，她把手机还给小凡。

小姑娘盯着她的神情小心翼翼的，因为刚刚她电脑的微信上同步收到了周默发来的微信，看着沈一晨一脸苍白，她欲言又止。

沈一晨并没有为难她，落寞地离开健身会所。回家的途中，沈一晨接到宠物店打来的电话。

对方告诉她说周默前几天把毛球接到了家里，今天委托他们把毛球送回家，问她在不在家。

放下手机，望着天际边西下的残阳，沈一晨苦涩一笑。

他当真要对她那么绝情吗？

客厅里，沈一晨抱着几天不见的小家伙窝在沙发里，难过地说：“毛球，周默不要我们了，怎么办？”

毛球似是感受到了主人的落寞，难得安静地窝在她怀里任她抱着，睁着一双圆眼睛静静地盯着她。

“我到底该怎么办呢？”沈一晨的声音低低的，满是伤感，“如果有选择，谁愿意这样钩心斗角地生活，连爱一个人都不能光明正大……”

细细的如小动物呜咽的声音，压抑地溢出喉咙，在寂静的黑夜里，在安静的客厅响起。

沈一晨紧了紧怀里搂抱着的毛球，对它说：“我只有你了，毛球你不会离开我吧？”

毛球呜咽一声，伸出舌头舔舔沈一晨脸上的泪。

[3]

无论发生了什么事，只要没有死去，第二天依然得勇敢地活着。顶着公司各方面的压力，沈一晨依然没有放弃向周默解释那晚的事，这期间她去了健身会所两次，都被小凡委婉地赶了出来。

后来，沈一晨不再守株待兔了，她用助理的身份证在周默开的健身会所办了张 VIP 金卡，点名要周默当她的私教老师。但她没想到周默的课这么难约，这一耽搁，又过去了一周。

这天下午，乐清捧着手机冲进她办公室，兴冲冲地告诉她约上了周默的课，沈一晨整个下午就处在一种既亢奋又忧心的煎熬中。

就这样熬到了晚间七点，沈一晨准时出现在了健身会所。

小凡看到她的到来，笑得一脸为难。

沈一晨把兜里的金卡往柜台上一拍：“我是你们会所的高级会员，你们没有理由把会员拒之门外吧。”

“……”

“你们收了我的钱，如果把我拒之门外，我就打消协电话，再打市长热线，告你们欺骗消费者。”

就这样，小凡在她的半哄骗半威胁下放她进了训练室。

透过半开的门板，沈一晨看到周默正坐在台阶上低头看手机，低垂的眉眼掩不住他身上的儒雅气质。

今天的他穿着一身黑色的训练服，V 型领口露出性感的锁骨，黑色的裤子衬得他的双腿修长笔直。

这么多天没见，沈一晨视线胶着在他身上就无法移开。

大概是她的视线太过火热，周默猛地抬头，不期然视线和她对上……

他收了手机，慢慢起身。

沈一晨推门进去，见他皱眉，不声不响地脱掉外套，套上训练服。

这期间，周默一直沉默地看着她。

沈一晨换好衣服站起来，看着他扯唇一笑："我们来打一场吧，如果我赢了，给我一个解释的机会。"

说完，没有给周默说话的机会，她就出手了。

有疾风从耳边经过，周默侧身躲过。沈一晨旋即抬腿，周默后退两步，敏捷地再次闪躲开。

沈一晨见没有袭击到他，再次进攻，然而几个来回，她竟然连周默汗毛都没碰到，气恼得什么也顾不上了，为了逼他出手，直往他小腹处攻击。

周默险险躲过她直击他下腹的脚，拧眉，主动迎上她的攻势，轻而易举地截住了她的拳头，手腕用力，将沈一晨轻松制伏。他阴沉地问她："闹够了吗？闹够了就离开。"

"没有。"

周默瞪她。

沈一晨忽然揪住他衣襟，踮脚凑近他嘴唇。

周默神情一凛，眼看着她的唇要亲上来，急忙松开钳制住她的双手。她趁此出拳，一拳击中周默胸口。

那一下，饶是周默这个大男人，也被打得生疼。

他知道沈一晨不是花拳绣腿，虽然她的动作生疏僵硬，但不难看出她曾经学过跆拳道，级别至少绿带以上，虽然力道不够，但对付一般男人，自保的能力足够了。

就在他分神的时候，她抬腿直击他腰侧。周默机敏地侧身躲开，伸手握住她脚踝。

沈一晨惊觉坏了，下一秒她就重心不稳，倒在了地上。

沈一晨着地之前，周默抬腿垫住了她后腰。

否则这一摔，她腰部肯定得摔骨折了。

然而周默的好心也到此为止，下一秒他扔下她径自离开。

沈一晨拍拍屁股起身，追出门。

他正对小凡说："把会费退给她，从今天起我们不接受她任何形式约的课程。"

她眼睁睁地看着周默去了休息室，想要追过去。

小凡把她拦下来，一脸为难地说："晨姐，不是我不想帮你，只是默哥的脾气你是了解的，别让我们为难。"

沈一晨往休息区深处张望了一会儿，人家都把话说到这份上了，她只得离开。

骑楼寂静的角落里，担心被周默发现她的行踪，沈一晨特意换了辆摩托车作为代步工具。平时沈一晨为维持女强人的威严形象，开车上下班，私下里，她压力过大，会在深夜骑车狂飙。

她靠着摩托车，静静地望着天空。

有多久没有看到过漫天的繁星了，城市的夜晚如人心般虚伪，隔着一层又一层，总让人看不清它本来的面貌。

这会儿的沈一晨有一点儿厌世，一个人默默地抽着烟，一根接一根。也不知道过了多久，她才看到一辆 SUV 驶出地下停车场，拐上马路。

她碾灭烟头，戴上头盔，跨上摩托车。

周默刚将车开上马路，就敏锐地发现自己被一辆摩托车跟踪了，透过后视镜看了一眼，发现骑手还是个女的……

他车速不慢，那女的速度更猛。

摩托车瞬间超过他的SUV，车头猛地一拐，车身一横，就挡住了他的去路，生生把他逼停了。

周默坐在车内望着单脚撑地，摘下头盔的女人，淡漠的表情瞬间风起云涌。

他拔掉车钥匙，用力甩上车门。

巨大的关门声足以证明他此刻的心情有多愤怒。

他几步走到沈一晨跟前，一把将她拉下车。

沈一晨被他扯着手腕往前走了很长一段距离。

走到一处角落，周默才恶狠狠地甩开她的手。

沈一晨望着他冷若冰霜的脸，说："我不同意你以这种冷暴力分手，即便要分手，你也应该给我个解释的机会再决定要不要分手。"

解释？

周默阴寒的目光慢慢对上她的眼睛，怒极反笑："贺太太，你还知不知道廉耻？"

沈一晨不接他这话茬，执着地问："你解释清楚，凭什么称呼我贺太太？"

周默略带讽刺地看着她，紧迫的目光咄咄逼人："如果我没记错的话，贺太太已经结婚了，而你似乎想红杏出墙。不过，沈一晨你太高估自己了，我对你的游戏不感兴趣……"

他停住没往下说，但沈一晨知道他想说什么，脸上顿时有些挂不住。

因为她和贺子聪之间的确有婚约，虽然这段关系一直不被她认可，可她不能否认，在与他交往之前她隐瞒了这件事情。

难堪之际，她只能为自己辩解："我承认跟他有段婚约，但这是我爸爸他们决定的，我并没有同意。周默我是真的喜欢你，对你也是真心实意，我没必要花费那么多时间和精力去追求一个并不喜欢的人。"

“谁知道呢。”他冷冷讽刺，“也许追求我是你挑战自我的游戏，更或者……”要他做她见不得光的秘密情人？

他的话说得难听至极，但他的质疑是有证据的。那日贺子聪拿着和她的结婚证在他面前炫耀，那上面某婚姻登记所的钢章还有假？

如果真是那样的话，她沈一晨到底怀着什么样的心理接近他，就因为他是她爱而不得的人，所以不择手段也要得到？

凭什么？

沈一晨却是一脸迷茫地问他：“我什么时候结婚了？周默你不要诬陷我。”

“不要告诉我那天出现在我眼前的结婚证是假的？”周默忍无可忍地打断她，“你不要以为用点苦肉计我就会心软。我警告你，你再敢来招惹我，别指望我会手下留情。”

望着周默冷然的背影远去，沈一晨站在原地愣了会儿，她总觉得有哪里不对劲，她和贺子聪根本就没有结婚，他为什么那么肯定她已经结婚了？

是她被带走那晚发生了什么事吗？

她站在原地想了会儿，掏出手机，拨通贺子聪的电话，还没来得及接通，田姐办公室的电话打了进来。

沈一晨皱眉，还是按了接听键，对方却不说话。

她又拨回去，办公室的电话无人接听，她只好拨通田姐的私人手机。

对于沈一晨的疑问，田姐看了眼身后，没发现她的身影，连忙说：“没有啊，沈总，我没给您打电话，我……我都快到家了。”

“好吧，那你休息吧。”

“沈总。”在沈一晨挂电话之前，田姐急急喊住她，“你要不然回公司看一眼，万一财务部其他人在找您呢？”

田姐的话怪怪的，沈一晨不想回去，却不得不骑着摩托车回了趟公司，直接去了财务部。

七楼财务部，果然有人在。

沈一晨轻手轻脚直奔有光的办公室，猛地推开门。

里面的人显然被沈一晨的突然到来吓了一跳。

看到是她，孙总监一慌，手里的文件瞬间散落一地。

没想到夏漫白也在里面，沈一晨愣了愣，蹲下身捡文件。

手指还没碰到文件，孙总监就快她一步捡起地上纸张，一边快速收拾好，一边说："沈总我来吧，您怎么忽然来了，您不是已经下班了吗？"

"回来取点东西。"沈一晨坐在她电脑桌前，看着电脑上正在传送的文件，随口问，"这么晚了，在传什么？"

孙总监顺手关掉正在传送的文件窗口，不自然地笑："没什么，沈总。"

她看着慌里慌张的财务总监，又抬头看看夏漫白，半开玩笑地问："还不让我看，是不是做什么坏事了？"

夏漫白看着她，半真半假地说："还真被你猜对了。"

"没有，没有，沈总，我和夏总在做项目预算，刚刚对方公司要看咱们公司的项目资料，我这才给传过去。"孙总监急忙解释着，神情紧张，生怕沈一晨起疑心。

沈一晨也没心情追究太多，临走时只看了两人一眼："你们忙，我先回去了。"

等沈一晨离开，孙总监继续传送机要文件。夏漫白坐在一旁思考今晚沈一晨突然造访的目的，等孙总监把拷好文件的 U 盘交给她。

"叮"的一声，孙总监看着手机上的信息提醒，账户上收到十万块钱。

夏漫白收起手机，忽然说："财务部的田姐不能留了，你去处理一下。"

“我想了一下，沈一晨的突然出现不是没有原因的。”离开前，她凉薄地说，“怎么做不用我教你，事成后给你升职加薪。”

[4]

沈一晨离开公司后，去了附近酒吧喝酒。经常接待她的酒保看她心情不好，特意给她上了只有几度的果酒。沈一晨喝第一口就发现了，懒得说话，只把果酒当饮料喝。

她想安静喝个酒都有人打扰。贺子聪坐到她身旁的时候，沈一晨眼皮都没动一下，某人死皮赖脸地向酒保要了杯酒。

沈一晨喝光杯里的酒，起身就走。

贺子聪撂下还没喝上一口的酒，起身追上她：“我送你。”

沈一晨没搭理他。

贺子聪以为她喝多了，抄手扶住她有些摇晃的身子。

一上车，她靠在椅背上闭着眼不说话。贺子聪真当她喝多了，送她到家，拉开她这边车门，正要扶她下车，沈一晨却蓦地睁开眼。

那双清澈的眼里没有半分醉意，他在她眼底看到了仇恨与愤怒，来不及反应，下一秒下腹就挨了一脚。

沈一晨那一脚，踢得他差点儿断子绝孙，不由得伸手捂住小腹。

她利落下车，居高临下地看着他：“说说吧，结婚证是怎么回事？”

贺子聪：“……”

“贺子聪你真够卑鄙的，你明知道周默对我有多重要，你竟用这种下三烂手段陷害我。算我沈一晨瞎了眼，之前还把你当朋友对待。”

面对她的冷嘲热讽，贺子聪除了受着别无他法。等她发泄够了，贺子聪缓过致命的那阵疼痛，慢慢直起腰：“我承认这么做对你非常不仗义，也知道‘对不起’三个字并不能弥补对你的伤害……”

沈一晨翻个白眼，懒得反驳。

贺子聪问："我让你查公司账目的事，你有没有查出问题？"

"关你什么事，难道你害我一次还不够还想害我第二次吗？"

贺子聪解释不清，知道她现在心心念念想着怎么跟周默和好，说什么她都听不进去。离开前，他也只是说："我不求你原谅我，你只要知道我不会害你就行。周默的事，我会帮你的。"

沈一晨心说，你要真的帮我，当初为什么陷害我？

贺子聪却没说下去了，只再次提醒她公司财务的账目问题。

沈一晨虽然恨着贺子聪，但也清楚他提醒得不无道理。

上次收到的财务报表，从账目上看的确没有任何问题，可账面做得太完美了，让她产生了怀疑。

于是，她私下里联系了一家侦查公司，秘密地调查几笔流向不明的账目，虽然已有了目标人物，但在没有抓到实质证据前，她不愿意相信。

半个月后，在她忙着处理堆积的工作时，夏漫白忽然一脸严肃地走进她的办公室。

沈一晨看她脸色不济，放下手里工作问："发生什么事了？"

夏漫白沉默地向她呈上一份文件。沈一晨翻开，一页一页认真查看，看到最后，她眉头皱得死紧，仍不愿意相信："田姐会不会是被冤枉的？她是公司的元老，享受着最高级别的待遇，她没有理由做这些啊！"

夏漫白露出跟她同样的神情："我也不愿意相信，但事实摆在眼前，我们不得不相信。我听小孙说，田姐老公得了不好治的病，需要很多钱，可能她知法犯法跟这个有一定关系吧，但我们不能因为这些事情就姑息田姐对公司造成的损失。"

夏漫白把利害关系摆在她面前，问她："你想好怎么处理了吗？"

沈一晨摇摇头，最近不知道怎么了，一件事接着一件事发生，并且一件比一件难处理，让她不由得开始怀疑人生。

难道是水逆了？

“我的建议是不能妇人之仁，交给警察处理。”

“我觉得这件事应该先把田姐找来当面问一下，即使她有错在先，我们也应该给她一个解释的机会。”

“证据都摆在眼前了，还有什么可冤枉她的？”夏漫白顿了顿，说，“你要狠不下心来做这个恶人，我替你做。”

夏漫白掏出手机，按下警方电话。

沈一晨一把抢过她的手机。

夏漫白看着她，两个人对峙间，办公室的门被用力推开，来人焦急到甚至连礼貌都顾不上了。

“沈总，我是冤枉的。”田姐看到夏漫白也在，眼神暗了暗，“沈总，我有话跟你说。”

“有什么话是我不能听到的？如果是为了你卡上多出一百万的事，就不用解释了，现在人证物证都摆在眼前，就是沈总也不能原谅你。沈总必须对董事会，对公司上下有所交代。”夏漫白怒道。

“我没有，这份文件不是我签的字。”

“财务部的印章不是一直由你保管着，你怎么解释这上面的印戳？”

田姐被问住。

“好了，你们都不要吵了。”坐在一旁一直仔细观察的沈一晨说话了，她递给夏漫白一个眼神。夏漫白看了眼田姐，转身离开。

沈一晨请这位元老级的功勋坐下，无论如何，她始终铭记田姐曾有恩于她。

创业初期田姐就来到了她的公司，加上夏漫白，她们三人一起撑起了这个公司。那会儿沈一晨和夏漫白经常通宵赶方案，家住公司附近的田姐接完孩子回家，做好晚饭就给她们俩送来……

沈一晨一直很尊重她，刚刚听说田姐的老公生病需要钱，也挺震惊的。按理说，公司知道后应该对员工家属进行帮助，是这段时间她因为私事疏忽了对员工生活方面的关心。

她递给田姐一瓶矿泉水，坐下后心平气和地说："田姐，非常抱歉，是我疏忽了你家里的困难，要不是漫白刚刚说你老公生病需要钱，我还不知道你家发生的变故。不过你也不要急，这件事没调查清楚之前，你依然是一晨的员工。但是，事情已经发生了，在没调查清楚前，你先回家休息一段时间，等有了结果，我们会公平处理这件事的。"

"沈总，我用我的人格保证我绝对没有做这件事。即使再穷，我也不会打公司主意，这件事……"

说到这里，田姐转头透过百叶窗看看外面，见外面没人，才放低声音说："我是被冤枉的。财务部的小孙，我几次发现她跟夏总下班后鬼鬼祟祟地在一起。我虽然没有证据，但沈总，你待我不薄，我绝对不会做对不起你的事。倒是小孙，她曾经递给我几份项目并不明确的文件去划账，那些文件都是夏总经手的，上面并没有你的名字……"

"行了，田姐，我知道了。"沈一晨打断田姐的话，不想看到她把自己的过错推到别人身上，一脸严肃地说，"夏总的为人我是知道的，有些权力是我授予她的，这点你不用质疑。"

"沈总，夏总她跟以前不一样了……"田姐还想往下说。

沈一晨沉着脸打断了："田姐，请注意你的言辞。"

送走形象全无的田姐，沈一晨扶额把这件事前前后后想了一遍。

午饭的时候，夏漫白找沈一晨来吃饭，问她对这件事是怎么想的。

沈一晨叹息着说："你说人犯了错，是不是都想拖个人下水？"

"此话怎讲？"她这话问得小心又试探。

"我没想到田姐竟想把你扯进来，说小孙给她的文件上面只有你的签名，怀疑是你这里出了问题。"

“呵……”夏漫白眼底闪过一丝狠绝，心想着提早把这个眼中钉拔掉是对的。她撸了把头发，若无其事的样子，“嘿，她还真能赖我，你说我一个公司总监犯得着陷害她吗？要我说，直接交给公安机关处理，省得费事，你还嫌这段时间自己事不够多。”

沈一晨烦躁地叹息一声，想了一下说：“这件事纵然田姐有错在先，但我还是觉得我们不能做得太绝，所以……”

沈一晨看了夏漫白一眼说：“我想我们把这笔钱追回来得了，然后公司内部给个辞退永不再用的处分，她家里情况都那样了，我们不能赶尽杀绝。”

“不行。”

沈一晨看着夏漫白。

“必须交给公安机关处理。”

沈一晨看着好友眼中的狠绝，一瞬间竟觉得夏漫白有些陌生。她一直知道夏漫白做事比她干脆利索，比她狠，但夏漫白对身边的人不是这样的，怎么对田姐突然这么狠了呢？

两人视线在空中无声交流着，最后还是沈一晨先收回视线，搬出总经理的威严说：“这件事，我是总经理，我说了算。”

那一刻，她在夏漫白眼底看到了恼怒。

很快，夏漫白点点头说：“行，什么事都是你说了算，毕竟公司你最大，公司都是你的。不过，将来你别后悔。”

“漫白，我……”沈一晨想说，自己没有不尊重她意见的意思，她们这么多年的交情，没有必要因为一个外人闹僵。

回应沈一晨的是“砰”的一声摔门声。

夏漫白就这样走人了。

沈一晨：“……”

她没有不信任她。

周一总公司例会上，沈立山的一些亲信高层又提出公司总经理人选问题，建议公司修改制度，改为总经理人选一年一选举，以股权和能力作为评选标准，总经理的位置不能永远只让一个人来坐，公司所有人实行考核制，包括沈一晨这名总经理。

沈一晨没意见，反正目前她依然持股最多，再者，她的能力在座所有人都是有目共睹的，于是她痛快地签下了公司制度改革文件。

快下班的时候，贺子聪给她发来消息。她气还没有消，想都没想直接将手机翻过去。

信息仍不断传来，沈一晨烦了，打开手机，看到他一连给她发来好几套高级住宅的地址。她皱眉想，这人疯了吧？

她又不买房，给她发这些房源信息干吗？

“你给我发这么多房产干吗，是你金屋藏娇的地方吗？”

贺子聪看到她回复的信息，不知道是该气还是该笑，难得有耐心地一个字一个字敲完，发送过去。

沈一晨看到手机上的回复，烦躁的眼底有一丝亮光闪过，随后又灭了，快快地回过去：“即使知道他住哪儿又如何，他又不会原谅我。”

贺子聪想想也是，望着办公桌上的文件想了会儿，问沈一晨：“你有没有想过离开一晨电商，自己出来独立门户？”

沈一晨沉思了会儿，不知道他为什么这么问，只是回了句：“没兴趣。”

贺子聪：“……”

看来这姑娘还不准备离开这个泥潭。

周末休息，陪客户吃过饭唱完歌，沈一晨最终按照贺子聪给的地址去了周默昨天住的那套房子。

车停在路边的停车位上，她坐在车里，一坐就是三个小时，从下午坐到了夜幕降临。

暮色沉沉，沈一晨动了动僵硬的身体，抬头望望万家灯火。

也不知道周默什么时候才会回来。

下午她上楼敲门，周默的邻居说他在这里住了将近一个月了，今晚肯定会回来的。她还听到了花花在家里的声音。于是，她越发肯定，周默晚上会回来。

那位热心的邻居打量着她，问她有什么事，需不需要代传。

沈一晨害怕地缩缩头，谢过对方后就离开了。

她又在车里等了会儿，终于听到后方有动静。

一道强光直射过来，熟悉的车子从眼前经过，停在斜前方停车格里。

沈一晨推开车门，刚要跳下车，又生生缩了回来——

周默下车的同时，副驾驶的车门也被人推开了。周默走到副驾驶边上，小心翼翼地扶着一个崴了脚的女人走下车。

沈一晨眼睁睁看着他们一起上楼。

不一会儿，805 房间的灯亮了起来。

沈一晨傻愣愣地靠坐在驾驶座上，待了半个小时，没等到那个女人下楼，却等来了小区保安。

有人举报她鬼鬼祟祟、图谋不轨。

保安客客气气地将她请了出去。

贺子聪没想到像沈一晨这么天不怕地不怕的人，居然会栽在周默这种性情寡淡的男人手里。

沈一晨每天只敢默默地跟踪人家，却什么都不敢做。

于是，他决定刺激刺激这位鸵鸟姑娘。

周末，沈一晨才刚到上班的地方，就收到贺子聪发来的一张照片，看着像是订婚现场，照片里，周默西装笔挺地跟准新娘相谈甚欢。

沈一晨脑子一热，就跟贺子聪要了饭店地址，来不及放下手里二十厘米长的壁纸刀，就急匆匆地赶了过去。

她手上还戴着周默五十块钱给她买的银戒指。

饭店二楼宴会厅内，气氛浓烈，女方父亲手持话筒，招待宾客吃好喝好，正要宣布宴会开席——

沈一晨杀气腾腾地闯了进来，第一句话就是："我反对。"

沉浸在喜庆气氛里的众人顿时都转过头来。

女方父亲也是个大度的人，见有人闹场子，还特别诙谐地问："小姑娘你进错宴会厅了吧，我们这里正举行订婚典礼，不是审判庭。"

沈一晨一脸肯定地说没有。

女方父亲又问："那请你罗列出反对的理由。"

"首先男方对待感情不够认真，刚刚分手就订婚，您真的放心将女儿交给这样的人吗？第二，男方是个健身教练，胸大无脑，您不觉得为女儿找个温柔体贴的人更适合吗？第三……"

第三条还没罗列出来，身后一道寒冷的声音打断她："谁说我胸大无脑的。"

沈一晨猛地回头，动作大得差点儿咬掉自己舌头。

一对相互挽着的男女和周默从她跟前经过。

她可没想到背后诋毁人，会被抓个正着。

此时，女方父亲问："你再仔细看看，我女婿是不是你说的人？如果他真像你说的如此忘恩负义，那我可要认真考虑了。你刚刚说的都可以当作呈堂证供。"

现场的人听到老教授幽默诙谐的提问，顿时一阵哄堂大笑。

有人开玩笑道："张法官，这里不是审判庭。"

沈一晨窘得都不敢抬头看周默。

男方揪着她不放："小姐，我到底怎么得罪你了，让你如此诋毁我的形象？"

这一刻，沈一晨才懊恼地发现今日要订婚的不是周默。她看看周默，又看看面色不善的新郎，恨不得找个地洞钻进去。

糗大了，糗大了。

这条罪，她一定要给贺子聪记上，竟然给她假传消息。

男方看了眼周默，半开玩笑道："我胸肌真没你说的那么大，不过我朋友是健身教练，他胸肌大不大我没摸过，但是智商是一直在线的。"

沈一晨哪里还有刚进门那会儿的气势，在看到周默像冰碴子一下一下扎着她的目光时，她大脑停顿了很长时间，才意识到她得说些什么把被她搅乱的现场圆过去。

顶着巨大的尴尬，她换上笑容："张法官，非常抱歉，我搅乱了现场气氛，在此我向即将成为夫妻的新人说声对不起，也祝你们订婚快乐。为了表示祝贺，我这里也有份红包，还请你们收下。"

男方和女方家人也不是没有气度的人，招呼服务员在周默身旁添了一副碗筷，正式宣布宴席开始。

沈一晨被安排在周默身边，但她哪敢坐呀，光是站着都被他冻到了。她站也不是坐也不是，举起酒杯说了些祝福的话，想着喝杯喜酒就撤。

她酒杯还没挨到唇边，就被周默阻止了。

周默拉着她就走："我还有点事，先走了。"

张法官和男方自然知道话是对着他们说的，均一脸看好戏的表情看着两个人离开。

这一对老丈人和女婿，一个是周默大学老师，一个是周默大学的同窗好友，都是出了名幽默诙谐的人。

出了饭店，周默狠狠甩掉她的手，恶狠狠地问："沈一晨，你到底想干什么？竟然闹到别人订婚典礼上了。”

“我以为是你的订婚典礼，没有多想就……”

“那关你什么事？”

“我还没有同意分手呢，当然跟我有关系。”

周默定住身形，挺阔的身姿在这一刻看起来格外威严。

沈一晨无所畏惧，坚定地看着眼前的人。

身旁不停移动的车辆、人群仿佛成了背景。她不在乎路人或好奇或停滞的目光，周默却不能不理会路人的围观，拉她上了车，一脚踩下油门。

车内两人沉默无语，她不问他要去哪儿，不惧超速行驶的车子。

十几分钟后，车子在周默家门前停下。

周默拉着沈一晨上楼，“砰”的一声关上房门。他粗鲁地将沈一晨压在门上，捏着下巴，狠狠吻下去。

他带着火气的唇齿在她唇上啃咬着，只要她稍微有一点儿反抗，他就加深这个吻，仿佛要把压抑的满腔怒火发泄到她身上。

他的吻有多用力，加注在她唇上的恨就有多深。

她被他的举动吓到，他就用更疯狂炙热的吻将她吞噬。

沈一晨刚有一点儿清醒，又很快被他带入旋涡中。她都不知道怎么地，就跟他跌跌撞撞进了主卧。

被压到他身下的时候，沈一晨气息不稳地叫：“周默。”

他减缓手上动作，手指还停在她腰侧摩挲，一点点缓慢地游移。

沈一晨吓得握住他手腕。

不是她的心不属于周默，而是她不允许在现在的情况下把自己交出去。

“害怕了？”他声音宛若极寒之地的寒冰，沉冷坚硬，那双看向她的眼眸里哪有半分情欲，“你想要的不就是和我上床吗？既然你那么想，现在我就满足你。”

沈一晨望着他眼底的冷讽，第一次发现言语可以将人伤得体无完肤。她闭了闭眼，感觉眼眶有温热的东西涌出来，不消片刻就沿着眼眶溢出来。

周默看着不轻易在人前落泪的沈一晨：“够了。”

他翻身下来：“死缠烂打的人是你，装可怜的人也是你。沈一晨，你到底要什么，你告诉我，我一次满足你，从此不要出现在我面前。”

她睁着一双婆娑泪眼，哽着声音断断续续地说：“我……我跟贺子聪没有关系，我要你当我男朋友，我要你爱我，我爱你。”

被她搂住脖子的一瞬间，周默僵住身子，心情复杂得无法用言语表达。

耳边是她抽抽噎噎无限委屈的哭泣声，刺得他脑仁一阵一阵犯疼，无法分析她话语里的真假——

突兀的门铃声，打断了他们的僵持。

“周默，我是妈妈，快来开门。”

周……周妈妈？

[1]

他妈?

两个人默契地无声对视几秒。

周默火速扒拉下沈一晨缠上他脖子的手臂，沈一晨也意识到衣衫不整的自己以及一片狼藉的主卧室现场有多糟糕。

她反应还挺快，提上裤子，抱起被周默丢在地上的衬衫急急下床，却在着地的时候，猛地踉跄一下，立马弯下腰来。

坏了——

周默眉宇狠狠一撮，又耍什么小心机呢。

沈一晨一脸焦急地说：“快来帮我，我腿抽筋了动不了了。”

这时门外传来一串钥匙声，门外的人一边自言自语地嘟囔，一边开锁：“清明告诉我你在家呀，难道出去了？”

主卧这边，周默用力抄起沈一晨，单脚踢开主卫的门，也不管浴缸里湿不湿，直接把她扔了进去，并警告她不要出去。

沈一晨看看自己衣衫不整的模样，哪里敢出去丢人现眼。在周默开门出去前，她扒住浴缸急急喊人：“周默，周默，帮我把鞋子拿进来，我鞋还在卧室。”

周默又急急去给她拿鞋。

周母已经自行开门进来了，看到周默衣衫不整地从主卧出来，好奇道：“你在家呀？”

周默面不改色地说：“在睡觉，刚刚没听到你敲门。”

“大白天的睡什么觉。”周母疑惑地看着儿子脖子上的红痕，“你脖子怎么了？”

周默抬头，从镜子里看到脖子上有一道吻痕，又看到自己身上皱得不成样子的白衬衫，轻咳一声：“被蚊子叮的，我进去换身衣服。”

进了卧室随意找一件衣服套上，趁着周母进客房放行李的空当，周默快速拉开浴室的门，浴室里所有陈列和他离开前一模一样。

只是——

沈一晨去哪儿了？

周默在门后，浴帘后，所有能藏人的地方都找了一遍，都没找到她，最后来到窗前，拉开窗帘。

窗户开着一条缝，周默推开窗往外看。

浴室外边是连接阳台空出来的一小块天台。

沈一晨听到头顶上方的推窗声，更加往角落里缩了缩自己，竖着耳朵听里面的动静。过了半晌，她既没听到有人离开的脚步声，也没听到关窗声，小心翼翼地抬头。

周默终于找着蜷缩在窗台下蔫头耷脑的女人，此时外面还飘着毛毛细雨，她的头发被淋得潮乎乎地贴在脸颊上。

沈一晨一看到他，就像看到了救星，可把她委屈得：“周默，快给我拿把伞，外面冷死了。”

“没有。”

硬生生的回话打击到了沈一晨。

两人视线在空中无声对视片刻。

“你在跟谁说话？”

突兀的声音吓了两人一跳，周默猛地关上窗户，若无其事地回答：“没有啊，你听错了吧。”

“我怎么听到窗外有女的在说话。”说着，周母要走过来看一眼。

周默赶紧揽住她的肩膀将她硬转过身：“一定是你听错了，没准是对门的女的在阳台说话。你找我什么事？”

被周默这么一问，周母才想起来进来的目的，问他：“我去做晚饭，你要吃什么？”

周默眉毛动了动，故意大着声音说：“我们出去吃吧。”周母在这儿，她得什么时候离开呀。

“出去吃多贵啊，现在物价这么高，在外面吃又不健康。你来跟我一起做饭，我有事跟你说。”

听着里面那对母子的对话，得，沈一晨想，自己暂时是走不了了。

时间一分一秒过去，沈一晨被淅淅沥沥的秋雨浇得瑟瑟发抖，搓着已经湿透的胳膊，一连打了几个喷嚏。她透过浴室窗户可怜巴巴地往里面张望，也不见周默回来解救他。

她试着拧了下阳台连接天台的玻璃门，玻璃门果然被锁得死死的。

沈一晨无语问天，今天到底是什么日子啊？

周默伺候完母上大人休息，推开门直接奔向阳台。这会儿，沈一晨背靠着墙壁，快冻成了冰棍儿了，全身上下除了流出的鼻涕是热的，哪儿哪儿都是凉的。

打开连接天台的门，周默抱着蜷缩成一团瑟瑟发抖的人放在沙发上，又进屋找了毯子把她包裹起来。

她冻得僵硬，连话都说不利索，只能移动着双眼表达自己的不满。

周默望着用眼神抱怨自己的人，沉声说：“我去给你放洗澡水。”

她看着他，似是酝酿着什么情绪，突然，她毫无征兆地张开嘴巴。周默见她一皱眉，张大嘴，想都没想一把捂住她嘴巴。

一个喷嚏闷闷地被他截住了声音。

周默威胁：“把我妈吵醒了，还把你关露台。”

某人听后，赶忙点点头。

以周默现在对她的冷心绝情，再过分的事相信他也做得出来。

沈一晨刚刚暖过来，就听到他说：“一会儿叫贺子聪来接你还是打电话给你朋友？”

“有第三个选择吗？”

周默发现就不能给她好脸色，稍微对她好点，她就开始蹬鼻子上脸。

他果断打破她脑中的幻想：“第三个选择是我请你出去。”

夏漫白开车来接沈一晨的时候，沈一晨站在周默家楼下瑟瑟发抖。是的，在她再次耍无赖时她被周默赶了出来，并且只丢给她一把破伞。

夏漫白看着歪倒在副驾驶座上狼狈不堪的人，打趣地吹了声口哨：“这是得手了？”

“得手了会被赶出来吗？”

某人明显一副没吃到的表情，抬起胳膊挡在眼前。她发现周默比她遇到的任何客户都难搞定，现在她是软的硬的都用在周默身上了，可就是没有办法取得他的原谅。

一声声叹气“响彻”整个车里，夏漫白分神看了她一眼：“要我说，你不如出去散散心，给对方点时间。你们都冷静一段时间，再考虑……”

“没心情。”

“你没发现你们的关系更僵了吗？”夏漫白试着劝她，“乖啊，我让助理给你订张去北海道的票，你不是想去小樽看看吗？就是《情书》的拍摄地。马上就要入冬了，这个季节去正好，同时也让自己冷静冷静。”

“我哪儿也不想去。”

“那你想怎样，跟周默死磕到底，最后连朋友都做不成吗？”

沈一晨苍白着脸，双手绞在一起，半晌，嗫嚅着说：“谁要跟他当朋友啊。”

夏漫白已经不想说什么了。

密闭的车里，沈一晨打量着她冷然的侧脸，想着她越来越莫测高深的心思，觉得自己这好友变得越来越冷酷无情了。

就拿上次田姐的事来说，夏漫白离开后一点儿旧情不念，直接报警来带人。

沈一晨知道后把人保了下来，虽然田姐一直喊着自己是被冤枉的，但人证物证都在，她更相信事实，最后只能以全公司大会通告的方式辞退了田姐，这也等于结束了田姐的职业生涯。

可就算这样，那时候夏漫白也对她发脾气，冷眉冷眼地说她：“妇人之仁。”

但人活在世上要懂得感恩，当年一晨电商刚刚起步，危机四伏，是田姐以多年经验带着她们走过来的。即使田姐有错在先，尽管她也不会原谅田姐犯下的过错，但她们应该要给田姐留一条生路……

她沈一晨不想做以德报怨的人，对田姐仁慈只是想报答对方当年的恩情。从此，也就两不相欠。

大概是她的目光太过炽热，夏漫白扭过头来看她：“看什么，再看我可要收费了。”

沈一晨无聊地翻了个白眼，好奇道：“你怎么在这么短时间内挖到煌辉这个大客户的，靠谱吗？”

夏漫白脸色微沉，很快这点异色被掩盖过去：“一个客户介绍的。”对于合作细节显然不愿多谈。

“你把对方公司详细资料发我一份。”沈一晨总觉得这份合同来得太过容易了，很多细节她都不了解，夏漫白就要跟人家签合同，别被骗了。

“你是不相信我这个 COO 的能力吗，还是你在怀疑什么？什么时候我做的每项决定都需要经过你的批准了？”

沈一晨一听她误会了，急忙解释：“漫白，我不是这个意思。”

“沈一晨，不是每个人都能像你一样任性，今天因为爱情要死要活，明天因为逃婚翘班出去躲清闲。你知道我每天有多忙吗，凭什么我在这里辛辛苦苦为你打江山，你却心安理得拿着你的分红？

“你知道我今天有多忙吗，还要抽空过来接你。”

沈一晨被夏漫白突来的脾气吓住。她没想到她把夏漫白当成好友，对方却在心里如此想她，是这段时间独自肩负着公司大小事情，压力太大了吗？

还是她这段时间光顾着追周默，疏忽了对好友的关心，让对方误会了？

“漫白，我知道你这段时间很累，从明天开始我就回公司，把工作放在第一位，有什么困难我们一起承担。你要是工作压力太大的话，我帮你再招个助理。”

“够了。”

沈一晨不敢相信地看向夏漫白。

大概意识到自己情绪的失控，夏漫白深深地吸了口气，努力平复自己的心情说：“你现在回公司也没有办法做到心无旁骛，还是先在家休息几天再回公司吧。”

沈一晨看着夏漫白冷漠的侧脸，忽然有种错觉，夏漫白好像越来越不愿意她插手公司的事了，并且很多事都习惯替她做决定。

公司毕竟是沈一晨的，她又怎么可能不管不问，做个不负责任的甩手掌柜。即使夏漫白再不愿意，她还是要将公司的主导权握在手中。

这一点是不容置疑的。

僵硬的气氛直到她下车时也没缓和过来。

沈一晨默默地看了眼冷眉冷眼的夏漫白，慢慢推开车门，车子却在她下车的下一秒加速驶离。

望着滚滚尾气，沈一晨叹气一声，她们俩还是第一次闹得这么僵，并且她觉得漫白好像真的变了。

[2]

第二天，沈一晨依然没能回到公司，因为一大清早助理就被夏漫白赶来给她送文件，说是有个客户需要她搞定，早上八点的行程，坐三个小时高铁，下午一点洽谈。

沈一晨翻着手里的资料，边走边问："今早的行程，为什么没人提前跟我说一声？"

乐清唯唯诺诺，小声说："我也是早晨接到夏总助理的电话，才知道有出差这回事。"

夏漫白让她谈的什么破客户，让她在Z市待了一下午，也被对方放了一下午鸽子。喝掉杯里最后一口咖啡，沈一晨招来乐清，要她去问什么时候可以见他们兰总。

秘书给的答复是郊区厂房出了突发状况，他们兰总去处理了并且今晚不回来了，归期未定。

沈一晨那个暴脾气，要不是起身前想起夏漫白对她的冷讽，这会儿早就甩袖子走人了。

这么一等又是一天，沈一晨也看出来了，对方是在存心放她们鸽子。

沈一晨的性子哪能就这么让人耍，可又隐隐觉得……

夏漫白的能力她是信得过的，怎么连对方耍她们都没看出来，莫非……

沈一晨被自己脑中冒出的想法生生吓到。

不过她还是要乐清假装缠住对方，自己趁乱上了顶层，一路摸索着找到了总经理办公室，果然看到兰总正坐在办公室内处理文件。

乐清看到沈一晨无精打采地下楼，紧张地问：“沈总，怎么了，被他们发现了吗？”

“回公司。”

回去的这一路上，沈一晨没说一句话，也不准乐清接任何公事上的电话。她疲倦地靠在椅背上，忽然就想起了网络上最暴露人性的一句话：世界上有两样东西不能直视，一个是太阳，一个是人心。

回到公司，前台看到沈一晨风风火火地回来，刚要通风报信，沈一晨一把夺走她手里的电话：“这是要打给谁呀？”

前台小姑娘脑筋转得很快，机灵地说：“沈总刚回来，我让保洁阿姨打扫下您办公室里的灰尘。”

“夏总呢？”

沈一晨板着脸，大有她不说实话就让她滚蛋的架势。

“夏总……”小姑娘被她凶到，嗫嚅着说，“她在会议室。”

沈一晨离开前递给助理一个眼神，乐清领会，站在楼下以防前台通风报信。

16楼寂静的走廊内，每走一步都觉得步伐沉重，亦如她此刻沉重的心情。她不愿意去怀疑被她当成生命之重的人。

但兰总电话里一句一个“夏总您放心”，让她不得不怀疑夏漫白把她支走的动机，不得不怀疑这段友谊是不是早就变了质。

大概谁都没想到沈一晨会突然回来，会议室的门被人猛然推开——

看到来人，在座的每个人都蒙了。

夏漫白的助理看到沈一晨要进来，赶紧过来阻止，被沈一晨一手挥开。沈一晨来到总经理的位置上坐下："在开股东会呢，怎么没人通知我？"

众人面面相觑，像看笑话似的看看她这边，又看看夏漫白那边。

夏漫白用力捏紧手里那支笔，眼底闪过一丝懊恼，抬头看向她时，短暂地沉默了下，开口说："我们在讨论这一季度的产品交流会，你刚出差回来，先回办公室等我吧。"

"有什么内容是我不能听的吗？"

沈一晨目光定定地盯着夏漫白，越来越看不懂她这个朋友了。曾经那个解救她于危难之中，用英文骂那群奚落她的老外是猪的夏漫白已经远去了，曾经那个跟她一起啃泡面挑灯研究企划书的夏漫白也不在了……

她们两个曾经那么要好，是从什么时候开始，她们的心离得越来越远了呢？

"既然你想留下来就参会吧。"

股东会枯燥又无趣，全程都是对沈一晨不满的问责声，甚至有人提出要让夏漫白替代她的位置。

沈一晨听到这儿，都想掀桌子了，被夏漫白一个眼神制止了。等会议结束后，她问沈一晨："知道为什么不通知你开股东会了吧，现在业绩连续下滑，你当这帮股东吃素的？"

接下来一段时间里，沈一晨一心扑在工作上，只是她发现无论怎么努力，业绩都在逐渐下滑，甚至出现资金链断裂的风险。

为了融资，沈一晨不得不稀释掉手里的一部分股权。

先是百分之五，再是百分之十，依然无法挽回公司的空缺。直到这一刻，她才发现公司这种诡异的现象并不正常。

可此时她的股权已经被同一家公司买走了。她上网查了下这家公司，这家公司刚刚宣布破产，而她的资产就这样打了水漂。

正在她焦头烂额之际，接到一个陌生电话，看着屏幕上的号码，她也只是犹豫了一下按了接听键。

“沈总，我们能约出来谈谈吗？”

[3]

细雨绵绵的午后，沈一晨撑着伞走进一条幽深的巷子，推开一道铁门，里面是一条昏暗不见天日的过道。沈一晨每走一步，都觉得步伐沉重。

她不知道一向精明能干的田姐有一天会被生活压迫到如此窘迫的地步。那么，一个人在如此落魄的情况下会不会为了一己私利出卖自己的良心呢……

田姐离开后的几天，曾打电话跟她说能证明自己是清白的，请她给自己半个月时间。沈一晨答应了。

来的一路上沈一晨都在想，田姐真能找到证明自己清白的证据？真的是夏漫白联合财务部的小孙加害于她？

那她们的动机是什么呢？

突兀的铃声打断她的沉思。

沈一晨从包里掏出手机，接通电话：“我到了，田姐。你家住在几号门？”

门在眼前打开，田姐走出来把她迎进去，略带寒酸地说：“沈总，家里有些简陋，您将就着坐。”

沈一晨打量着十几平方米，愣是用布帘隔成了一室一厅的简陋屋子，家里甚至连客坐的沙发都没有。她视线在屋内扫视一周，最后坐在餐桌前的圆凳上。

田姐礼数周到地给她倒了杯白开水。

沈一晨接过田姐递来的水放在餐桌上，说：“田姐不必客气，说说你今日找我来的事情吧。”

田姐从里屋搬出笔记本电脑，插上 U 盘，又交给她一沓文件。

沈一晨翻看着田姐不知道从哪里弄来的文件，又看 U 盘上的存档，田姐一项一项给她解释着：“沈总，还记得您出差去香港回来后，夏总告诉你谈拢了一项投资吗？”

“这个我有印象，不是景泰风投吗？”

“沈总一定不知道景泰风投的合伙人是谁吧？”田姐看向沈一晨，打开电脑把查到的资料给她看，“那是丰泰的贺子聪和大学时的舍友闲暇投着玩的产业，贺总虽然不常打理景泰的业务，但仍是三大股东之一。”

“这些网上都查不到的信息，你怎么那么肯定？”

“沈总若是不信，可以想办法亲自求证，相信对您来说，有心查这些也不是什么难事。”

接下来，田姐又跟她说第二件事：“我给您通风报信那天晚上，沈总没发现公司账户的一大笔资金被转走了吗？夏总所谓的拿公司的一半资本做赌注，不过是填了自己的私囊。您可以找人查思慧达电子有限公司的注册人是谁。而说好的融资合作为什么稀释的是您的股份，您不觉得这件事太过蹊跷吗？”

沈一晨僵在座位上，一下一下移动着鼠标，脸色却越来越白。即使所有不利证据一一指向夏漫白，她依然不愿相信她的好友会出卖她。

“您要不信我说的，您可以……”

“这家公司前几天已经宣布破产了。”

“那就是了。”田姐轻笑出声，“这家公司不过是糊弄你的幌子而已。有次我去小孙办公室交资料，看到她接收邮件，上面的英文名字是 Irene。

“思慧达的企业注册人也是 Irene，半年前新成立的公司，对外宣称做外汇金融、电子商务，实际上只是个皮包公司。”

怕沈一晨不相信，田姐还说：“夏总曾经也找过我，要给我一笔钱，被我拒绝了。后来我在财务部越来越受排挤，夏总什么重要的事都找小孙商量。我发现她们转出的几笔账目都不对劲，才打电话偷偷提醒您。没想到我如此谨小慎微，还是被发现了。如果您不信可以看看这支票。这是夏总那日来我家送来的。我虽然收了，但觉得对不起您，因此日子过得再难，我都没有打这张支票的主意。”

看着餐桌上的支票落款处清清楚楚地写着夏漫白的名字，沈一晨仿佛被人兜头浇了一盆冷水。

那种被最信任的人出卖的滋味并不好受。

其实无须田姐这些证据，她已经隐约察觉到夏漫白的改变，想想周默很早以前的提醒不是没有道理的，甚至就连贺子聪都提醒她夏漫白不单纯……

车子不知道在公司的停车场里待了多久，沈一晨坐在车里，甚至不知道是先去挽救濒临破产的公司，还是先冲进办公室质问她的好友为什么背叛她。

最终，她还是先去了夏漫白那里。

夏漫白的助理见她来势汹汹，拦住她：“沈总，我们夏总正在开视频会议，您不能进去。”

“让开。”

门板撞在墙上发出的巨大声响，预示着来者不善。

“为什么？”仅仅三个字，沈一晨说得咬牙切齿。

“我待你不薄吧，你为什么要背叛我？”

夏漫白从电脑屏幕上移开视线，顺手掐了视频。沈一晨还是看清了电脑那边是金秘书，一时间不知道该如何形容此刻的心情。

夏漫白早料到沈一晨这几天会来找她，挥手让助理出去后，打量她的眼眸里没有半点愧疚和心虚。

“大家各凭本事吃饭，哪儿来的为什么？”

“各凭本事？我们八年的交情，就换来你这四个字？”

沈一晨本来不想说这些，但是她的心太疼了。

她跟夏漫白的交情从出国开始算，已经十年了。夏漫白这招釜底抽薪做得太绝了，那种感觉就像被人从背后捅了一刀。

“我为你卖命了四年还不够吗？”夏漫白冷笑，“这四年间我得到了什么？凭什么所有辛苦差事我来做，而你却心安理得地坐享其成？”

“……”

沈一晨从没想过夏漫白心里是这样想的，她自认对夏漫白不薄。出国留学第一年，语言不通的沈一晨在国外遇到了同是中国人的夏漫白，面对一群老外的冷嘲热讽，夏漫白用一口流利的英语狠狠骂了他们，两个人为此都丢了兼职工作，却也开始互相关照。那时夏漫白因为生活拮据交不起住宿费被赶了出来，沈一晨把她的公寓分了一半给她。夏漫白没事的时候带她熟悉这座城市，所有生活开销她来出，夏漫白有时间负责做饭收拾屋子，平时教她怎么生存，与外国人打交道。那时候的她们相依为命，过得很好，感情很纯粹。

毕业回国在即，两个人决定组建公司，沈一晨出钱，夏漫白负责出谋划策。就这样，一晨电商在两个姑娘的苦心经营下一步一步成长起来。一晨电商就像她们两人用心养大的孩子，过程中有苦有乐。夏漫白怎么可以只顾利益不顾一晨电商的发展前景？

这么多年来，沈一晨自认为对夏漫白不薄。公司成立之初，她把自己手里的百分之五的股份匀给夏漫白，还在市区地段优良的地方买了一套房送给夏漫白，第二年送了夏漫白一辆车，还要她怎么掏心窝子对待她。公司百分之四十的股份掌握在她爸爸手里，她要想跟她爸爸抗衡，就要保住最大股东的身份。

而夏漫白却来这么一招，沈一晨手里现在连百分之三十的股份都没有，还怎么保住在公司的地位，沈立山几乎不费工夫就可以把她踢出公司。

相较于沈一晨的痛心难过，夏漫白脸上始终维持着冷漠，她起身拿起杯子，竟还亲自泡了杯咖啡递到沈一晨手上。

沈一晨眉头一皱，没去接她手里的咖啡。

夏漫白也不勉强，把杯子放在她跟前，又坐到她对面，轻描淡写地说："好好珍惜吧，恐怕今后我们也没什么机会坐在一起喝咖啡了。"

"什么时候开始的？"良久，沈一晨问出这么一句。

"现在知道这些还有什么意义呢？"夏漫白一双冷然的眼睛对上她的。

沈一晨落败的身影落在瞳孔里，夏漫白有一瞬间皱眉，片刻后冷漠地说："我是不会对你感到抱歉的。"

"从什么时候开始的？"沈一晨执着于要一个答案。

夏漫白喝了口咖啡，短暂地沉默片刻："照实了告诉你也无济于事，从你那趟香港之行，我就开始策划这件事情了。"

沈一晨无语地闭了闭眼睛，过了很久才缓过心底那阵疼痛，低声问她："所以伊蓓是你跟贺子聪给我下的套？"

"没错。"夏漫白不介意再在她胸口上捅一刀，"他要你手上的一号地，我要你的股权，我们两个分工合作。"

怪不得。

她前脚刚到香港，贺子聪后脚就跟来了，原来这一切都是密谋好的。

看到沈一晨似有些承受不住，夏漫白又好心告诉她一件事："被你最爱的人误会抛弃的滋味不好受吧？你不觉得你筹划好的逃婚计划忽然被逮个正着，挺蹊跷的吗？"

沈一晨霍然抬头，双手紧握成拳。

无须再问，答案已经昭然若揭。

夏漫白居高临下地睥睨着她，似是没看到她眼底的隐忍，继续说：“因为周默跟你好了，就会帮你出谋划策，到时候我还要花精力对付他。当然了，不排除我也很喜欢像周默那么优秀有颜值的异性。”她忽而轻声一笑，“我曾经勾引过你用整个青春深爱的……”

“啪”的一声，清脆的巴掌声打断了夏漫白的口无遮拦。

沈一晨恶狠狠地瞪着她，甩着发麻的掌心。

夏漫白捂住发疼发胀的脸颊，似是没想到沈一晨会打她，脸色即刻阴沉下来，眼底的阴沉狠绝有山雨欲来前的汹涌。

不过情绪很快被她压下去，她沉着脸说：“再让你嚣张几天，股东大会过后，你的所有职务都将由我暂代。”

乐清看到沈一晨一身狼狈地从夏漫白办公室里出来，上前要扶她，被她阻止了：“让我一个人静一静。”

终于回到自己的办公室，静默地看着办公桌上摆放的她和夏漫白的合影，沈一晨一把将相框挥到地上，玻璃相框顿时裂了无数道口子，亦如她们曾经的友谊早已支离破碎。

摔了相册，沈一晨仍不觉得解气。

就在她控制不住情绪，想要摔东西时，突兀的手机铃声打断了她的怒火。看着熟悉的座机号码，她直接按通接听键，冷着声音问：“什么事？”

电话那端沉默两秒，缓缓开口：“晨晨，我是外婆，我身体不舒服，你能不能抽空回来一趟，我把……”

“你打错了。”

不给她外婆辩驳的时间，沈一晨掐断了通话，把手机扔到一边，任由手机又响了好几次，都没有理会。

第二天来到公司，沈一晨成了有名无权的总经理，每天坐在空荡荡的办公室里，听着数不清的脚步声从门前经过，却没有一个人是停下来找她的。就连底下部门同事见到她，也是尴尬地喊声“沈总”，然后像躲瘟神般离开。

夏漫白上午来过她办公室，冷嘲热讽地说：“我说给你放假休息，你还不领情，既然你自己愿意自取其辱，那就怨不得我了。”

接下来的时间，夏漫白派人取走了她办公室里的所有文件，整间办公室真的只剩下空落落的书柜，空荡荡的办公桌——

以及一个空洞的沈一晨。

她只能眼睁睁看着属于她的东西一样一样被她最好的朋友掠夺。

不得不佩服夏漫白的工作效率，仅仅半个月，她就被通知参加股东会议。

整间会议室处在一片其乐融融的氛围中，夏漫白接受着每一位股东对她的恭维，全程只有沈一晨面色难看地瘫坐在椅子上，与这里的一切格格不入。

会议结束，沈一晨默默起身，拉开会议室门，离开这个她奋斗了四年的地方。

然而，她想安静地离开都不行。

才刚走出会议室，她就被夏漫白的助理拦了下来：“沈总，我们夏总有事找您谈。”

乐清一把推开夏漫白的助理：“你们夏总做了猪狗不如的事情，有什么可谈的。”

没想到一向和夏漫白助理关系不错的乐清会这么维护她，沈一晨朝乐清摇摇头：“我跟她是该做个了断了。”

踏进平时出入自由的办公室，沈一晨短暂地打量四周——

办公室的风格都变了，她和夏漫白的合影被清走，再看看整个公司发生的改变，她反倒觉得自己是个外人。

身后的门被推开，她不用看也知道是谁。

夏漫白绕过她，已然成为敌人的两人自然不会像从前那样无话不谈，对方每说的一句话都语带心机。

夏漫白表示愿意出比市场高一倍的价钱，收购沈一晨手里的股份。

看似仁慈的举动，两个人其实都心知肚明，夏漫白与沈立山手里的股份持平，今天看似赢得风光，但沈立山随时可以把她拉下马，只有保证她第一大股东的身份，才能保住她今后在公司的位置。

这些个心知肚明的道理谁都懂，但她为什么要把股份让给夏漫白？

“我如果不同意呢？”

“呵。”夏漫白嗤笑出声，“你可以攥着手里的股份在这里浪费自己的青春，不过是一间办公室，我还提供得起。我会让你眼睁睁地看着属于你的东西一点一点被我剥夺。”

其实沈一晨心里清楚，自己再如何挣扎也无力回天，只是心有不甘自己一手打造的王国拱手让人，心痛自己被最为亲密的朋友背叛。

“你怎么确定我一定会将股权卖给你？或许沈立山出的价格比你更高呢？”

“是。”

夏漫白点头，突然笑了：“一晨，我们两个相互了解到不分彼此，你会不知道我得不到想要的会如何做？如果做不成第一大股东，我拿着手里的股份高价卖给你爸爸，也是笔不错的买卖，到时候，一晨电商就没有了。”

“这是我们俩亲手打造的王国，你就眼睁睁将它拱手让人？你怎么如此狠心？”沈一晨终于忍无可忍。

夏漫白看向她，在沈一晨离开前说：“一晨，你知道该如何做的。”

沈一晨走出办公室，一路经过平时恭敬称呼她一声“沈总”的同事、前台。所有人看似都在埋首认真工作，实际上无不在心里猜测两位老总的角逐，早已看清形式站好了队。

这是个人情凉薄的世道，也是个弱肉强食的社会。她虽见过太多的尔虞我诈，钩心斗角，如今这些发生在自己身上，也无力抵抗内心深处的空洞与无望。

朋友的背叛，爱人的离开，以及刚被人夺走了公司，各种情绪掺糅在一起，终于压得她承受不住。

走出大楼，坐到车上，沈一晨趴在方向盘上号啕大哭。

chapter 07

从头再来

[1]

无论昨天如何伤心难过，今天还是要擦干眼泪往前走。

在家休息的这几天，沈一晨一直沉浸在自己的情绪里，疏忽了对毛球的照顾，直到早晨起来发现它又拉又吐，才发现它生病了。

沈一晨带它看完医生，下午还要去见之前联系的法务。

夏漫白说得对，她应该做的是尽力保住自己的利益，而不是以卵击石弄得自己更加难堪。夏漫白笃定沈一晨不会眼睁睁看着公司被解体卖掉，才会提出收购她股权的建议。

下午三点，双方法务开始签合同走流程，前来的法务人员只把夏漫白签好的合同带过来，夏漫白全程都没有出面。沈一晨落下最后一笔，看着自己的那份合同，微微叹息。

一晨电商今后和她再也没有关系了。

目送夏漫白派来的法务人员离开后，沈一晨也把她这边的法务人员打发走了，一个人坐在临窗的位置发了会儿呆。

现在，虽然她手里攥了几千万不愁吃穿，但以后的生活还是要重新规划下。拿出手机搜索比较有名的招聘网，沈一晨在两个网站上填写了个人信息，投了几份简历。

离开的时候，外面飘起了雪花，暖黄的路灯衬着片片雪花，年轻人和小孩子欢呼着第一场雪的来临。

整座城市沐浴在一片欢呼雀跃中，只有沈一晨觉得今年的 Y 市无比的寒冷无情。

她没想到自己会冒着雪走到了一晨电商大楼前。她拢了拢单薄的呢子大衣，抬头仰望曾经属于她的王国。办公室里依然灯火通明，但那里再也没有她的位置了。

沈一晨吸了吸冻得发酸的鼻子，转身刚要落寞离开。

没想到会在这里遇到他。

两人视线在空中无声相撞，谁都没有先说话。

沈一晨抬起的脚步转了个方向，走近他："今天的结果，贺总还满意吗？"

"对不起，一晨。我没想到结果会是这个样子，我真的只想逼你交出手里的一号地，给你制造点压力才跟夏漫白合作的，我没想到她野心那么大，以至于……"

"不要再说了。"

"我们可以找个地方聊聊吗？"

"我们之间还有什么共同话题吗？"沈一晨的眼神有点犀利，此刻能心平气和地和他说话已经是她的极限了。

最终，两人还是在温暖舒适的咖啡厅里对坐着。

她好奇，害她至此的罪魁祸首要怎么昧着良心在她面前忏悔。

贺子聪打量着面前面色不善、模样狼狈的人，硬着头皮开口：“听说你从公司引咎辞职了，今后有什么打算？”

“关你什么事？”

“我只是……”面对沈一晨冷冷的目光，贺子聪头皮发麻，“我名下有家公司正好缺一名项目经理，你可以来我的公司。”

“你是在施舍吗，扇个巴掌给颗枣吃吗？你可知道我失去的是什么……”沈一晨情绪有些激动，“我并没有奢求你跟我站在同一条战线上，但你怎么能眼睁睁看着她将我的王国一点点蚕食？”

“我当时暗示过你。”说出这句话，贺子聪自己都觉得理亏，先是帮着别人算计她，再去提醒她。

这么做不仅不够仁义，而且他还想着，就算那时候沈一晨知道了也于事无补了，不如输个彻底再重生，不也挺好……

沈一晨脸上始终维持着冷淡的嘲讽，终于无意听他说下去，起身拿起大衣说：“以后再见到，别说认识我，我也当从来没有认识过你。”

再后来的一个月里，沈一晨陆续接到面试通知，面试结果都不尽如人意，不是职位不符，就是薪资不满意，更有奇葩公司问“二什么时候比三大”“假如你的父母和爱人同时落了水，你先去救谁”。

沈一晨给出的答案是：“我不会游泳，所以谁都不会救。面试官老师，请您下次再面试的时候想些实际的问题。”

她不清楚之前一晨电商的HR会不会这么无聊，要是也这么无聊，要是她还是一晨的老总的话，她大概会直接让他们卷铺盖走人。

事实却是，沈一晨无视面试官老师，对方公司直接让她走人。

从面试的公司出来，有人给她打电话。

沈一晨看着陌生号码，以为是面试公司给她打来的电话，谁想接通后——

对方说："沈女士您好，我们是市立医院的，您外婆病危……"

沈一晨都没等人说完，直接挂了电话。类似这样的电话，她每天都能接到。现在什么样的诈骗电话都有，有称她家人病危的，有称她银行信息泄露的，诈骗形式还真是花样百出。这些来电，最后都被她拉进了黑名单。

心里正郁闷得不行，乐清竟然给她打来电话。

沈一晨犹豫了下，按了接听键，就听见对方说："沈总，你最近还好吗？"

沈总？

沈一晨慢慢咀嚼着这两个字，略嘲讽道："以后你还是称呼我的名字吧，我早就不是什么沈总了。"

"沈总你别这么说，我们方便聊聊吗，我也刚辞职。"

"你……"

"我们见面再说吧，你在哪里？"

开车来到与乐清约的餐厅，看着先她一步到的乐清，沈一晨上来就问："你干得好好的，怎么突然就辞职了？"

"你走那天我就递交了辞职申请，到今天整一个月。你都不在了，我干吗还在那里？我是你一手培养起来的，你走了，我不可能留下。"

"你这么做，太不理智了。就这么离开，你找好下一家公司了吗？"

乐清听后，莞尔一笑："没有啊，我辞职就是投奔你来的。"

"投靠我？"沈一晨抬眸问她，"你可看清楚了，我现在一无所有。"

"但我相信你呀，我相信你一定会东山再起的。"

沈一晨心里莫名一暖，至少还有一个人念着她的好，也不枉费她平时对下属的大方体恤了。

但是，她摇摇头对乐清说："我现在累了，应该不会再创建新公司了，所以你……”

“那我们今天就庆祝我离职吧，祝我开始新的人生旅程。”

片刻后，沈一晨还是举杯祝福她：“祝你今后的人生越走越辉煌。”

两人边吃边聊。

吃着饭后甜点时，乐清忽然说：“夏漫白要把公司改名为木本电商，这几天正在递交申请走流程。”

沈一晨内心涌起一阵针扎似的疼痛，片刻后微微一笑：“那些都跟我没关系了，随她怎么折腾吧。”

晚上送了乐清回去，回家上楼前，沈一晨从楼下超市搬了一箱啤酒。

沉闷的客厅里，沈一晨坐在落地窗前，一罐一罐地喝着啤酒，透过落地窗看向窗外绚丽的霓虹灯火。

她钩心斗角了那么多年，最后却落得这样的下场，真是讽刺……

毛球被她关在里屋客厅，竖起双脚用力抓着玻璃门。

沈一晨看了眼客厅，又灌了半罐酒，任它在里面挠门。

不知道浑浑噩噩过了多久，半醉半醒间，沈一晨感觉被人用力拎了起来拖着往前走，踉跄间，她难受地睁开眼，还没来得及发火，就有冰凉的水兜头从头顶浇了下来。

沈一晨恼怒地抬头，当看到出现在她家的人时，她一度以为自己产生幻觉了。

“周……周默？”她甩开他的钳制，嘴角扯出很浅的轻笑，“你来干什么？”

“我来干什么？”周默看着狼狈不堪的女人，一股恼火直蹿脑门。他恶狠狠地将软如烂泥的人按在墙上，将手里的花洒对着她的脸，“你外婆病危，你知不知道我给你打了多少通电话？你还有心情在这里喝酒？”

[2]

有那么一瞬间，沈一晨脑袋嗡嗡作响，心不断地往下沉。

很快，她忽略了这些突如其来的情绪。

她一把夺过周默手里的花洒扔在地上，事不关己地笑：“她的死活关我何事？我们早没关系了，她没跟你说很早我们就断绝……”

“啪”的一声，响亮的巴掌打在沈一晨脸上，也打断了沈一晨出口的话语。

她偏着头，借着撸头发的动作用力压下脸上的难堪，再回过头来，看向周默时慢慢抬手，指向敞开的门：“你走。”

“我今天就是绑也要把你绑去医院。”

“你敢，别以为我爱你就会容忍你一而再、再而三地践踏我的尊严。周默我告诉你，我沈一晨不是非你不可，你不要太过分。”

她累了，这个她几乎用尽全力死缠烂打追求的男人，她再也不想讨好了。

也直到这一刻，她才发现自己竟是如此卑微地祈求着他的爱恋。

然而不属于自己的东西终归强求不来，就像眼前的男人，她拼了命地讨好，反而让自己更难堪。

沈一晨感觉身体一轻，还没弄清楚情况，就被周默扛在肩上往外走。她感觉一阵血流直往脑门上涌，踢着扛着她往外走的人：“你放我下来，我不去……”

然而，无论她如何拳打脚踢，最终还是被人扛到了车上，不算温柔地把她扔到了后座上，无论她如何拍打车窗，都没放她下车。

后来沈一晨喊累了，车子也上了高速。

三个多小时的车程，足够她好好醒酒了。

周默直接载她去了市医院，临进重症病房前特意叮嘱她注意言行。

推开病房的门，沈一晨就见病床前围了一圈老人的娘家人。

沈一晨的外公外婆只有她妈妈一个独生女儿，没有其他孩子。

众人听到推门声，齐刷刷看向门口。当看到沈一晨一身狼狈地出现，有人对病床上的人说：“姑妈，你睁开眼睛看看谁来了，你外孙女来看你了。”

围在病床边的人主动给沈一晨让出一条道，她却停在门口，看着病床上戴着氧气罩奄奄一息的老人，不进也不退。

屋内有人哽着声音说：“老姐姐，我的老姐姐，你快睁开眼睛看看哪，你惦记的人来看你来了，你睁开眼睛看看哪……”

老人一边唤着昏迷不醒的人，一边招手叫沈一晨过去。沈一晨感觉自己的双腿像有千斤重，怎么也抬不起来。

这一刻的心情很复杂，有恨，有痛，还有悲伤——

不知道就这样在原地站了多久，突然她身体一轻，有人从身后推了她一把。周妈妈走过来，拉着她来到老人病床前，拉着她的手交到老人手里。

她微微较着劲，紧握成拳的手怎么也不肯松开。

周妈妈一脸不解地看着她：“晨晨，你怎么了？快和你外婆告个别，别让老人带着遗愿离开。”

看着病床上戴着氧气罩，几近油尽灯枯的老人，她忽然抽回手，倒退了一步。

众人看着她反常的举动，窃窃私语着她的不敬不孝，她却充耳不闻。

住在外公外婆家里时，她是在这位老人的打骂下长大，最后被狠心赶出家门的。面对外婆的病重，她虽然震惊，却没有那么深的沉痛，她甚至不知道该说些什么，也做不到他们期盼的那种大伤大悲，更学不来别人做作的痛声哭泣。

此刻，她不想哭也高兴不起来，所以就这么无感地看着。

垂下的手臂却被人一把抓起，攥住她紧握的拳头，一根根掰开她的手指，再将她的手交到老人手掌心里。

沈一晨偏头。

周默正压下她的肩头强迫她坐在老人病床前，递给她一个别惹事的眼神。

过了一会儿，老人手指有了一丝颤动。

她抬头。

老人眼睫用力挣扎几下，像是用尽全身力气，慢慢睁开眼睛，嘴角微微翕动着念着她的名字，困难地抬眼在一圈人中寻找到了她。

沈一晨感到贴着她手背的掌心动了动。

老人太虚弱了，用尽力气也合不拢手指握紧她的手，就用眼神一遍一遍祈求着她："晨晨、晨……晨，我……的……晨晨……终于来……看我来了……"

老人的兄弟说："老姐姐，晨晨来看你了，有什么话你可以对她说，她在，她在。晨晨，快跟你外婆告个别。"

望着病床上只吊着一口气，跟她有血缘的亲人，她半个字也说不出来，只是定定地看着老人。

老人等了半天也没等到她的只言片语，难过地摇摇头，缓缓合上眼的同时两行清泪顺着眼角滑下来，那只挣扎着想要握住她的手也缓缓松开、僵硬……

耳边是哭成一片的悲天泣鸣声，只有沈一晨一个人仿若置身事外，僵坐在病床前，不哭不闹。

她不知道该如何形容这一刻的心情。

医生来了，下达病故通知，同时询问家属直接火化还是举办告别仪式。

沈一晨外婆娘家的亲戚希望风风光光为老人送别，沈一晨也没出声，大家便默认了。

老人的后事有亲戚邻居帮忙操持着，沈一晨从外面买完东西回来，灵堂已经布置好了。有长辈把她叫过来问她，墓地和骨灰盒要选什么价位的。

沈一晨觉得选什么价位的都没有区别，难道贵的就代表对死者的感情深，便宜的就是没有感情吗？

这些表面上的东西，不过是演给外人看罢了。

即使她跟外婆感情并不深，相处得也并不愉快，最终，她还是什么都选了贵的。如果她不这么做的话，她外公外婆的这些亲戚肯定会闹起来。毕竟，这帮人因为没有捞到外婆的房子，就冷嘲热讽了她半天。

联系殡仪馆，跑销户手续，还要张罗宾客吃饭，一天下来，沈一晨连口水都没喝，也没时间喝。等所有宾客都走了，已经过了夜里十一点，沈一晨疲惫地搬张椅子坐下来。

然而她刚坐下来，眼前就多了一盘吃的。

她循着拿餐盘的手慢慢抬头望去，看到周默还没走，皱了皱眉："不是让你们都离开了吗，你怎么还不走？"

周默看着她眼底的红血丝，沉默几秒说："我妈让我陪陪你，你一个女孩子守着，她不放心。"

"我能有什么呀，你走吧。"

周默看着她，不但没走，还从客厅搬来一把椅子跟她坐在一起。

沈一晨不想说话，低垂着头，过了会儿就开始打瞌睡。

周默看着频频点着头的人，对她说："你要不先回屋睡会儿，这里有我呢。"

"不用。"

"快去，明天还有很多事需要你来做主。"

沈一晨抬眼看他，瘫在椅子上不动。

周默起身走到她跟前，居高临下地看着她："是想让我扛你去休息，还是自己走？”

两人视线在空中无声对峙着。忽然，周默弯腰靠近她，手臂伸向她腰侧。

沈一晨一个鲤鱼打挺从椅子上蹦起来，躲开他的双手：“我自己走，不劳您大驾。”

推开厚实的木门，沈一晨被房间里熟悉的摆设震住。卧室还维持着她当年离开时的样子，她记得离开那晚，床上铺的就是这套粉红色的床单被罩，床边那双兔子拖鞋也在。

指尖划过床头柜，面上没有半点灰尘，可见这个屋子一直有人打扫。她轻轻拿起床头柜上摆放的她和妈妈的合影，指尖慢慢抚上照片上她妈妈微笑的脸庞，一时有些迷茫。

她依然记得多年前的夜晚，她被外公外婆毫不留情地从这里赶了出去。那晚她在楼下淋了一夜雨，求了一晚上，都没让二老心软。从这里离开后，她就在心里发誓，将来永远不再踏进这里一步。

如今回到这里，目睹着曾经熟悉的一切，沈一晨不知道此刻沉重的心情是伤感还是冷漠。

她甚至有些迷茫，当年外公外婆到底有没有爱过她？如果爱她，为何把她如破布褴褛般丢掉？如果不爱，为何要保留着她的房间以及属于她的东西？

那时候的她，对那些财产一点儿都不感兴趣，她只想要安安静静地生活，像其他女孩子一样干净纯粹地喜欢一个人，平淡地上完大学。

是他们打碎了她少女时期的青春与梦想，逼着她去跟她爸爸争夺财产，是他们毁掉了她的青春。

那么在她走后，他们又保留着她的东西做什么？

存心让她内疚难过吗？

周默看着去而复返的人，不解地问："不是叫你……"

"我外婆得什么病去世的，她身体不是一直很健康吗？"

周默看向她，沉默的目光中似是有对她的不谅解，片刻后告诉她："肺癌。"

"……"

"听我妈说从检查出来到去世才三个多月。"

"……"

沈一晨陷入沉默，一个月前她是接到过外婆打给她的电话，因为她恨她，没有接就直接挂了。再后来，她也接到过医院打给她的电话，她以为是电信诈骗，还把号码拉黑了。

昨天下午她外婆应该是感觉到不行了吧，才让周默把她绑来。

沉默间，她听到周默说："你外婆之前向我打听过你的生活状态，你住我家那晚她就认出你来了。她还说，你自己一个人在外面不容易，知道我们生活在同一座城市，拜托我多照顾你。"

原来是这样！

周默虽猜不出她沉默表象下面隐藏着怎样的心情，但能看出，老人的去世对她还是有影响的。

她喃喃低语道："有时候，我不知道我外公外婆对我是种什么感情。爱吗？如果爱，他们就不会逼着我回去跟我爸争夺财产，不会赶我走跟我断绝关系。如果不爱，他们为什么至今还保留着我的房间，保存着属于我的东西？是存心让我难过内疚吗？"她黯然的眼里含满冷讽，"有时候我觉得我的人生就是种讽刺……"

她闭上眼，没再说下去。

周默咳了声，安慰道："二老心里还是有你的。你外婆临终前曾嘱咐我，如果她等不到你回来，要我转告你一声对不起，她和你外公都爱你。”

“别说了，我想一个人安静会儿。”

第二天的葬礼，沈一晨全程冷着一张脸。整场告别仪式庄严肃穆，没有哭声，没有笑声，有亲戚甚至私底下不满沈一晨的不孝无情。那么大的议论声，她都听见了，却不反驳。

她人前大哭悲痛，人后谈笑风生，又有什么意义呢，她不屑在人前演戏，各种心酸苦楚，自己清楚就够了。

处理完外婆的后事，沈一晨没有待太久。那天走得匆忙，这些天又一直在忙，直到现在，她才想起来她没给毛球加水加粮。

匆忙赶回家，推开家门，沈一晨视线环顾客厅，没有发现毛球的踪影，一股不好的预感涌上心头。

“毛球——毛球——”

沈一晨扯着嗓子喊了几声，毛球才从卧室出来，一副刚做过坏事的心虚样。

沈一晨循着它出来的方向往屋里望，果然看到沙发上的抱枕都被撕扯得不成样子，里面的海绵被扯得到处都是。

现在这副又撒娇又卖萌的讨好样就是怕她会罚它。沈一晨一把将它抱起来，紧紧地搂进怀里，一遍一遍道歉：“毛球，对不起，对不起……

“我差点以为连你也离开我了。

“对不起。

“对不起。

“毛球，我外婆去世了，我很难过……”

沈一晨把脑袋抵在它头上，闭着眼，咬紧牙关，忍了很久的情绪终于爆发，泪流满面地说：“我再也没有亲人了，毛球，为什么爱我的人一个个离我而去，毛球，我真的很难受……”

处在状况外的毛球一脸蒙，瞪着两颗豆粒般的圆眼睛完全不明白主人为什么这么伤心。似是感受到沈一晨的心情，它窝在沈一晨怀里，贴心地伸出舌头一遍一遍舔她脸上的泪。

不知道在沙发上哭了多久，大概是累了，沈一晨都不知道什么时候自己抱着毛球睡着了。

小家伙见主人睡着了从她怀里爬出来，进主卧叼了一条毛毯，费劲地帮她盖上。

沈一晨再次醒来的时候，掀开身上的毛毯，招来毛球。

发泄过后的沈一晨，情绪也稳定了不少，给它加了狗粮，看小家伙吃了一会儿，进屋给手机充上电。

打开手机。

短信提醒她有五个未接电话，前三个是周默的，有一个是乐清打来的，另一个竟然是贺子聪打来的。

贺子聪之前找她聊了一次，谈一号地收购的事，她直接拒绝了。从她离开一晨电商，有好几家公司找她谈一号地买卖的事，她还没想好，没有同意也没有拒绝。

拿出手机给乐清回微信的时候，周默再次打来电话。

看着屏幕上跳跃的称呼，沈一晨深深地吸口气，按下接听键。

周默那边似是比她还急，电话一接通，他就问："你在哪里？中午我妈给你送吃的，说你没在家？"

"嗯，我已经回Y市了，有要事回来处理。"

"嗯。"

一时间，两人陷入尴尬。

已经分手的男女朋友，都不知道该说些什么。

操办外婆的后事，周默一家帮了她不少，她心里很是感激，特别是周默对她的照顾，不管是出于她外婆的缘故还是同情，他是真的帮了她不少忙。

沈一晨喉咙一紧，语气格外认真地说：“我外婆的事，替我谢谢阿姨和叔叔。”

“嗯。”

“还有，谢谢你这几天陪我跑东跑西的……肉麻的话我就不说了，总之谢谢。”

“嗯。”

“……”

“……”

“那我先忙了，有些紧急事情要处理，再见。”

最后，周默回答她的也仅仅是一个“嗯”字。

放下电话，沈一晨靠着落地窗坐在地板上，看着窗外光秃秃的枝丫，陷入悲伤的情绪里。

今年冬季的Y市，雪特别多。十二月份竟然下了三场大雪，看着楼下堆着雪人嬉笑打闹的孩童们，沈一晨将额头抵在玻璃窗上。

还有半个月就要跨年了，遥想去年这时，她还和夏漫白在并肩作战。

从十月份就开始准备双十一活动，双十一大捷后，紧接着就准备双十二、圣诞节以及跨年活动，那一年她们赚了个盆满钵满。

元旦过后，两人就去三亚度假了。

如今，看着电脑上一晨电商双十二业绩再创新高，沈一晨内心苦涩到不行，这些荣耀跟她再没关系了。

还有一星期就是妈妈的忌日，提前两天，沈一晨回到了C县。

这次回来她没有通知任何人，直接去了外婆在乡下的老家，也是埋葬她妈妈的地方。

当年她妈妈希望死后埋葬在家乡的后山上，永远与山水为伴。她外公外婆满足了她妈妈的愿望，把她妈妈埋葬在了这里。这次她外婆去世，她也把她外婆葬到了后山上。

家里什么东西都没有，沈一晨开车去集市上买了些日常用品，又从邻居家买了点煤，生了炉火，把家里收拾干净才开始煮东西吃。

给妈妈扫完墓后，沈一晨没有马上离开，她这次回来准备小住些日子，所以把毛球也一并带回来了。

晨起，推开木门，就能望见缕缕炊烟缭绕升起。感受着小镇淳朴的民风，面对和蔼可亲的邻居，沈一晨忽然觉得这样的生活似乎也不错。

每天不用熬夜赶案子，没有钩心斗角，推开门会有新鲜空气涌入，回头她再在院子里拾掇块空地，左边种菜，右边种花。

本来以为毛球会不适应新环境，没想到它比她适应得还快，短短两天就交到了新朋友，每天时间一到就闹着要她出去溜达。

很快，她跟周围的邻居也熟络起来。

元旦这天，隔壁大婶新做了年糕给她送来。为了答谢，听说大婶家的儿子今年高考，她特意帮小孩辅导了半天英语。

下午从邻居家回来，沈一晨打开炉火，扒开炉盖，往里面放了两个红薯。很快，炉子里传来香喷喷的红薯味儿。吃完红薯后，她抱着毛球在沙发上看书，后来不知道怎么了，感觉浑身没劲，头晕，还有点恶心。

她只当是感冒了，从包里拿出随身带的感冒药吃了，就躺在沙发上，盖上毛毯，想着睡一觉就好了。

她可没想到，这一睡再一睁眼，人就躺在了医院里。

[3]

周默站在病床旁，一言不发地看着床上的人。

送沈一晨来医院的大婶告诉周默："下午小晨给我们大壮补完课回

去还好好的，晚上毛球就跑来我们家挠门。我以为小家伙饿了，给它剥了一根火腿肠，它不吃，一个劲儿地扯我裤腿让我跟它走……”

周默说：“非常感谢您及时将她送来医院，我叫了出租车在楼下，一会儿送您回去，您也回家好好休息。”

那位大婶异常热情，走之前拉着周默劝说着：“我听别的邻居说了小晨的遭遇，你多开导开导她，别想不开，年轻人路还长着，何必要轻生呢。”

周默一脸平静，让人看不出情绪。

等送走那位邻居，去了趟医生办公室了解情况后，周默一言不发地看着昏睡着的人，微微叹息。

第二天，沈一晨醒来，睁开眼盯着室内陌生的白墙，闻着刺鼻的消毒水味，一时有些蒙，不知道自己身在何处，但她很确定这里不是外婆农村的房子。

为什么一努力想事情就头晕恶心？她痛苦地捂住头，呻吟一声。

她发出的声音吵醒了守在病床旁犯困的人。

周默略一挑眉：“醒了？”

沈一晨倏地抬头，然而这一动作又让她头疼地闭上眼，好不容易缓过那股劲儿，就听到周默清冷的嗓音：“有勇气自杀，这点小疼就受不了了？”

沈一晨一脸惊悚地看向他。

“沈一晨我告诉你，下次要死找个没人的地方，别让人打电话给我。这副要死不活的样子做给谁看……”

“谁要自杀了？”她不得不打断周默，“我昨晚只感觉头疼，浑身没劲，吃了感冒药就睡了，然后不知道怎么就到了这里。”

这次换周默不解地看着她，深沉的目光里满是不相信。

沈一晨快被他看毛了。

“请你告诉我，酗酒、抽烟、煤气中毒，不是闹自杀是在干什么？”

“我……”沈一晨百口莫辩，她真是有理说不清了。

她忍着剧烈的头疼，回想起昨晚的事：“我抽烟喝酒是因为心情不好，但绝没想过自杀，我死了谁来管毛球。”

她可不想让毛球成为孤儿。

沈一晨问他：“我是煤气中毒了？”

周默盯着她的眼睛。

沈一晨就这样安静地回看着他。

看着她清澈坦然的眸子，他勉强相信她不是闹自杀，低声说：“是毛球发现你昏迷后，从排污水的露天管道钻出去，挠你邻居的门，他们才搬了梯子爬墙进入你家，把你送进医院的。那位大婶说你因为家人都去世了，想不开，要自杀。”

“这你也信？”

开始他是不信的，可那位大婶说得有鼻子有眼的，他真以为沈一晨因为打击太大抑郁自杀了。

现在，看她能言善辩的样子，确实不像闹自杀的人。

周默看她一直捂着脑袋，起身说：“我去找医生，你休息会儿。”

没想到，沈一晨没等到医生，却等来了一位不速之客。

她侧着身背对着房门躺着，听到推门声，以为是医生来了，转过身，没想到一眼看到贺子聪。

沈一晨翻了一半的身子硬生生僵住，只犹豫一秒，假装没看到又翻回身闭着眼。

贺子聪看着拿后脑勺对着他的人，还是走到床边，半开玩笑地关心：“听说你煤气中毒了，我过来看看你有没有变痴呆啊？”

沈一晨火了，噌地起身，抄起床上的枕头向他砸去。

贺子聪轻轻松松接住枕头，就见沈一晨捂住脑袋痛苦地呻吟一声。

他伸手想扶她躺下，却被她躲开。

贺子聪不敢再刺激她，收起脸上的笑："我来是找你谈正事的，你瞧瞧这个。"

"什么东西？"沈一晨边问边打开文件，还来不及看，病房的门被人用力推开，急切的力道中带着焦急。

周默带着医生大步走到病床前。

她没来得及看清文件内容，下意识地将文件藏在被子里。

周默像是没看到她的动作，径直走过去询问她哪里不舒服。

沈一晨捂住头，周默赶紧让医生给她检查。

医生问了她的症状后，一脸沉重地问谁是病人家属。

两个男人默默互看了眼，谁都没作声。

医生又问了句。

周默沉默了一下，虽不愿意承认还是说："他是。"

医生刚要开口。

"我不是，我不是。"贺子聪连忙开口，刚刚沈一晨那眼神大有他敢胡说，她就撕烂他嘴巴的架势，这种情况下他哪敢乱讲，末了又强调道，"我只是她普通朋友。"

医生："……"

那你们一个个干吗来了？

沈一晨说："您有什么事跟我说吧，我没有亲人。"

医生默了默，说："根据你的情况来看，需要住院观察一周，排查神经系统上有无中毒性脑病的情况。"

"会有什么后遗症？"周默问。

"现在我们也不清楚，我们建议沈小姐住院观察下会不会有语言障碍或者记忆障碍。还有她的肺部吸入一氧化碳较多，需要定期到医院检查。”

“意思是我可能会变傻呗。”

医生对沈一晨的直白愣了愣，耐心解释：“这些后遗症不一定会发生，住院主要是为了观察身体有没有异常。”

沈一晨想，要不住院吧。如果有一天她真变痴呆了，毛球可怎么办？她可舍不得将来它变成流浪狗或者被送进收容所。

然而，她还没开口，就听到周默说：“就住院吧。”

医生看看这两人，还说他们两人没关系？

谁信？

骗鬼呢。

医生离开后，又给开了些药，周默去收款处交钱取药，病房里只剩沈一晨和贺子聪两人。她从被子里拿出文件。

贺子聪在边上说：“这是我在政府的一个朋友发来的项目计划，明年可能会启动市中心的这个项目，一旦这个项目确定，政府肯定会征收你的一号地。”

沈一晨一页一页翻看着文件，没有出声。

贺子聪拿不准她什么想法，看着她从头到尾翻看完了，都没有说一句话，心里有些急。

“一晨你应该知道的，我虽然也是个商人，出的价钱也不会比政府高出太多，但我可以在大厦建成后给你一间店铺，到时候你把店铺租出去，也可以养活自己。”

“……”

“算我求你了，你知道这块地对我有多重要。”

“你也知道它对我有多重要。难道说，只要对你很重要，你就可以利用卑鄙手段占为己有吗？”

贺子聪一脸尴尬，看着她不知道该说什么。

“这块地，我就是捐赠给政府，也不卖给你。”

“一晨……”

“……”

“你别意气用事。”

“我没意气用事，我的意思表达得很明确了，贺先生请离开吧。”

贺子聪看着她，离开前又塞给她一份文件：“这是我开给你的条件，你好好考虑下。”

看沈一晨不作声，他又说：“我承认我做的是不对，你不原谅我，我也理解。但不管你以后是不是把我当成朋友，我还想交你这个朋友，真的，跟你相处的那段时间我过得很开心。你如果改变主意了，就打我电话。”

病房的门再次被推开，周默走进来。沈一晨捏着文件，想事情想得正出神，连他进来都没有发现。

听到塑料袋落在柜子上发出的摩擦声，她吓了一跳，赶紧把手里的东西往被子里藏。

藏到一半，她听到周默说：“别藏了，我都知道了。”

沈一晨顿住藏东西的动作，猛地抬头，由于抬头动作过猛，脑袋又是一阵刺痛，她不由得皱紧眉头。

周默赶紧走过去扶着她躺下来，语气责怪地说：“医生不是让你多休息嘛，还不快躺下来，真变成小傻子了，我可不管。”

扶她躺下后，他又倒了杯开水，打开药盒看说明。

沈一晨看着默默做着这些的人，嘟着嘴，心想他还真是嘴硬心软的人。

不料周默这时转过身来。

她可没想到自己腹诽被逮个正着，赶忙开口转移他注意力：“你怎么知道的？”

“刚刚贺子聪的律师一直在门外等着。他找你，除了买地皮的事也不会有别的事。”

“哦……”

周默看着转过身闭眼假寐的人，开口问：“你就没有什么要说的要问的？”

沈晨眼睛都没睁，一本正经地胡说八道：“没有。”

“那你好好休息。”

等周默离开后，沈一晨慢慢睁开眼，透过门板玻璃看到周默离开，才从被子里拿出文件仔细阅读。

沈一晨心里有事，在医院住了三天就吵着要出院，医生只好打电话给周默。

开了半宿视频会议的周默，清晨才刚闭上眼就接到医院打来的电话，急匆匆赶过来。

看到沈一晨什么都收拾好了，与两个陌生人大眼瞪小眼，他立马就知道她为什么闹着要出院。

他伸手请那两个人先出去等。

等闲杂人等离开后，周默走近她几步，一副万事瞒不过他的样子：“躲起来就能解决问题吗？”

沈一晨看向他。

“公司的事还不打算交代吗？”

“你都知道了？”

“我知道什么？”

沈一晨瞅着他，心里犯嘀咕。

周默坐在她面前，瞅着她心虚的小眼神，又用那种让人参不透的眼神审视她，而后缓缓开口：“你不是想试试能瞒我多久吗，怎么主动承认了？”

他盯着她狼狈又懊恼的样子看了会儿，竟然说：“我认为贺子聪的建议还不错。”

沈一晨不解地望向他。

周默没有瞒她：“前几天贺子聪来的时候什么都跟我说了。你为何不换种思维考虑问题，或许会有一片新天地。”

她低垂着头，良久，犹犹豫豫地问：“我还能行吗？”

周默盯着被打击到不行的人，那楚楚可怜的样子，明显是完全失去了信心。

恐怕再打击一次，她真的会想不开抑郁了。

周默一笑，伸手温柔地拍拍她发顶，给予鼓励：“怎么不行。没有条件创造条件也要上，之前那个沈一晨不是坚不可摧的吗？”

“……”

“拿出你当年追我的精神，还有什么事是办不成的？”

听他说这个，沈一晨赶忙拉上被子蒙住脸，只露出两只眼睛。

某人还害羞了。

玩笑归玩笑，周默拉开她蒙在脸上的被子，正色道：“你做鸵鸟够久了，该为以后做打算了。”

沈一晨一脸迷茫地看向他：“我不知道该做什么。”

“那就做你擅长的。”周默点到为止。

沈一晨觉得他心里早已为她打算好了，可他就是不说。

她想了想说：“我还想做电商。可是之前的客户跟以前的一晨电商现在的木本电商合作得好好的。”

意思是，她想撬过来，几乎不可能。

“即使真撬过来了，那些人也未必会真心跟你合作。”周默像是看出她心底藏着的恨，对她说，“一晨你记住了，人做事不是为了报复谁，而是为了更好地超越自己。你要相信，这次从沈氏集团解脱出来，是你的新生，而不是将自己陷入更深的深渊里。”

沈一晨抬眸，果然她什么心思都瞒不过他的眼睛。

可如今电商行业发展迅猛，就连小卖部的村民都做起了电商买卖，她要如何东山再起，占有一席之地？

“你还有一张王牌没用，不记得了吗？”

“周老师，你就不能一次把话说完吗？”某人被周默吊胃口吊烦了，开口呛他。

周默却是一笑，从口袋里拿出一张名片递到她手里。

沈一晨瞧着掌心上金灿灿带有质感的名片，片刻后，慢慢抬头：“黄立行，你怎么会有他的名片？”

“你还记得在泰山那次救过一个小姑娘吗？名叫卢珊的。”

“求求你别卖关子了。”

“因为你救了黄总的妹妹卢珊，黄总答应可以帮你完成一个心愿，现在，是利用这张王牌的时候了。”

想起那天见到的一脸阴晴不定的黄立行，沈一晨心里犯怵。

“你能不能帮我跟他谈？我有点怵他。”

“不能。”

她没想到周默拒绝得如此干脆，不由得抬眸看他。

周默说：“如果你要爱的鼓励，我倒是可以给你。”

沈一晨没明白过来他的意思，就被他一把抱进了怀里。

他低头亲吻了下她额头。

沈一晨后知后觉地反应过来，这算是和好了吗？

周默不可能真的不管沈一晨，三天后，沈一晨出院的当天，他约了贺子聪谈一号地的事情。

当贺子聪带着律师来到约定的地方，看到沈一晨身旁陪着的周默，顿觉头皮发麻。果然，他之前给出的条件被周默否决了大半，最后这块地价格是2.7亿。

不仅如此，将来这块地建成大型购物娱乐场所后，第一层的底商还得给沈一晨两间。贺子聪不仅要多花0.7亿还搭出去两间店铺，当然不愿意了，眼看着合同要黄，周默却整整衣领，叫沈一晨起身。

这，沈一晨就看不懂了。

当初不是他鼓励她卖地的吗？

怎么说反悔就反悔了？

即便如此，她也没敢表现出来，反正只要跟着周默的步调走准没错。

周默说："贺总没兴趣的项目，自然会有其他买家有兴趣，那就不浪费我们彼此时间了，再见！"

"等等。"

沈一晨紧张到用力地捏了周默小指一下，被他用力一握，递给她一个镇定的眼神。

合同最终以周默提出的条件成交。

从店里出来，沈一晨不解地问周默："你怎么有把握贺子聪会上钩？"

周默说："在跟他谈之前，我就让助理把这块地挂到网上了，他不要自然会有人要。"

"可是，他说这块地在我手里不值这个价位，为什么他会心甘情愿地花大价钱买呢？"

"在你手里的确不值钱，但把它挂在我旗下公司就不同了，我的合作伙伴会暗中炒作。就算真的谈崩了，我也有办法把它卖出个好价钱。现在，跟贺子聪合作，不过是可以利用他的愧疚为你多争取点福利。"

沈一晨听了他的话，佩服得五体投地，马上狗腿地抱拳："周老师这波操作稳，可不可以教教我呀？”

周老师言传身教：“接下来的任务是谈业绩，你的新电商必须做出一张漂亮的成绩单，才够资格跟黄立行谈合作。”

意思就是，她没有资本，没有成绩，人家黄立行肯定不会当冤大头，白白浪费项目给她做呗。

沈一晨第一个下手的对象仍是贺子聪，感情牌与漂亮的方案双管齐下，终于拿下了丰泰旗下一款净水器的代理权。

贺子聪送沈一晨出来，别有深意道：“一段时间不见，变得越来越精了。”他双手插兜，浅笑着看向来接沈一晨的周默，“果然是跟着什么人变成什么人。”

沈一晨不知道他这句话是夸她的还是被气的，没心没肺地回了句：“谢谢夸奖。”

chapter 08

不温不火

［1］

新公司起名叫“欧尚”，成立当天只有周默陪沈一晨一起庆祝。两个人依旧不紧不慢地处着，沈一晨也不清楚他们这算是和好了，还是周默在履行外婆对他的嘱托，帮她渡过难关。

说是店庆，不过是打着广告让更多人知道有家小公司新生了，白天的时候贺子聪带着合同作为贺礼前来祝贺，双方签的合同产品是他旗下名叫乐透的净水器，是公司新研发的一款净水器。

沈一晨将了贺子聪一军，他怎么也得找个机会“礼尚往来”。

因此，乐透净水器的合同他只同意签四个月，并要求他们必须保证一个季度创下一千台的收益。如此，丰泰才会继续跟他们合作。

合同一落实，沈一晨立马召集销售部研究销售方案，推广部研究宣传方案，早已过了下班时间的公司仍是一片灯火通明。有人建议请三线演员做宣传，学其他网站买微博开屏广告。

这倒是一个不错的办法，沈一晨也很赞同。问题在于同样的方法，消费者未必会买单，要想将这款净水器推出去，不仅在宣传上要做到新颖吸引人，还要让人看到乐透净水器的功能优势。

这可难倒大家了，整间会议室处在沉重的气氛中，沈一晨皱了皱眉，口渴了，一招手：“乐清，给我泡杯咖啡，老样子。”

没人理她。

沈一晨头也没抬，不耐烦道：“我说话你没听到，扣奖金。”

依旧没人回应——

沈一晨不得不抬头。

新来的小秘书唯唯诺诺地说：“沈总，公司没有咖啡。”

沈一晨一愣，微微一笑：“那就帮我接一杯水吧，谢谢。”

可秘书去了半天也没回来。

好不容易等来了水，她仰头就喝了一大口。

别说这小秘书还挺体贴，水温刚好——

不过对方怎么了解她个人喜好的？她嘴急，即使是冬天也喜欢喝偏凉一点儿的水。

然而，会议室的员工也怪，莫名其妙地全都看向她身后。

沈一晨疑惑地扭头，直接愣住。

给她递水的不是秘书——

而是周默。

周默来过公司几次，大伙对他并不陌生，只是好奇这位周先生跟他们沈总是什么关系。

沈一晨好歹做了几年老板，她轻轻咳了一声，扭头跟他说：“你先去我办公室等我，等我忙完了去找你。”

接着，她把注意力转到会议上。

各部门主管想了半天，提的方案没有一点儿建设性意义。

沈一晨脸色一沉。

周默在边上看了两眼，附在沈一晨耳边低语："时间不早了，不如先下班。"

沈一晨一听他这话，知道他有话要说，回过头来对众人说："今天就到这儿吧，大家回去后好好休息。"

众人如蒙大赦，鱼贯走出会议室。

等人离开后，沈一晨一改刚才的一本正经，转动椅子面对他："你有什么话要说？"

周默并没直接回答她，而是微微弯腰，一手撑住桌沿一手握住鼠标，这样的姿势，正好将她圈在怀里。

沈一晨被他逼得不得不仰头看他，却见他若无其事地下拉页面，认真地看着她的方案。

仿佛并不觉得这样的姿势有多撩人，她见过聊骚撩妹的，见过霸道总裁范儿撩妹的，就没见过这么心怀坦荡……一本正经撩妹的。

这人穿着运动裤和灰色休闲毛衣，往上看就是光滑的下巴，坚挺的鼻子以及那双聚精会神睿智的眼睛。他清浅的呼吸一下一下呼在她脸上，如果他的下巴再低一点儿，就能顶到她头顶了——

沈一晨困难地咽了口唾沫，不得不打断一本正经聚精会神看方案的人："你晚上没有课吗，怎么这么早就下班了？"

周默视线仍盯着电脑，显然没有被她的话带跑，直到从头到尾看完了方案，才扔下鼠标，改成双臂撑在桌沿，挑了一下眉："再忙也要接女朋友下班哪。"

沈一晨被他压迫的气息逼得不得不往后靠了靠，一手抵住他不住向她靠近的胸膛，微笑着提醒："你这样很容易让我犯罪。"

"是吗？"某人听了一脸无辜，高大的身躯压迫性地向下弯了弯，"又想对我上下其手还是强吻？"

沈一晨皱眉，为什么用“又”字？沈小姐可不记得自己醉酒时有多豪放。不过美色当前，亲上去才是要紧事。

当即，她搂住他的脖子在他唇上啵了一口。

周默因这明目张胆的偷袭笑了。

她却推开他，一边踢踏着脚步跑远，一边喊：“我回办公室收拾一下就下班，你去停车场等我。”

周默看着她飞奔而去的身影，拇指摩挲着被她亲过的嘴唇。

回到车上，他耐心地等着做好心理建设、磨蹭十分钟才出现的沈小姐。沈小姐上了车后见周默默不作声，正好此时肚子咕噜叫了两声，尴尬地说：“我还没吃饭。”

“你想吃什么？”

“我想吃你做的红烧带鱼和皮蛋粥。”

“你确定？”

见周默笑得一脸别有深意，沈一晨用力点头。

周默惋惜地说：“那就可惜了，我本来为你准备了大餐和电影票。”

沈一晨不为所动：“那我也想吃红烧带鱼。”

“好吧，不过要先去超市。”

“可是我开了一天会，不想逛超市。”

周默沉默地开车。沈一晨以为他会自己进超市采购食材，那样她既可以在车上休息会儿，又能吃到周大厨做的菜，简直完美。

谁知到了超市，周默直接拉她下了车：“你都坐一天了，该运动运动了，要劳逸结合。”

沈一晨被他牵着往前走，他的掌心干燥而温暖，她的左手牢牢地嵌在他掌心里，是那样的温暖。

沈一晨盯着他温和的侧颜，忽然听到某人说：“去推辆购物车。”心里涌起的温暖瞬间湮灭。

两人随着人群走走停停，选食材闲聊，平常得很。

但就是这么平凡的小事，让她体会到了幸福。

“带鱼要两条够不够？”

“够了。”

“我还想要点牛肉和土豆。”

“买、买、买，想吃什么自己选。”

这么好说话？沈一晨不由得抬头看他：“我说的是你做。”

周默听了略一挑眉：“可以。但我需要一个帮手。”

一听这话某人立马不干了：“那还是少做点吧，就我们两个人也吃不了那么多。”

两人又买了些水果，便去收银台结账。

饭后，沈一晨拉着周默这位军师讨论工作上的事。

周默给出的建议是两头忽悠。

沈同学果然一点就通：“你的意思是让我拿丰泰去忽悠黄立行，再反过来拿黄立行忽悠其他合作商。”

“有何不可。”

“那他们如何会相信？”

“那就要看你怎么去运作，做出的方案漂不漂亮了。毕竟最终大家看的是实力。”周老师点到为止，催促还在思考的某人，“我帮了你这么大的忙，是不是该有点表示呀？”

沈一晨剥了一个橘子递给他：“你辛苦了，吃个橘子吧。”

［2］

年后，沈一晨和周默真的去济南拜访了黄立行，不巧的是黄总陪父母出国度假去了，是保姆前来应的门。

沈一晨和周默相视一眼，沈一晨想这次不能白跑一趟啊，于是问：“那卢珊小姐在吗？”

保姆还没来得及拒绝，一个声音就传来：“谁找我啊？”

“我，我是欧尚电商的沈一晨，泰山那次救过卢小姐，你可还有印象？”

卢珊放下手中笔记本电脑，站起身说：“进来吧。”

保姆请二人入座后，去准备茶水点心。

沈一晨不动声色打量着这套房子的装潢和眼前高挑清丽的姑娘。不得不说，第二次见到卢珊，沈一晨涌入脑海的第一想法是，这姑娘很适合做网红主播。

很漂亮，也很有气质，不像现如今的网红，大部分靠化妆。

她打量一眼长形沙发上放着的电脑屏幕，感兴趣地问：“卢小姐在找工作？你学的什么专业，对什么行业感兴趣？”

“我学金融的，想当一名模特。”

模特。沈一晨了解地点点头：“我倒是认识一名服装设计师，不过，据她说这个行业也是越来越不景气，你要是想做模特的话，我可以帮你问问她。”

“这样啊……”卢珊听她这么一说，高涨的气焰减退了不少。她最大的梦想是证明给这个家看，证明给她哥看，她不靠任何人也能养活自己。

一时间，她在梦想与现实当中犹豫了。

沈一晨看着小姑娘迷茫的眼神，提出建议：“以卢小姐的条件，我觉得做名网络主播也是可以的，现在网红也是个……”

周默一听沈一晨说，就知道她在打什么主意，很轻地冲她摇摇头。

沈一晨眼尾扫到周默的动作，稍稍调转视线假装没看到，继续说：“比如美妆、服装，都需要一些比较火的网络主播做宣传，就像去年我们公司网络主播一个季度为我们推出去几万套化妆品，我们一次性给她结了二十万，再加上网友给她的打赏，每个月下来，她最少也能拿到六七万收入。当然了，这些对于卢小姐来说并不算什么，但对我们平常小老百姓来说足够生活得很好了。”

卢珊眼睛一亮，随后又一暗，说：“我考虑一下。”

沈一晨略一点头，起身从身上掏出一张名片：“如果卢小姐有需要帮忙的，随时联系我。或者我们互相加个微信，多个朋友多条路，也没什么损失。”

两人交换完微信，临走时，沈一晨问：“不知道黄总什么时候度假回来，卢小姐清楚吗？”

卢珊嘴巴一噘：“他的事，我才不关心呢。”

沈一晨点头：“那我再联系黄总吧，再见！”

从黄立行家出来，两个人沉默地走了一小段距离。

沈一晨沾沾自喜：“我是不是很聪明，如果能把卢珊签下来，还怕黄总不上赶着找我合作？我这一箭双雕射得好不好？”

“并不好。”

“怎么不好了？”

“捧一个烫手山芋你说好不好？你不是没调查过黄立行的家世背景，还敢打卢珊的注意，就不怕偷鸡不成蚀把米……”

“错，恰恰相反。你没看到小姑娘眼底燃烧着那股执着与激情，她眼底的激情让我想起了我和夏漫白毕业那会儿的干劲。那时候我们穷，创业初期屡屡被人拒绝在门外，夏漫白胆大，就用空手套白狼的方法去忽悠对方，没想到还真套到一个大客户。那一年我们赚到了第一桶金——五十万，虽然不多，但我们成功了。卢珊这里，我相信只要她肯坚持，黄总那么爱她，应该也会妥协吧。”

“你在赌。”

沈一晨很认真地看着他，肯定回答：“对。之前我也赌过很多次，事实证明我的判断是对的。”

周默看着她眼底重燃的炽热激情，不知道她到底哪里来的自信敢在老虎嘴上拔毛，只好安慰地拍拍她肩膀：“那就祝你好运了。”

乐透净水器这边，沈一晨找了体育界一位在国际上获过奖牌的跳水运动员代言，一是其为国争光，大家都比较认可；二是他的代言费比演员的少很多，能节省不少经费。

第二天要去 Z 省采景拍宣传片。

饭后，沈一晨准备好出差要带的行李，早早休息了。第二天一早七点，吃过早餐，秘书接她去火车站跟同事会合，光高铁就要坐五个小时。到了 Z 市，他们租了一辆面包车，等到达景区的时候都下午了。拍摄安排在抵达 Z 市的第二天上午，大家安顿好行李后去附近的古镇闲逛。

沈一晨坐在电脑前修改乐透净水器的代言词，一个净水器的广告词愣是被她吹到了五百字，又开始删减。

她一边修改一边在心里抱怨，要是乐清在就好了，往常这些小事哪需要她亲自做呀，她只需要在文件上审核，通过后签字就可以了。

今时不比往日，很多岗位正在招聘，很多事都需要她亲力亲为。

遥想当年乐清也是 211 大学中文系一名学生，毕业后是要留校任教的，被沈一晨发现后挖了过来，协助她工作之余还要照顾她的生活起居，说起来也算屈才了。

翻出乐清的微信，沈一晨犹豫着要不要请乐清帮忙修改下广告台词，净水器项目是他们接的第一个合作，对公司发展起着至关作用，只许成功。

万般无奈下，她终于敲下一句话：“在忙什么？”然后盯着电脑屏幕。

等了一会儿对方回过来：“刚加班回来。沈总你找我是不是有事啊？”

“是有点。”沈一晨琢磨着怎么跟她说需要她帮忙的事。

乐清先她一步发来消息：“我也有事跟你说，不知道你还缺不缺助理，听说你新开了一家公司。”

没有犹豫，沈一晨直接打电话过去：“欢迎，欢迎，只要你不嫌弃，欧尚随时欢迎你。”

乐清刚想客气两句，就听到沈一晨说：“客气话我就不跟你说了，眼下有件棘手的事需要你帮忙。”

“你说。”

“乐透净水器的广告词我写了一份，想请你帮忙修改下，如果你想也可以重写一份，我把资料发给你，我这边从今天起给你算薪资报酬。”

“好，我最迟明早给你。”

“非常感谢。”沈一晨犹豫了下，接着说，“新公司刚成立，我能给你的条件并不优渥，前期工作量可能会比之前大，也会比之前累很多，你还愿意投奔我吗？”

“你这是在怀疑我的忠诚度，我是见钱眼开的人吗……”

“得嘞，那咱们闲话少说，先做好重要的事。”

让沈一晨意外的是，第二天上午九点，乐清不止改好了代言词，她本人还亲自来了。

沈一晨感动得都快哭了。

这时，楼下拍摄组已经准备好了行李，派人上来说出发时间到了。

她跟乐清都没有时间多聊两句，立马投入到繁忙的工作中。

有乐清在，沈一晨明显轻松很多，很多事情不用她交代，乐清就替她安排好了。

相较游客的惬意，沈一晨他们就没这么悠闲了，本来找好了一处适合拍宣传片的地方，但游客又多又吵，根本就没办法取景，一组人就这么在山涧一路走，一路找僻静的地方。

好不容易找好地方，给代言人化妆，摆道具，一切准备到位，总算开始拍摄了。

等拍完宣传片，终于大功告成，大家四散着在附近游玩，说好晚上回去后沈一晨请客吃饭。

沈一晨赖在一块大石头上，即使休息，她也不忘挖墙脚。

那日见了卢珊之后，她并没闲着，隔上几天就会跟这姑娘聊两句，希望能把这姑娘签下来……

要是攀上黄立行这根高枝，以后她的机会肯定会越来越多。

毕竟黄立行手里的资源是她不能比的。

她正跟卢珊聊着天，乐清递给她一瓶水。

沈一晨头也没抬，跟乐清说："我想聘请个主播，做美妆这块。"

"沈总有合适人选了？"

通常沈一晨这么说，心里肯定有了主意。

果然，沈一晨点头，从手机里翻出一张照片给乐清看："你说我要能把这姑娘签下来，还怕产品滞销？恐怕那些大姑娘帅小伙会争相给她打赏。"

乐清认可地点头，下一秒，抬头问她："你是怎么认识她的？"

这……

沈一晨没说细节，只说爬泰山的时候认识的。

由于他们宣传到位，包装漂亮，经过一个月的努力，乐透净水器的销量还挺可观，一致受到网友好评。与此同时，也有几家小型品牌公司找他们合作，这无形中增加了沈一晨跟黄立行的谈判筹码。

但理想是美好的，现实是骨感的。

再次踏进黄石集团，当看到身穿职业装的卢珊从黄立行办公室出来，沈一晨除了惋惜还是惋惜。

毕竟卢珊外在条件不错，缥缈气质也很是难得。她甚至都想好了，把卢珊签过来后，先动用资源打造卢珊的形象稳固粉丝资源，再利用卢珊的气质宣传一个品牌的化妆品。

她都计划好了，也以为签下卢珊万无一失，看到这种结果，她一时难以接受，以至于她见到卢珊，缓了好一会儿，才勉强地露出微笑：“卢小姐我们又见面了，恭喜你找到新工作。”

对方浅淡一笑：“谢谢。”

会议室里，卢珊以黄立行秘书的身份出席，其实也没什么重要工作交给她做，就是做做记录，送个文件，主要工作还是助理协助黄立行完成的。沈一晨发现黄立行会时不时注意卢珊这边的动静。看得出，他安排卢珊进黄石集团工作，并不需要她真的能做得有多好，只要时时能看到她就好。

说白了就是花瓶，这样的工作，卢珊能接受？沈一晨不大认同。

大概是她的眼神胶着在两人身上太久，毫无征兆地就迎上了黄立行犀利的眸光。对方看向她的目光里带着警告的意味，稍稍推下鼻梁上方的无框眼镜，他淡笑着说：“沈总，希望我们合作的性质单纯些。我这个人最讨厌工于心计的算计，虽然我现在把这个项目给你做了，但也可以随时终止跟你的合作，希望你能让我看到你们的实力。”

意思就是叫她不要打卢珊的主意，并且他已经看出她心底的弯弯绕绕了。

沈一晨稍稍凝神，把视线放到项目文书上，再抬起头来时变得一本正经，侃侃而谈。她甚至感觉跟在黄立行身侧的高管对她赞赏的眼神，心里窃喜着周老师调教得好。

晚上回到Y市，周默接上她。

到了车上，沈一晨一脸的沮丧加惋惜。

周默分神看了她一眼，忽然说：“合同不是都拿到手了吗，怎么这种表情？”

沈一晨打量着周默一副万事都在他掌握中的模样，叹息着说：“是我太自负了，本来以为这次能一并把卢珊签过来，可她选择在黄立行身边当花瓶，是我看错人了吗？”

沈一晨陷入沉思中。

“很正常。”

“我以为她会跟我一样为了理想而活，以为她会按照自己的想法而活。”

“黄立行跟卢珊断绝兄妹关系了。”

周默突然爆出这么一句。沈一晨一脸讶异地看向他，忽然转过弯儿来：“她之所以待在黄立行身边，是——为了报复？”

听闻此话，周默郁猝得不想说话。

沈一晨发现周默看她的目光就像看一个心智不全的小孩，皱着眉摸着头，最终她的思路被周默带偏了。

“你知道今天是什么日子吗？”周默问她。

满脑子只想着赚钱签新人的沈总掰着手指算了下，今天既不是他的生日也不是法定节假日，更不是还贷的日子。她只好说：“今天星期三呀。”

周默无语：“再想。”

“不知道。”

周默抿唇，嘴角本来有一点的弧线慢慢拉平，皱眉。

恰巧车子路过某大型商场，商场的电子屏上滚动播放着情人节广告，沈一晨恍然大悟：“今天是情人节？！”

怪不得中午的时候黄立行推掉饭局单独带着卢珊出去了，原来是过二人世界去了。

当时卢珊还满脸的不情愿，后来不知道黄立行在她耳边说了句什么，这姑娘立马就乖了。

透过车窗，街上尽是浓情蜜意的情侣，而周默开车走的街道也不是回家的路。她眼前一亮，看向周默的小眼神里一簇一簇地闪着光："我们去哪儿啊？你要给我什么惊喜？"

周默冲她神秘一笑。

车子熟练地拐个弯，又开了五六分钟，道路越来越窄，而电动车和行人越来越多，他们不得不把车子停在附近，下了车走过去。

直到沈一晨被他带着走进人声沸鼎的夜市，坐在一处小摊的板凳上。

沈一晨不得不皱眉，怀疑地问他："今天是情人节，你就带我来吃这个？你也太会省钱了吧？"

周老师听了，眼睛微眯，竟连半点羞耻心都没有。

"是你请客。"

"凭什么是我请？"

"上次我帮你出谋划策，你说要请我吃饭，一直没请。正好今天有时间，我就擅自做主了。"

沈一晨无语地看他。

周默说："看在你新公司刚成立的份上，我就委屈下自己的胃，替你省点钱吧。"

呵呵！

沈一晨皮笑肉不笑地扯了下唇："我谢谢你哦。"

就没见过这么抠门的人，蹭饭就算了，理由还说得这么冠冕堂皇。

看着眼前一盘盘烤得金黄、味道鲜美的烤串，沈一晨赌气地愣是一口没吃，再看看坐在桌子对面，犹如坐在高级餐厅，举止优雅，吃着餐盘里一串串烤鸡翅的周默，沈一晨皱皱眉。

肚子忽然不争气地"咕噜"一声。

沈一晨猛地抬头——

恰巧迎上周默看过来的眼神。

她不动声色地捂住肚子，视线还扫向旁桌食客，用眼神告诉周默是其他顾客发出的声音。

周默看着她微笑一下，低头继续吃东西。

偏在此时，肚子又发出“咕噜咕噜”声，而且声音巨响。

这下沈一晨就是想赖账，想必周默也不信了。

她脸颊尴尬地微红，这种感觉，犹如在喜欢的人面前放了个屁。

她心里微微懊恼。

以为会被周默嘲笑，她一脸凶悍地抬头，刚想说“就是我怎么了”，却见他专心吃着眼前美食，仿佛并没发现她这边的窘状。

沈一晨也想开了，既然是她花的钱，她干吗跟自己的胃过不去？

她一把抢走周默手里剥好的虾，放到嘴里，吧唧两下，幸灾乐祸地说：“哎呀，今天的虾真好吃。”

面对某人幼稚的行为，周默无奈一笑。

赌气吃饭的下场就是，一个没节制吃多了，离开的时候，沈一晨皱着一张脸，难受极了。

周默诡异地没往车边走，反而沿着路边人行道缓缓往前，说：“今晚夜色不错，散散步。”

沈一晨先是一愣，看到他向她伸出的手掌，沉默地将手交到了他掌心里。

他冲她温柔一笑，将她伸过来的手完全包裹住。

大概是夜晚降温的原因，他的指尖也是凉凉的并不温暖，但给她的安全感让她可以抵抗这座城市带给她的所有寒冷。

有多久没有体会过这种全然放松漫步在人群中的心情了？

这里离市中心购物广场很近，散步的人很多，有浓情蜜意的情侣，有推着婴儿车的一家三口，都看起来很幸福。

此刻，沈一晨也体会出幸福的定义，大概就是柴米油盐，锅碗瓢盆，无论多晚归来家里总有人等着。

两人并肩走着，不知不觉走到了影视城。

周默停下来，问她："看场电影再走吧？"

"好。"

两人像其他情侣一样，买了可乐爆米花，等着电影开场随着人群入了场。

两人的座位在中间靠前的位置，屏幕上放的是一部文艺电影。

电影开场了，男女主角相遇，场景也很浪漫，恋情也很唯美，只是演着演着，突然开始上演限制级戏码。有几对情侣忍耐不住，在座位上蹭来蹭去的。坐在沈一晨前排的一对情侣，就在她眼皮子底下打起了啵。

亲就亲吧，干吗发出那么大声音？

沈一晨看不下去，咳嗽一声，那一对情侣稍稍收敛了点。没想到，随着戏码的进一步发展，那两人又抱在了一起。

还明晃晃地挡住她的视线——

她是来看电影还是来看少儿不宜的现场表演？

沈一晨不动声色地悄悄扫了周默一眼。

人家比她淡定多了，眼前有障碍物就偏着头继续看电影，那副淡定的样子，仿佛眼前两人不存在般。

沈一晨后靠在椅背上，反正她对看电影也不感兴趣，不如闭上眼休息会儿。

舟车劳顿回来直接约会，沈一晨闭上眼就真的睡着了，最后被周默叫醒。

她蒙眬地眯着眼，适应了一会儿，才反应过来这是在电影院。她揉着眼跟周默起身，发现竟有人红着眼眶从身边经过，红着眼睛的这拨人里甚至还有男生，不知道他们为什么哭得那么伤心？

扯了周默一下，她在他耳边问：“电影有那么感人吗？”

周默看着一脸无知的人，微微叹息。

大概全场就属她最心无波澜了，人家感动，怀念的是一种情怀。

从影院出来十点多了，周默看着她疲惫不堪的样子，建议道：“要不然去我那里住一晚，我那儿离这儿近。”

“好哇。”

周默看着她无声微笑。

沈一晨挑眉，用眼神询问他。

周默给她一个意味深长的表情。

过了会儿，沈一晨猛然反应过来，后悔已来不及——

因为她已经上了周默的车。

看着车子朝着熟悉的方向开，沈一晨心里不淡定了。他刚刚的邀请，谁都知道今晚将会发生什么。

她偷瞄一眼周默，他的脸色还挺一本正经的。

再偷瞄一眼，发现他放在方向盘上的手指有节奏地敲打着方向盘……

沈一晨不知道偷偷摸摸偷瞧了他几次，终于被逮个正着。

周默皱眉：“再偷看我，我可要收钱了。”

沈一晨缩了缩脖子，光明正大地盯着他：“收吧，反正我也没钱。”

她这话忽然引来周默一笑，他似是在笑她的天真无邪：“可以肉偿。”

沈一晨被这句“肉偿”吓得彻底没了声，也不敢偷瞧了。

车子无声地开到楼下，沈一晨看到一家二十四小时营业的超市像看到救星似的，赶紧喊住周默：“停车，我饿了。想去超市买点吃的。”

周默目光在她身上胶着几秒，异常地好说话：“正好，我也想吃点东西，一起吧。”

沈一晨看着他看向自己的炽热目光，这哪是要吃东西呀，分明是要

“吃”她。

一把按住他正在解安全带的手，沈一晨几乎整个人扑在他身上，帮他把安全带重新系好，结结巴巴地说：“不用，你、你想吃什么，我帮你买。”

周默微微一笑：“随便。”

超市里，沈一晨先买了几袋零食打掩护，随后走到计生用品货架前，盯着一排排颜色各异的安全套，顿时想，坏了，她不清楚周默是什么型号的。

工作人员发现一个女的站在货架前鬼鬼祟祟的，扭头看了她好几眼。

沈一晨被看毛了，每个型号的安全套都拿了一盒，结完账胡乱地往零食堆里一扔，拎袋走人。

周默隔着车窗，老远看着沈一晨手里拎着一大袋花花绿绿的东西过来，她脸色羞赧，嘴里还在抱怨着什么，到了车上，她更是直接把东西扔到后车座。

即使车内灯光昏暗，沈一晨还是发现了周默在透过后视镜偷看她买了什么，不由得板起脸来：“看什么看，赶紧开车。”

周默莞尔一笑。

到了楼下，周默让沈一晨先上楼，然后若无其事地从驾驶座与副驾驶间的夹缝里捡起一盒东西。

沈一晨拎着周默家的钥匙着急忙慌地打开门，都顾不上看花花和另外三只小祖宗，急急打开购物袋，想在周默进门前赶紧把东西藏好。

她看向塑料袋，傻住了。

怎么少了一盒？

把所有东西倒在茶几上，从零食堆里翻找，她无意间抬头，就迎上周默好奇的目光。

“在找什么？”他好奇地从她身后探着身子往前看。

沈一晨吓了一跳，立马摇头：“没、没什么。”

周默轻松地往沙发上一坐，打开一袋零食问：“你不吃吗？”

“我忽然又不饿了，呵呵。”

“那洗洗就睡吧。”

沈一晨尴尬，关键她是睡哪儿呀，客房？

还是跟他睡同一间房？

正在她犹豫着该往哪个方向走时，身后贴上来一具温热的身体，她一激灵，立刻僵直身子。

周默的唇贴上她耳畔，用低沉如大提琴的嗓音，在她耳畔厮磨低语：“不是安全套都买好了吗？还在犹豫什么？”

沈一晨瞪大眼睛看他，呼吸有些不稳。

她很想推开他，内心深处又希望跟他有进一步发展，毕竟他这么一个有为青年，又是丰神俊逸儒雅翩翩，她当然想把他占为己有。

沈一晨不自觉地转过身，面朝向他，搂着他的脖子在他唇上亲了一口。

下一秒，沈一晨被周默半推半搂着进了主卧。房门在身后关上的一刻，她被他压在门板上，狂乱的吻落下。

沈一晨第一次看到周默这么野，内心紧张得不行，紧紧地揪住他开衫，微微颤抖地感受着他。

火一点一点燃起，逐渐燎原，沈一晨顷刻间被灭顶。

那样的狂暴，那样的炽烈，她以为他们俩今天就要成了。

这时，一道响亮的打嗝声突兀地打断了旖旎气氛。

周默不可思议地看着她。

沈一晨一脸羞窘地捂住嘴，特别无辜地说：“我不是故意的。”

周默放开她，离开她一段距离，替她拉好衣服。

沈一晨傻住，这就结束了？

“你在紧张。”

“我没有，不紧张，嗝……”

“那证明给我看。”话音落下的同时，周默再次欺近她，一把攥住她的手掌，强迫她熟悉他的身体。

沈一晨微微退缩，他就强硬地逼着她一点一点游移……

沈一晨承认，很早的时候曾对他的身体有过臆想，想他一个健身教练应该有八块腹肌，宽腰窄臀，穿衣显瘦脱衣有肉，不过那只是臆想，真的让她用手去感受他……

她紧张地一直往后缩着手，奈何手被周默紧紧攥着，怎么也缩不回来。

她害怕到喊他的声音都颤抖了：“周默……”

周默一直看着她笑，眼看她的手指即将触碰到他的禁地，他却带着她的手突然转了方向……

沈一晨瞪大眼睛看他。

周默贴近她耳朵，在她敏感的耳骨上轻轻啃咬着，贴着她耳畔说：“等你不紧张了，我会证明给你看……”

周默离开后，沈一晨看着攥在手里的安全套。

她愣住了。

最小号……

[3]

乐清带着热乎的包子和粥来到公司——之前在一晨电商的时候，沈一晨的早餐就是由她负责，她停好车，神清气爽地走向电梯。

走到一半的时候，她停下来，愣怔地看着斜前方停车格里站在车前吻着的男女。

她揉了揉眼睛，定睛一看，那不是他们沈总和周教练吗？

吃过周默做的早餐后，沈一晨去上班。

送她来公司的路上，周默跟她说自己要出差半个月。两个人正处热恋期，正是难舍难分的时期，因此，一下车，沈一晨就搂着周默不让他走。

周默搂住她的腰，贴着她耳侧甜言蜜语地哄着，终于把人哄好了，临离开时，她却一把拉住他，深深地吻上他。

乐清都不知道是该悄无声息地从他们身边经过还是找个地方躲起来。

犹豫之后，她移着小碎步往旁边闪躲。

还没把自己藏好，就听到一声——

“站住，你要把自己藏哪儿啊？”

乐清没料到藏到一半会被沈一晨逮个正着，僵了一秒立马堆起笑脸呵呵傻笑着：“沈总，早哇。”表情太假，紧张得差点儿结巴，她窘迫地想溜走。

沈一晨却招手叫她过去，把手里的保温桶交给她：“周默做的早餐，我一个人吃不完，给你带了一份。”

乐清看看沈一晨，又看看站在沈一晨身旁沉默不语的周默。

“不、不、不。”她赶忙摇手，“周老师做的爱心早餐，还是沈总你留着自己吃吧。”

沈一晨一皱眉：“给你就拿着。”

乐清立马接过她手里的保温桶，撂下句“周老师再见”，就匆匆离开了。

沈一晨在停车场又跟周默腻歪了会儿才放人离开，一忙起来都忘了午饭时间。

乐清推开办公室的门，悄悄露出脑袋往里面瞧。

沈一晨听到推门声，抬头就看到鬼鬼祟祟的人，故意咳嗽一声。

乐清这才从门外推门走进来，笑得一脸谄媚："沈总，恭喜你跟姐夫重修旧好。"

姐……夫……

沈一晨被这一声"姐夫"喊得心情不错，扯着唇问："什么事？"

乐清这才想起来等在会客室的贵客，神秘兮兮地说："沈总，我觉得你应该转发条锦鲤，你的梦想会成真的。"

梦想？成真！

"你能把周默变到我眼前吗？"

"沈总，跟你说正经的。"乐清凑近她，扑闪着大眼睛冲她放电。

沈一晨一把推开乐清："那没有了。"

"你不是想签下卢珊吗，她现在可就在会客室等着你。"

"谁？"沈一晨激动地从椅子上起身，"她真的来找我了？"

"千真万确。"

这下沈一晨待不住了，离开前又折回来，对着镜子换了套西服问乐清："我这样，看起来有没有股御姐范儿？"

"沈总威武。"

沈一晨冲她打了个响指："走，去会会我的小娇客。"

对于卢珊到来的目的，沈一晨心里明镜似的，面上仍是微笑着明知故问："卢小姐找我什么事？"

卢珊绞着手指想了下，像是在心里做着重大决定，问她："如果我跟你签约了，真的能自给自足？"

这可把沈一晨问住了。一般人赚个万儿八千的绝对能生活得很好，但眼前的人不是一般人，她不清楚对于这位衣食无忧的小姐，自给自足的尺度在哪儿。

见沈一晨摸着下巴沉思，卢珊赶忙说：“我要求不高的，只要有住的地方，饿不着就行。”

沈一晨乐了：“这个没有问题。”

不过她还是把公司的现状和利益分配关系跟她讲得很清楚，双方对于合作条款没有异议了，才签了合同。

从会客室出来，卢珊略显尴尬地说：“晨姐，帮我找个住的地方呗？我的账户被冻结了，等我赚了钱就还你。”

“……”

沈一晨能说什么，除了答应也别无他法。

在周默出差的这一周，沈一晨可是半刻没闲着，跟运营部商讨营销方案到深夜，等所有人离开后她又开始处理工作，困了在办公室的沙发上眯两个多小时，第二天继续跟两大总监分析大数据流量中购物者的偏好及各大网站的推销手段，有针对地做出几个模块，同时利用网红在微博及各大综合娱乐媒体等平台实现多渠道盈利。

沈一晨的这一想法在会议上提出，很多高管持保留意见，一是资金问题，二是他们一家小公司如何运转得过来。

这些沈一晨都有考虑进去，这就是她高价签下卢珊的另一个原因，因为她相信卢珊在她的包装下能火，更重要的一个原因是，卢珊背后有黄立行撑腰。

忽然想起几天前，周默在电脑上看过的一个 IP 的合同，那时候她才知道，周默是星耀传媒的股东之一。

左手熟练地转着碳素笔，沈一晨眼睛一闪一闪地簇着亮光，周默这个现成资源摆在眼前哪有不用的道理。

有周默的星耀传媒在，欧尚还愁没有宣传渠道吗？

憋着这股劲儿，沈一晨就连每晚跟周默通电话都变得谄媚多了，并跟他约好了等他回来她亲自去接机。

另一方面，公司针对美妆、电子和服装开通了三块平台，由于沈一晨在卢珊身上花费的精力最多，又给她编了个委婉动人的故事，而这姑娘也有做网红的潜质，她所在的美妆平台受到粉丝一致好评，一周下来她代言的美妆品牌网上排名第十三名。

这一成绩虽然无法与国内一流电商相提并论，但对欧尚来说已是一大突破，沈一晨为了鼓励员工，决定晚上请大家吃自助。

但谁也没想到快要下班的时候，孙总带来十万火急的消息，说黄石集团要终止跟他们的合作项目，同时他们刚刚开的美妆平台也被相关部门叫停，好好一顿聚餐就这样泡汤了。

沈一晨联合几位高管在会议室一待就是三四个小时，乐清推门进来，冲她无奈地摇头："还是联系不上黄总。"

"黄总秘书那边呢？"

"张秘书说黄总出差了，归期未定。"

沈一晨："……"

去他的归期未定，也直到这一刻沈一晨才知道在老虎嘴上拔毛有多要命。

她这么一沉默，市场部经理赶忙将电脑屏幕转向她："沈总，这是半小时内网友对网站的评价。我们得尽快跟黄总那边联系上，维持我们企业的形象。"

"沈总，我们接到二十笔退货申请。"

"沈总……"

市场部张经理一开口，其他人纷纷跟上，一脸担忧地看向她。

沈一晨也知道手底下人在看着她表现呢，在这个节骨眼上她不能自乱阵脚。

要稳住，稳住……

她打开水杯喝了口水，抬眼看向左手位运营部总监："肖总，先对外公布系统升级的消息。公司内部停止销售黄石集团的产品。我去去就回。"

"沈总你要去哪儿？"

肖总监见沈一晨要走急忙追问。

沈一晨头也没回扔了句"电话联系"就走了。

出了公司，沈一晨直接开车去了乐清给卢珊租的房子，大半夜敲门本来就不礼貌，偏偏卢珊还不开门。

其实出事的第一时间沈一晨就联系卢珊了，但卢珊像是从人间蒸发了似的电话不接微信不回，她这才想办法联系黄立行那边，谁知秘书给出的答复是出差了，他们也联系不到。

沈一晨站在门外，疯狂地敲着门。如果不是卢珊身份尊贵，沈一晨气得都想揍人了，偏偏这个节骨眼上，周默给她打来电话。

沈一晨接听电话的同时踹了防盗门一脚，引来隔壁的狗叫声更大，她耳尖地听到"吧嗒"一声。

对门一个男的光着膀子打开防盗门，一脸凶煞地喊："别敲了，隔壁的下午就被急救中心拉走了。"

"什么？"沈一晨一脸惊诧，"哪家医院？"

"我怎么知道？"

沈一晨片刻没停，转身去按电梯按钮，一边等电梯一边嘴里碎碎念叨着卢珊千万别出事，否则黄立行那边她没法给出交代……

到时候不仅她会完蛋，就连她新建立起来的公司都会被黄立行灭掉。

此刻的焦急忧虑不亚于年前夏漫白稀释她的股权，一瞬间她变成穷光蛋的心惊，忧心到甚至都忘了她跟周默一直通着电话。

直到周默那边忽然问了句："谁生病了？"

沈一晨吓了一跳。

“周默？”沈一晨看了眼不知何时被她接通的电话，无暇多说，“卢珊被送去急救中心了，我要过去看看。”就挂了电话。

[4]

周默看着被掐断的电话，无奈一笑，他想给她的惊喜就这样被无情打断了。

沈一晨这边驱车赶到急救中心，下了车急急赶往服务台，中途却被人拦了下来。

她急急收住脚，抬头正要道歉，不期然撞见一双熟悉的眼。

“周默？”

周默稳稳扶住她，脸上带着久违的浅笑，那泰然自若的样子仿佛没有什么事能难得倒他。

一瞬间，沈一晨微微慌乱的心，逐渐安定下来。

来不及问他为什么突然回来，两个人急急走近咨询台。

询问到卢珊的病房后急急上楼，到了病房门口，沈一晨又顿下脚步。

“怎么不走了？”周默问她。

沈一晨心里发怵：“你让我想想进去怎么说，黄总也在里面。”

刚刚她打卢珊的电话，是黄立行接听的，那发狠的语气，她真担心，他会把她灭了。

“怎么想的就怎么说。”

“那样说行吗？”

然而也来不及想太多，病房里传来卢珊跟黄立行的吵架声，沈一晨偷偷从玻璃门往里面望了一眼。

只见黄立行背对着门坐在床边，卢珊躺在病床上流眼泪。

她此刻是进也不是退也不是。

可一直杵在这儿也不是事啊，周默今天的到来，明显不是来帮她解决问题的，从始至终他都不想掺和她工作上的事。要不是护士推着车要进去，她不知道要听墙脚听到何时。

然而门一推开，她一眼就对上黄立行看过来的眼神。

他客客气气地请护士帮卢珊检查，再对上沈一晨的视线时明显阴沉了不少。

沈一晨先是礼貌地喊了声“黄总”，刻意忽略他冷得让人颤抖的眼神，径直走到卢珊跟前，关心地问：“身体好些了吗，怎么会突然生病了呢？”

“我没事沈总，主要是对环境不适应，又赶上换季了，前两天鼻炎犯了没注意，诱发了哮喘。”

这么严重？余光感受到黄立行不算友善的目光，沈一晨赶忙说：“不是跟你说了吗，不用一口一个沈总喊我，喊我晨姐就行了。你好好养身体，其他事先不要想，身体健康比什么都重要……”

突然一道阴恻恻的声音打断了沈一晨未说完的话。

“沈小姐，是不是忘了之前我跟你说过的话？”

沈一晨心里“咯噔”一下。

心里的小算盘顿时被吓得乱了阵脚。毕竟黄立行的段数明显要比她高出一大截，而能和他旗鼓相当的人明明就站在她身后，却不肯帮她。

沈一晨呵呵傻笑两声，一本正经地说：“黄总说过的话我一直铭记在心，也一直安安分分按照合约上的条款执行，还请您高抬贵手放过我们欧尚。”

“咳咳……”一听这个，卢珊急了，咳嗽两声，“黄立行，你对我们公司做了什么？”

而她这边一咳嗽，立刻引来黄立行一记眼刀。

沈一晨又是一阵胆战心惊。

卢珊知道一定是黄立行做了什么，否则以沈一晨的忙碌程度，不能光一下午就给她打十几个电话。

卢珊看向沈一晨，问：“咱们公司到底怎么了？”

沈一晨：“……”

“沈小姐，你如果不想让你的公司明天宣布破产，我劝你最好安分些。”

“我……”

“沈小姐，今天我送你的只是开胃菜，如果你依然打什么歪主意的话，我不介意让你领会下我们黄石集团的实力，到时候，我对你就不会像今天这般心慈手软了。”

沈一晨叫苦连连，她何其无辜。但以欧尚目前的状况，不得不叫她软下语气，好声好气地说：“黄总，我今天来无意打扰你们家庭团聚，要不我们换个时间再谈。”

黄立行点头，心想这姑娘还算识时务。

然而她这边刚想撤——

卢珊忽然喊住她：“等等。沈总，作为欧尚的一名员工，我想我有权知道公司发生什么事了吧？况且这件事还跟我有关。”

沈一晨转头，微笑着说：“你好好养好身体，其他的事以后再说。”

得不到回答，卢珊把脸转向黄立行，一脸绝望地看向他：“你真要把我困死在这牢笼里才甘心是不是？”

她看向他，目光决然：“当年是你救了我一命，我可以还给你。”

黄立行看向她，深沉的眼底不知道藏着什么。

此刻的沉寂，仿佛陷入了死局。

无解。

沈一晨硬着头皮打破沉默，对卢珊说：“想什么呢，我跟你说，什么都不如活着重要，活着才能看着你的世界变得绚丽多彩。”

她转头看向黄立行，小心翼翼地说：“在很久之前我看过一个故事，说一个农夫养了一只非常漂亮的鸟，农夫怕鸟飞走，给它买了一个华丽的笼子，但没过多久鸟就死了。以黄总的人格魅力，何不做个驯鸟人，即使鸟飞得再高再远，总会回来的。”

说完，她很深地看了卢珊一眼，相信以这姑娘的聪慧不会继续跟黄立行对着干了。

而黄立行只是沉思片刻，打发他们离开了。

从医院出来，周默看着沈一晨一路沉默地上了车，不得不舍了自己的车，钻进沈一晨车子的副驾驶。

副驾驶侧的车门被拉开，沈一晨也只是瞧了眼继续发动车子，整个人无精打采的。

到了沈一晨家里，周默拎着行李箱进来，这女人不帮他拿拖鞋就算了，见到他提前回来也没有表现得很开心。

仿佛还有那么点不开心，是不欢迎他咋的？

彻底被冷落的周先生只好自己换上拖鞋，把行李箱自行放到角落里，就看到她径直越过他，那样赤裸裸的无视，让他不得不把人拦下来。

他双手自然地从她腰侧绕到身后，略一用力，将她整个人圈进怀里。

沈一晨这才抬眼看他，随即拍了下他手臂，双手绕到身后要拉开他手臂：“我今晚很忙，你先去休息吧。”

周默终于看出某人的不对劲，下巴凑近她耳侧低语：“我们这么久没见，你一点儿都不想我吗？”

沈一晨垂眸，语气生硬：“不想。想你做什么，你又帮不上忙。”

“但是我想你了。”他低沉的声音在耳边撩着，在她抬头的瞬间低头亲上她唇瓣，给了她一记饱含相思的法式长吻。

等她被亲得软倒在他怀里，他额头抵着她，温柔地问：“还说没有？”

沈一晨一听这个，气急地捶了他胸口一下：“刚刚你为什么不帮我？”

周默笑了。

“你刚刚表现得很好，知道审时度势。”

“可人家都说男朋友就是替女朋友扛事儿的，你倒好，看着女朋友挨欺负也不知道帮忙，还在那儿若无其事地当隐形人。”说着，她点着他胸口数落，“你瞧瞧你，哪有身为男朋友的意识，真想不明白我为什么要非你不可。”

她越说越觉得委屈，却听到周默在她耳边说了一句什么，她气得立马推开他，送给他一个字——

“滚。”

这人有没有点羞耻心哪，刚刚竟然附在她耳边提出要“肉偿”，气得她摔门决然而去。

半个小时后，书房的门被推开，周默悄声走到她身后，和她一起看她正研究着的电脑屏幕上的网页。

沈一晨不理他，假装很忙的样子。其实有他在，她哪里看得进去，只是打开欧尚的网页看看网评。

越看越生气，握住鼠标的手忽然被一只温暖的手掌包裹住。沈一晨一愣，刚想抬头看他，只见他握住她的手指一点点将鼠标移到左下角，果断地点了关机按钮。

下一秒，周默将她椅背转动半圈，让她面朝向他。

沈一晨沉着脸面对他，双手撑住两侧扶手刚要起身，他却突然俯身，将她从椅子上抱起来。

沈一晨惊呼的同时，双手下意识搂住他脖子：“我发现做你女朋友还没有做你普通朋友福利多。”

周默闻言，抱着她行走的脚步顿了一下：“你是指哪方面，我对女朋友一向是有求必应的。普通朋友可没这种待遇。”

换来的又是沈一晨一记白眼。早就料到她会是这种表情，神情略微一沉，周默真心说：“锻炼一个人就是要从狠心开始，很多时候我发现你做得很好，完全不需要我的帮助，为什么还要征求我的意见呢？你说你哪次真的遇到困难我没帮助你，至于这么生气吗，小没良心的。”

说着，他已经一脚踢开房门，将她放到床上，随即也脱了鞋躺上来。

他刚刚已经洗过了澡，头发上有水珠顺势滴下来。沈一晨见他解开浴袍，一把抓住他手掌：“天这么冷，你还是穿着衣服睡吧。”

室内恒温二十度，她却要他穿着厚重的浴袍睡，这是让他对着她燃烧起来吗？

哪会看不出她的小心思，周默伸手把人扯进怀里：“放心，今晚你很安全。”

“嗯？”这沈一晨可要怀疑了，难道是她没有女性魅力吗，还是他那方面能力不行？

她没头没尾地问了句：“你跟我躺在一张床上，不会憋得慌吗？”

周默开始没听明白，低头瞧见她越来越红的脸颊，终于反应过来，低声问她：“你现在不紧张了？”

“男女朋友不是早晚都会进行到这一步？有什么可紧张的。”

周默无奈地看着她，他倒是也想，可是——

“现在和你做的话，你脑子里想的也不全是我。你脑子里肯定会盘算着待会儿怎么从我这里套点主意去解决眼下的困难。”

做着如此亲密的事，她却想着……别人。

周默拒绝。

chapter 09 未来

[1]

这注定不是个安静的夜晚，他都想清心寡欲过一晚了，偏他这女朋友还不肯放过他，拉着他的手闲聊了两句，就蹭着他胸膛往上移动。

两人脸对着脸，沈一晨伸手摸摸他额头又摸摸他脸颊，忽然问：“哎，你说我是发条微信安慰卢珊一下，还是抱黄总大腿道歉更有用？”

“你觉得呢？”

“怎么又是我觉得呢？”沈一晨白了他一眼，“我觉得就是，别看黄立行在外人面前特厉害，在卢珊面前就是个纸老虎，谁让他爱惨了人家呢。所以我觉得求他不如抱住卢珊保命来得直接。”

“你倒不傻。”

“你也觉得我能搞定卢珊，黄立行那里就没问题了？”

周默手臂绕到她脖子下面，屈指揉捻着她耳垂：“前提是你得让黄立行看到你的实力与真诚，否则你就是说得天花乱坠，对方也只会觉得你是个华而不实的骗子。”

换来的却是沈一晨的撇嘴。

隔天约见黄立行前，沈一晨悄悄给卢珊发了条微信，确定两人关系没那么僵硬了，才敢在黄立行面前保证不会让卢珊交一些不三不四的人（替她清扫身边所有异性），替她接单的时候都发给他过目一下，并且要打造卢珊优雅清新的形象（穿着不能太露骨，只能露骨给他一个人看）等，答应了黄立行诸多条不平等条约，沈一晨还要拿出实力搞定黄石旗下化妆品的销量。

还有几天就是全网美妆节了，吃过午饭过后，沈一晨一刻没敢耽误回到公司，跟运营部和市场部的高管商讨美妆节的方案。

孙总一脸担忧地问："美妆这边，用不用换个人做？卢珊那边能行吗？"

沈一晨也不确定卢珊那边会不会出问题，只能说先跟另一个品牌的美妆模特打好招呼，以免出现突发状况。

沈一晨的想法是要借着美妆节打造她手上的几个化妆品品牌，从而打响欧尚电商的品牌知名度。然后再利用父亲节、母亲节、家装节以及618，逐步把欧尚的品牌一步一步慢慢打开。

当然这么长远的计划需要从一个一个小的目标做起。

美妆节前夕，网络平台已经建好，模特代言也已经到位，这次美妆分为高端产品和中端产品，并在消费力度上有不同优惠，优惠方式也不像其他网店那样消费到一定额度才可以减免，而是赠送化妆品小样的同时，可以领券半价购买另一个品牌等价范围内的化妆品，顾客可以自由选择包括面膜、口红、卸妆液在内的产品，并且这种券只在他们主推的四大品牌店内互通使用。

最终他们的方案效果如何，还要等到美妆节这天见分晓。

美妆节的前几个小时，欧尚各部门办公室灯火通明，沈一晨亲自坐镇，各直播平台、微博轮番宣传直播着美妆节主推的产品，运营部总监早已坐在电脑前将数据清零，就等这次活动的收获如何。

今年的美妆节是欧尚自成立以来迎来的第一个重大活动，每个人在岗位上严以待命，包括沈一晨这个老板，早早去了运营部坐等美妆节开场。

开场前半个小时，黄石旗下的莱茵化妆品销量已经超过了预定销量，这个成绩的最大功臣正是卢珊。直播平台为卢珊吸引了不少粉丝，不仅如此，包装公司为她打造的形象也带动了一个服装品牌的销量，沈一晨花在包装顾问身上的钱总算没白花。

为了犒赏大家，沈一晨让乐清在网上订了夜宵和咖啡，乐清对着她神秘说了句“今晚有惊喜”，就走了。

沈一晨以为她说的“惊喜”是莱茵的销量，就没放在心上。直到推开办公室的门，一股喷香的红烧带鱼味儿直击味蕾。

沈一晨惊讶地看着办公室里的人——

这，还真是惊喜。

周默看到她进来，张开双臂，本来想给她一个惊喜的拥抱，谁知她径直走到电脑前打开刚刚上传的数据，招呼周默过来跟她一起看电脑屏幕：“看看莱茵的成交量，才半小时已经超过了我预估的成交额。你再看这几个品牌的美妆也有上升的趋势，如果照这个速度增长的话，跃进美妆板块前十五应该没问题。”

周默看她眼底的眉飞色舞，再看她修长灵活的手指在键盘上活跃地跳动着，敲打每一项指令都干脆利索，这一点也不像平常懒散的她。

都说认真工作的女人最飒，看来没说错。

沈一晨见他半天没说话，不由得歪头看他：“周老师，看在你女朋友这么努力的份上，可不可以给点爱的鼓励？”

闻言，周默撑在桌沿的手改放在椅背上，稍稍转动椅背让她面朝向他，就着她仰视的角度，微微低头，周默毫不吝啬地给了她一记响吻。

“这样够不够？”

“只有一个吻，你这也太没诚意了吧。”

呵，他这女朋友还不满意。

只听沈一晨说：“不如来点实际的。”

沈一晨眼睛狡猾地一眯，微微欠身，搂住他的脖子：“听说前两天你代表星耀传媒跟某文学网站签了IP版权合同，前途无量啊，也把我带进去呗，我不占用你们太多资源，只要电视剧开播前一分钟的广告时间。”

沈一晨心底小算盘打得噼里啪啦响，先让周默看看他们的实力，觉得他们有合作价值，再利用周默股东的身份让他帮忙谈合作的事，这就叫近水楼台先得月。

哪有不利用的道理。

周默早就猜透她这段时间的谄媚有所预谋，皱眉刮了她鼻子一下：“这我可做不了主，你要真想合作自己找陈总谈去。”

“哎，这你就不地道了，是你教我的，没有条件创造条件也要上。我们俩这关系你却不帮我。”

周默看她扭头责怪的眼神，伸手揉揉她头发：“我们什么关系？我都快忘了我还有个女朋友。”

接收到男朋友抱怨的情绪，沈一晨当即变换策略，拉着周默到沙发上坐，打开保温桶，将饭菜一一摆上桌，拿起筷子夹了一块鱼肉送到周默嘴边：“怎么可能？对不起，是我这段时间疏忽你了，过了美妆节我陪你好不好？来尝尝这块鱼好不好吃。”

“啊？张嘴。”

周默不配合。

沈一晨举着筷子问：“想让我喂你吃啊？”

周默瞪了她一眼：“替我把刺剔了。”

沈一晨一一照做，等把周默哄开心了，在心里酝酿一番，真诚道歉：“抱歉，这段时间因为忙碌忽略了你的感受，主要因为新公司成立有太多事要忙，丰泰那边等着我的业绩，黄总那边更不敢放松，所以我每做一个决定都要经过深思熟虑才敢执行，我不敢出错，也不能出错，因为我没有资本再东山再起了，也经不起再一次的打击。我保证等公司走上正轨了，把新人磨砺好了，到时候申请休息一星期，我们一起去度假放松一下，怎么样？”

周默看着她不说话。沈一晨挪挪身子坐到他腿上，伸手捏住他下巴撒娇：“好不好吗？”

“……”

“嗯？”

周默无奈，他自己调教的女朋友就算再不好，可是她爱岗又敬业，精明又能干，能怎么着，再不好也得担着。

美妆节过后，所有数据统计出来，欧尚美妆在全网排名第十五，家电排名十八，服装排名第二十。夏漫白经营的木本电商美妆第七，家电第十，服装第八。虽然相比木本差了一大截，但整体销量却超过了沈一晨的预想值，为了激励大家迎接下一个家电节，沈一晨要乐清订了餐厅请大家吃饭。

傍晚所有人在楼下等着姗姗来迟的老板，结果没等来沈总，却等来一辆大切诺基停在众人眼前。

美妆节那天周默的出现，让很多人对他并不陌生。等周默从车上下来，有胆子大的同事上来邀请：“周先生，一会儿沈总请我们吃饭，一起吧。”

“对，沈总请客。”

沈一晨这忙完刚下楼，一眼就瞧见被众人围住的周默，接下来听到乐清脆生生喊了声“姐夫”。

然后在两个小时的聚餐上，沈一晨听到最多的就是“姐夫”两个字。

“姐夫，我敬你。”

“姐夫，你好厉害。”

“姐夫……”

沈一晨只喝了两杯啤酒，就谎称自己头疼，躲到角落剥毛豆吃，乐清小声问她：“沈总，你今晚怎么不喝酒了？”

沈一晨抬头看向被大伙围住的周默，一杯杯喝着同事倒满的酒，显然被一声声“姐夫”喊晕了。

平日里拒人千里之外的气场也没了，变得格外平易近人。

忽然，一个声音问：“姐夫，什么时候向我们沈总求婚哪？”

“对啊，姐夫什么时候求婚？”

“求婚！”

“求婚！”

“求婚！”

最后气氛竟然变成了求婚现场，沈一晨躲在角落里，没多久就被大伙拉着推到周默跟前。周默搂着她的腰，浅笑着看向众人。

沈一晨看到他眼底燃烧着的火热，撇头避开他的深情，羞红着脸吼：“都给我闭嘴，不想要绩效奖了是吧！”

可是有周默在，没人怕她。

众人继续起哄。

周默也不管管。

这人就是那种，安静的时候，能够冷得让人退避三舍。

他想亲近你的时候，一个浅笑都能收买人心。

此时他看向大家嘴角流露的浅笑，无形中纵容他们越来越放肆。

他环住沈一晨腰侧的手臂紧了紧，看向她的眼睛一往情深："我能不能求婚成功，就要看你们沈总愿不愿意嫁给我了。"

下一秒，起哄声齐刷刷攻向沈一晨，沈一晨被乱糟糟的起哄声吵得直往周默怀里钻。

她除了答应还能怎么办。

连个求婚戒指都没有的求婚，沈一晨觉得亏大发了。

但一想这个人是周默，又觉得自己赚了。因为这个令万千女人心动的男人，从今以后独她所有。

好不容易熬到散场回家。

沈一晨踢了鞋，还来不及脱下大衣，后背就被周默紧紧顶住，下一秒强行扳过她的身子。

她一回头，就被周默按住脑袋吻住。

"你……"

沈一晨只来得及对他说一个字，再次被他衔住嘴亲吻。

这次的吻不同于以往的克制、吓唬，而是真的带着浓烈的不满及情欲，中间喘息的时候，他抵着她的唇，低声问："你准备好了吗？"

"嗯。"

他双手捧住她脸颊，用低沉性感的嗓音说："喊句老公听听。"

沈一晨："……"

一时要她改口，不好意思啊。她冲他很小幅度地摇摇头。

却被他惩罚地咬了下嘴唇，疼得她呻吟一声。

"喊老公。"

沈一晨看着他眼底的热切，难为情，最后贴着他耳边低低地喊了声"老公"。

下一秒，脚下一轻，周默等不及地抱起她直接进了卧室，两人双双倒在床上。

一切发展得那么顺其自然，又是理所当然。

事后两个人依偎在一起，两米二大床，三分之二都是空的，周默搂着她，两个人身体紧贴一侧。

沈一晨闭着眼本来都睡着了，被他放在胸口撩拨的手弄醒，转过身来瞪眼责怪他。

周默放在她胸前的手指移到她腰侧，把她往自己胸前搂搂，下巴抵着她额头问："抱你去洗澡？"

"不想动……"

下一秒，周默衔住她的嘴，下半身用力顶了顶她。感受到他的硬度，沈一晨望进他眼底渐渐暗下去的眸光。

接着，她被他牵引着手，往下引领而去。

这种全然陌生的探索，让她既害羞又新奇，如今他的全部都在她的掌握之中，虽然沈一晨占据主导权，感受着他逐渐缓慢而沉重的呼吸，头皮越来越发麻。

沈一晨看他太阳穴青筋突突跳动得越来越快，额间冒出细微汗珠，越来越不敢看他。

而他的眼光却极具侵略性，仿佛下一秒要将她吞下肚。

意识到危险气息，沈一晨才刚撒手，就被他一把逮住，抱起她往浴室走，直到两人挤进狭窄的淋浴间，接下来的鸳鸯浴，妙不可言。

第二天，从不迟到早退的沈总因为纵欲过度发烧了，早晨乐清打电话来的时候沈一晨叽叽歪歪赖在床上不肯接电话，还是周默替她接的。

那边也不知道说了什么，就见周默看了她一眼，微笑着拉长尾音："她呀，昨晚因为……"

沈一晨冲他挤眉弄眼外加威胁，用力掐周默腰侧，奈何某人经常锻炼，腰侧毫无赘肉，转而趴在周默背上抢手机，却被他换只手抬高，另一手抓住她手臂微微用力，沈一晨已经被他一把逮进怀里。

乐清听到这边窸窸窣窣的动静，即使再迟钝，也知道昨晚发生了什么，乐呵呵地挂了电话："姐夫，打扰了。祝你和沈总假期愉快。"

周默过得是很愉快，奈何却把女朋友累生病了，总要有点实际补偿不是。做了午饭，两个人吃过后本想休息一会儿。

沈一晨从床的一侧爬上来，蹭到他怀里，把他吵醒了，讨好地冲着他笑："帮我个忙呗。"

"说说看。"

沈一晨看着他笑："帮我跟星耀传媒的陈总牵个线呗。"

周默锁眉，沉思半天："这个很有难度。"

"我当然知道有难度了。"沈一晨看他，"但我也知道你一定有办法。"

周默无奈一笑，真当他是智囊百宝箱无所不能了。

他目光在她脸上流连一圈，一本正经地说："如果我帮你牵线成功，你打算如何报答我？"

沈一晨眼前一亮，立马微笑起来："你想要我怎么报答都可以。"

周默点头，怎么都可以是吧。

行，他记住了。

[2]

周默每天的工作量就挺大的，他没想到有一天自己的女朋友会比自己更忙。

眼看着美妆节过去了，家电节也过去了，就连618都过去了，欧尚的领导层也能够独当一面，而她却忘了对他的承诺。

本来趁着中秋前，周默把工作排开了打算带着她去外地走走，可他暗示多次，这女人除了工作就是工作，偶尔早下班，回来不是饭后挑灯夜读，就是拉着周默畅聊理想。

长久以往下去，自然有人不满了。

沈一晨近期在谈一个项目，对方实力雄厚又有很多竞争对手争着合作，为了拿下这个项目她眼底都熬出红血丝了，眼睛异常酸涩。

她疲乏地摘掉无框眼镜，从抽屉里拿出眼药水滴上两滴闭上眼，本来准备休息会儿继续看资料的，不想这一闭眼就睡着了。

直到肩上被一股舒缓的力道揉捏着，紧绷的肌肉逐渐松懈下来，沈一晨缓缓睁开眼，抓住他手臂，脸蹭他手背："周默。"

"都凌晨一点了，还不睡？"

沈一晨皱眉拍拍脸颊，又摇摇头，盯着电脑里还剩二十几页没看完的资料，继续戴上眼镜："你先去睡吧，我等看完了再睡。"

"沈一晨。"略微不满的声音再次提醒她。

沈一晨在他凌厉的目光注视下，讨好地环抱住他的腰，脑门在他跟前蹭蹭，撒娇："这些资料明天要用，我看完就去陪你。"

周默却不吃她这一套，伸出手指推开她脑袋。

沈一晨对上他面无表情的脸，以为他生气了，只见他握住桌上鼠标，直接关了电脑，然后双手从她后腰一抄，沈一晨已经被他腾空抱起。

"我还没看完……"

她一句话没说完，就被周默凛冽的目光吓回去。

他抱着她边走边说："我怎么觉得工作比我还重要，有时候我觉得做你男朋友还不如当你的工作伙伴幸福。"

"什么意思？"

"你跟工作伙伴说话多讨好，跟我呢，除了用得上我的时候，其他什么时候想起过我。"

此时周默说的话虽是半开玩笑的语气，但不难听出他话里的不满。

本以为他说这些，某人心里会愧疚，会反省。

可，沈一晨半天没回应。

周默微微靠近她，细看。

沈一晨已经睡着了。

约谈星耀传媒陈总的时候，周默也没出席，沈一晨凭借自己的本事谈下了欧尚的广告权，事后拿到合同，走出会议室还在感叹，靠别人不如靠自己。

却不知在自己走出星耀传媒的时候，陈总早已给周默打去电话，卖给周默人情的同时不忘夸赞两句："周总，你这小女朋友还真是巾帼不让须眉，你没少在背后支着吧。"

周默握住电话在那头微笑，用挂在脖子上的毛巾擦去额头上的汗，刚刚运动完身心得到舒畅的周默耐心地听陈总说完后，客气地说："谢谢陈总给了她一个历练的机会，她能跟星耀签约，全靠陈总给她面子。"

电话另一头陈总被周默几句话哄得心情舒畅，心情不错地挂了电话。周默挂了电话想再做几组运动，却见微信里沈一晨给他发来一条消息。

"你不出面，我照样签了星耀传媒。"

如此傲娇的语气，周默看到这条微信无奈地微笑。

回到车上，乐清看着沈一晨脸上扬起的傲娇笑容，知道她在跟周默发消息，凑近她问："沈总，最近怎么不见姐夫来公司接你下班了？"

沈一晨也在好奇这段时间周默怎么就突然不来公司了。大概是理解她太忙了，有两次因为有急事她甚至带着他直接去见了客户，她在里面一谈就是一两个小时，而周默在车里一等也是那么久，甚至有次她在里面陪客户应酬吃饭，他就在车里饿了一个多小时肚子。

从那以后周默就不太来找她了，沈一晨也希望他能好好休息，而不是拖着疲乏的身体在公司等她下班。

而她愣神的工夫，乐清紧张地说："我跟你说像姐夫这么有型有款的男人很抢手的……"

沈一晨抖抖跷着的二郎腿，分神瞧她："然后呢？"

"就是前有豺狼后有猛虎惦记着他，你要看紧了。"

沈一晨不理她，继续跟手机里的客户聊天。

"沈总你倒是说话呀。"

沈一晨分神看着一本正经的小姑娘，抠了抠耳朵。

半晌，她笑出声："放心吧，我们之间好着呢。"

见小姑娘又要唠唠叨叨，沈一晨一把钩住她的脖子："想想我们中午吃什么，我请客。"

小姑娘果然被转移了注意力。

"我知道麦当劳新上一款套餐很好吃，我们一起去尝尝。"

沈一晨扶额，她很想说让我去隔壁吃碗拉面吧，但见乐清脸上扬起的兴奋劲儿，只好吩咐司机去了麦当劳。

星期天里的快餐厅里有不少家长带着小孩来吃饭，她们卡座旁边就有个小型游乐场，有不少孩子在里面玩，打闹嬉笑的声音很是热闹。沈一晨点了一杯可乐一份薯条，百无聊赖地吃着。

忽然视线转到一个带着小孩的大人身上，她用力咬了咬吸管，笑了。

真是巧了。

"哟，哟，哟，贺总是不是来错地方了。"她低头看看贺子聪手里牵着的小孩以及他手臂上挂着的儿童书包，"是提前体验下当爸爸的感受吗？"

她语气里的嘲讽意味很浓，贺子聪看着这个记仇的女人，扯唇一笑，手里的小孩倒先他一步快嘴地说："阿姨，我舅舅有很多女朋友的。"

"郭子轩，你是不是皮痒了？"

"你要是敢打我，我就把你乱交女朋友的事告诉我姥爷。"

沈一晨被这一大一小逗得眼角都笑出眼泪来了，她从椅子上滑下来，拍拍小男孩头顶，打趣着说："放心吧，你舅舅不是我的菜，还是让他留恋花丛中吧。"

"行了啊，沈一晨，我承认当初做过对不起你的事，事后我也补偿过你了，你还想怎么样？"

沈一晨斜了他一眼："怎么着，你还觉得委屈了不成？"

"行、行、行，我怕了你了行不。再见。"他牵起小孩子的手要走，中途的时候想起什么又停下来问她，"明晚万盛的廖总要举办一场聚会，到时候会有很多政商名流出席，你来不来？"

沈一晨看着他。

"我没什么恶意，不是想怎么补偿你吗？"说着他又走近她，弹了她脑门一下，"你总是这样，我们没法当朋友了。"

"谁要跟你做朋友了，叛徒。"

"哎，一句话，明天来不来？"

沈一晨本来想硬气地说不去的，但又一想她真的得为五斗米折腰，到嘴的硬气愣是转了个弯："干吗不去？把地址发给我。"

第二天到了现场，门口安检检查得还挺严，沈一晨才知道她必须得以贺子聪女伴的身份进入现场。

这可让她为难了。

虽然这也没什么，但她总有种背着周默做坏事的感觉。

偏偏贺子聪看她一脸为难，还在此刻刺激她。

"我发现你越来越婆婆妈妈了，不会是因为周默吧？"

“谁说的？”

“那你躲什么？”

他弯着手臂示意沈一晨挽住。沈一晨不情不愿地伸出手，忍不住损他：“我发现现在的姑娘眼睛都擦亮了噢，竟然看透了你的本质。”

贺子聪闻言也只是无奈摇头。

进入会场后，贺子聪还算讲点义气，不仅照顾她的感受还把她介绍给周围认识的人，一晚上下来她脸都笑僵了，不过也收到了几位大老板的名片，终于可以找个地方歇歇脚。

贺子聪见她退场，也跟了过来。

两人走到偏僻的地方，沈一晨拎着裙摆刚要坐下，老远听到有人喊她。

“沈总，好巧啊。这位是？”星耀传媒的陈总走过来，看着贺子聪问。

沈一晨愣了一下，才反应过来，起身为两位介绍：“这位是丰泰集团的贺总，贺子聪。这位是星耀传媒的陈总。”

贺子聪无声地冲她挑了下眉，意思仿佛在说“能耐了，沈一晨”。

两个人简单寒暄过后，陈总看看一直陪在她身边的贺子聪，好奇地问：“你不是跟周默一起来的吗？他在那边。”

沈一晨顺着陈总指的方向看过去，果然看到周默站在不远处跟人寒暄。他今天不是没有应酬吗？傍晚的时候他还给她打电话要来接她，说晚上要带她去一个地方，那时她正在准备今晚出席的礼服，所以推掉了。

难道他说要带她来的也是这里？

然而她还来不及上前去找周默，斜里突然冲出来一个人，一把扯住她头发逼得她不得不转过头。

下一秒，沈一晨都来不及反应，就莫名其妙被人甩了一巴掌。

沈一晨感觉脸上顿时一阵火辣辣的疼，她反应也快，在对方收手的同时恶狠狠地还了对方一巴掌。

对方“嗷”了一嗓子，正在觥筹交错的人顿时安静下来，一个个齐刷刷看过来。沈一晨可没时间看这些，在对方跳高高要抓她的脸时，拽住那女的手腕反方向一拧，不消片刻对方已经被她制得服服帖帖，只是嘴里哭骂着：“你个臭小三还敢打我，信不信我爸爸让你们公司倒闭。”

沈一晨一听这话都被气笑了：“一有事就找家长算什么本事，有本事你现在打我。”说着手下又要用力。

贺子聪看清披头散发的人是谁，大惊失色，赶忙上来阻止：“哎哟，我的两位祖宗都先松松手，有话好好说。”他在边上劝着沈一晨，“一晨你先松开她，这可是煤矿大王韩总的千金，别跟她动手，别跟她动手。”

“凭什么让我松手，有家世背景怎么了，千金小姐就有理由先动手打人了？”

“因为她有爹可拼，一晨听话，咱别跟她一般见识。”

那女的一听这话更来劲了，嘴里不干不净骂着：“一个靠男人上位的臭小三，也敢称自己是沈总，你也不问问这是什么场合，你够格进来吗？”

沈一晨一听这话，管她是谁，手下一用力，只听“嘎嘣”一声，对方骨关节错位了。那女的一下疼哭了，沈一晨在边上问：“你说你一个千金小姐，平时的教养都哪儿去了？我就纳闷了，你一口一个‘小三’，我到底当谁的小三了？”

贺子聪浑身一颤：“这是个误会，一晨你先松手听我解释。”

然而他还来不及解释，一个低沉的声音自众人身后响起：“我未婚妻就是靠我上位的，你有意见吗？”

沈一晨抬头，众人纷纷扭头看向身后。周默从围观的人群后走出来，看热闹的人主动让开一条路让他过来。

周默阔步走到沈一晨身旁，一把将她捞进怀里，瞥向贺子聪的那一眼十分瘆人。

他伸手轻轻替沈一晨捋顺因为被拉扯变乱的头发，低声在她耳边说了两句话，扭过头来看向贺子聪。

“贺总似乎很闲啊，你的私生活如何丰富我不感兴趣，但我最后一次警告你不要再来招惹一晨，以后丰泰跟欧尚的合作事宜你来找我，由我全权负责。如果你再敢招惹她，我不介意再次教教你怎么做人。”

说完，他就目光如炬地看向贺子聪。

贺子聪一阵头皮发麻，不得不为自己辩解：“误会，误会一场。我跟韩小姐真的没有那种关系，带一晨来也纯粹是给她介绍几个人认识……”

“不必了，她想认识谁我自会引荐，也请你少来招惹我的人。”

他伸手虚点着贺子聪，警告意味十足。

接着，他望向倒在地上还要报仇的女人，扯唇一笑，那阴沉的眼底并无笑意。

“韩小姐是吗，谢谢你提醒了我一件事。这件事是你先动手打人的吧，即使你不找我，我还要告你故意伤人呢。”

“你知道我爸爸是谁吗……”

“新晋企业家韩大胜是吧，山西商业协会的会长。”周默说完兀自点了下头，“我们刚见过面，用我知会令尊一声吗？”

周默强势的气场有着不容置疑的气势，韩小姐的气势顿时被灭了不少，依旧狡辩着说：“你少拿我爸爸压我。你怎么知道不是这女人乱搞男女关系，勾引我男朋友呢？”

沈一晨一听这个，撸起袖子瞪眼：“谁勾引你男朋友了，当初是我甩了他好吧。”

沈一晨本来想再怼她两句的，周默却接过她的话语：“韩小姐口口声声说我女朋友勾引你男朋友，可有证据？你是看到他们俩做出不文明举动了，还是看到他们俩去开房了？”

周默怼人的功力沈一晨早就领教过，有理有据，明明是你在理的他也能把你怼成自觉理亏了，更何况他今天在理。

见对方不说话，周默冷淡地开口：“韩小姐要是能找到一个证据，这罪我们认了，我让我未婚妻跟你道歉。如果韩小姐在这里信口雌黄，我还要告你诽谤个人名义罪，我的律师团现在就能接手这个案子。”

这边出了这么大的事，韩总肯定是要出面的。

姗姗来迟的韩总看了眼当下情况，也知道自己闺女不在理，连连向沈一晨他们道歉，一边跟周默打哈哈，一边当着周默和沈一晨面训斥了女儿几句，还说什么沈一晨教训得对，该有人管管这个任性的闺女了，并在了解沈一晨是欧尚的老板后谄笑着说要把闺女放沈一晨手底下磨砺下脾气。

大伙谁都知道韩总如此放低姿态地说话，只是为了给双方个台阶下，让事情大事化小小事化了地过去，哪能真的让娇养的闺女去沈一晨手底下吃苦。当着这么多人面周默不能不给韩总面子。最后这件事的解决办法是韩小姐给沈一晨赔礼道歉。

至于让沈一晨拧错位的胳膊，韩总只好带着自家闺女去医院治疗了。

当着众人的面，周默一路沉默地牵着沈一晨的手走出大厅，等到了没人的地方就立马松开手。沈一晨悄悄观察他浑身散发的沉冷气息。

她小跑步地追上他，怯怯地一把握住他的手，被他掰开无情地甩开了。

再握住，再被甩开。

沈一晨一连三次被周默甩开，不走了，站在原地委屈：“我的脸还疼呢。”

没人理她。

“周默！”

还是没人理她。

“我跟贺子聪出席今天的聚会不掺杂任何私人情感，我只想多认识点人。你应该知道我以前的很多客户都失去了，新公司成立很多人脉都需要重新建起，我不出去装孙子谁肯给我项目做。我要对我的员工负责，要让他们衣食无忧死心塌地地跟着我，就要做出最好的业绩……”

也许是近日压力真的很大，今儿在这里又受了委屈，周默还不理她，沈一晨低垂着头兀自说着，越说越觉得委屈，也不想讨好了，转过身兀自往反方向走。

夜晚的风吹在脸上凄凄凉凉的，她吸了下鼻子，从口袋里掏出烟叼在嘴里，才刚吸上一口，嘴里的烟就被人一把夺走扔进了垃圾桶。

沈一晨看着去而复返的人。

“是谁向我保证把烟戒了的？”

“……”

“守着大好的资源你还敢说没资源，沈一晨你当我是死的吗？”

一说这个，沈一晨就更委屈了。

“我有优秀的男朋友有什么用，你会帮我吗？”

“……”

“是谁让我自己创造资源的？你又不肯帮我，现在我去外面争取资源你又不开心，你到底想怎样？”

周默看着皱着鼻子格外委屈的人，他从头到尾都没那意思。他之前那么说，是为了激励她做事多动脑筋，不是真的不帮她。

街边的路灯下，周默走近了才发现她左半边脸颊慢慢浮肿起来，他伸手轻轻摸上她脸颊：“脸还疼不疼了？”

沈一晨故意撇开脸，不让他碰。

周默无奈，只得耐心地解释："你认真想想，没有我在中间牵线，你们怎么能那么轻松地签下星耀传媒，是你们公司有雄厚的实力，还是你有通天的本领让陈总刮目相看？"

"这么说你早就跟陈总串通好了，让他故意为难我的？"

"这我可没有，主要是前期你们问题重重，必须得解决掉，星耀才会跟你们签。"

"你早就看出来了，是想借陈总的手点拨我，同时历练我应对困境的能力？"

沈一晨并不傻，经他一说就明白是怎么回事了。

周默听了，微笑着摸摸她的头发："我女朋友这么聪明，以后一定是成大事的人。"

就知道他是故意哄她开心，她撇撇嘴。

两个人总算是雨过天晴了吧。

然而并没有。

就结婚成家的事，两个人有了分歧意见。

半个小时前周默回到家帮她处理好脸上的伤，两人在闲聊的时候又聊到感情的事，周妈妈那边催得急，希望周默能尽早成婚生子，前两天电话里还要给他介绍相亲对象。

周默那时哭笑不得，奈何自己女朋友一心扑在事业上，也不希望他妈三天两头给沈一晨打电话催她结婚，就没把两个人好的事告诉他妈。

他想做好沈一晨这边工作再把两人的事告诉他爸妈，今天又谈到这件事上，他问她，要等到什么时候才算稳定。

一年，两年，还是五年，十年？沈一晨在他的逼问下给出的期限是三十岁结婚。

周默不乐意了，沈一晨哄了半天也没同意。在沈一晨要求亲亲抱抱时，这人傲娇地说了句：“别以为撒个娇说两句好话我就会等你。

“告诉你，我是不会等你那么久的。”

沈一晨看着宽腰窄臀，身材比例完美的人走远，只得自己抱着睡衣进了浴室。晚上两人因为这件事第一次分房睡。

不久，周默就搬回自己的住处了，说给她一段时间让她好好想想，想好了给他答复。

沈一晨当时忙着一个项目，跟市场部的同事彻夜开会，早把周默的话抛到了脑后。

只是她没想到，几天后乐清突然闯进她办公室对她说：“沈总，姐夫出轨了！”

chapter 10

余生有你

[1]

出轨？

沈一晨被这突来的消息吓得手里的笔“吧嗒”一下掉到地上，脱口而出：“不可能，周默不是那样的人。”

沈一晨了解周默，这种偷偷摸摸的勾当他不屑一顾。

可，那女的要真的像乐清描述的那样……

乐清是怎么描述那女的来着：北方有佳人，遗世而独立，一顾倾人城，再顾倾人国……

看沈一晨不相信，乐清还特意拿出偷拍的照片给她看。

照片上的女人笑得温婉动人，浅紫色连衣裙，一头波浪卷长发，仅是安静地坐着，就让人觉得优雅知性，跟周默在一起别提多般配了。

虽然她嘴上说着要相信周默，但与这么个绝世佳人长久相处下去，是个男人都会动心吧。沈一晨被自己脑中的想法吓得一激灵，突然就有了危机感。

而乐清说到此处就不说了，沈一晨犹豫半晌，吞吞吐吐地问：“你看到他们去哪儿约会了？”

“世贸中心的阖家菜馆，我们上次聚餐的地方。要不我们下班一起去看看？”

沈一晨犹豫：“不行，万一是误会呢？”

“误会什么呀，他们都在公开场合搂抱了。”

“那也不行。”

乐清给沈一晨出了一堆馊主意，什么现场抓奸，假装怀孕母凭子贵，或者直接来个逼婚。沈一晨虽然非常不屑一顾，嘴上嚷嚷着这也不行，那也不行，五点一到还是撇下客户拉着乐清去了阖家菜馆。

她还不好意思说，只是拦下乐清说：“我们一起去吃个饭吧？”

老板的心思，乐清心知肚明，也懒得拆穿，顺着她的话说：“就去阖家菜馆吧，听说出了新菜品。”

到了后，两人挑了个视野极佳又不容易被发现的地方坐下。对着一堆菜品沈一晨哪有心思吃啊，频频看向四周食客，终于让她等来了周默——

和那位倾城佳人。

沈一晨跟乐清来的时候还挺气势汹汹的，看到周默他们朝她们这边走来，她又开始闪躲了。

“要不我去趟洗手间吧。”

“不行。他们都不怕，沈总你在怕什么？”

“谁说我怕了？”沈一晨用手抚了下头发，眼看他们越走越近，挺了挺胸脯，梗着脖子说，“有什么可怕的，我堂堂欧尚公司的老板，会是拿不起放不下的人吗？”

乐清看着她笑了下，突然伸手招呼周默他们过来：“姐夫，我和沈总在这里。”

乐清那脆生生一句“姐夫”，不仅惊动了周默，就连旁桌食客也频频看向他们这一桌。

这下好了，她就是想躲也躲不掉了。

周默听到有人喊他，走过来，看到笑眯眯的乐清以及缩头缩脑的沈一晨。

他略显惊讶地停在沈一晨和乐清跟前，目光看着沈一晨微微一笑：“巧呀，沈总，今天不用加班陪客户了？”

沈一晨脸上的僵笑因周默这句“沈总”彻底垮掉，微一侧眸就和周默身边的倾城佳人视线对了个正着。

对方朝她倾城一笑：“你好，我叫苏曼。”

“……”

沈一晨盯着对方向她伸出的葱葱玉指，没有伸手回握，又将视线转向周默，用眼睛询问周默，这是怎么回事？

按理说一般男的偷腥被女朋友碰着，都会心虚，会无措，不希望两位女士打照面。

周默不。

他目光坦荡，还引荐她们两位女士相互认识：“这是我朋友，苏曼。这位是欧尚的沈总，沈一晨。”

沈一晨因他这句“沈总”皱眉，心里暗骂沈你妹。

而周默像是没发现她眼底的不满，也无意多待，这就要跟她话别：“我还有事跟苏曼谈，你们慢用，再见。”

乐清倒是乐呵呵地说了句：“姐夫慢走。”

沈一晨看着毫不留情，径直选了她们斜前方桌子落座的周默，咬牙切齿地说了句：“很快就成你前姐夫了。”

乐清看着自家老板被气成那样，想安慰又不知道从何说起，看着斜前方相谈甚欢的两人，问沈一晨："沈总不去行使女朋友的权利吗？"

沈一晨皱眉，就听到乐清在边上替她着急："你再不去抢，姐夫就真成别人的了。"

而此时她刚好给周默发过去一条微信，从手机屏幕上抬头一直盯着周默他们那一桌。

周默这边即使背对着沈一晨而坐，还是能感受到剜在他背上的尖锐视线，他才接过苏曼递过来的烫碗，手机立马传来一条消息。

"跟你一起来的女的长得不错啊，做什么职业的？"

发完这条消息，沈一晨就靠在椅背上直挺挺地盯着他们那一桌，她就不信那个叫苏曼的女的，比她长得好看，还比她有钱。

砸，她要用钱砸死那女的。

沈一晨都想好了，抽个时间，她要用钱好好侮辱下对方，看对方还怎么有脸待在周默身边。

丁零一声，有微信传来。

沈一晨迫不及待地打开，周默简单地回了她一句："资产评估师，圣吉集团苏总的千金。"

Y 市圣吉集团，身价百亿的老总的女儿，而且还长得这么漂亮……

看到这条消息，沈一晨被打击得体无完肤，只听到"啪啪"打脸的声音。

情敌太强大，她打不过，也砸不起……

郁闷间，周默又发信息过来。

"你在怀疑什么，我们只是朋友。"

朋友？

哪个在外面有人的男的会主动承认自己有了别人？

是朋友，能一起看电影，看完电影还选床上用品？

沈一晨这一路跟踪，要多扎心有多扎心。

人家在品牌店买四件套，买新床，她却只能像个跟踪狂躲在橱窗外面偷窥里面的状况。

这两人试就试吧，干吗躺在上面试。

这沈一晨还能忍。

苏曼还拉着周默试买床赠送的情侣睡衣。

穿就穿吧，为什么还要帮周默扣睡衣扣子，还在镜前照。

穿衣镜里两人相视一笑的柔情蜜意，隔着橱窗，沈一晨恰巧看得一清二楚，垂在身侧的手缓缓攥起，胸口因气愤起伏。

沈一晨握紧拳头，一拳砸向橱窗玻璃，厚重的橱窗只发出一声闷响，甚至都传不到正在照镜子的那对狗男女耳边。

沈一晨却觉得整只手都废了。

还没喊疼，那两人突然转过身。

沈一晨背转过身的同时顺手将帽衫帽子拉上。

背转过身的瞬间，她就被左手传来的痛感疼哭了。

那一下真的很疼，可再疼也不及周默带给她的创伤疼。

半晌，沈一晨低头检查已经变紫甚至出现淤血的皮肤，还来不及处理伤口，已经有店员气势汹汹地走出来。

女店员一脸不善地看向她："这位女士，您对我们店有什么不满的地方吗？有什么不满的地方您可以向我们反馈呀，别拿我们玻璃出气。"

沈一晨没心思跟这个伶牙俐齿的小店员周旋，道歉的同时余光注意着周默他们那边的动静，只见那两人拎着袋子从另一侧出口出去了。

沈一晨抬脚要跟上去，却被店员拦下来了："你这人怎么这样，砸了我们玻璃就想走。"

沈一晨揪开对方攥住她胳膊的手，眼看周默他们已经进了电梯，情急之下掏出名片给对方："这是我名片，有什么事打这上面第二个电话，我助理会赔偿你们。”

“不行。”

沈一晨皱眉，等店员找来店长双方和解后，周默他们都走没影了。

回到家，晚上注定是个无眠夜。

因为周默的朋友圈更新了一条状态：北方有佳人，遗世而独立，一顾倾人城，再顾倾人国，人生得一佳人足矣。

半晌，她才回过神来。

在床上辗转了两个小时，终是愤然坐起身。睡在她头顶的毛球因为沈一晨的突然起身吓得赶紧跑回自己窝里。

沈一晨发呆地盯着它瞧了很久，直到突然想起了什么，捞起一脸蒙的毛球，匆匆出了门。

不行，她要亲自去周默的住处抓人，虽然抓奸这活不太光彩，也比较有难度，幸好她有毛球，可以光明正大地踏进周默的住处。

进门前，她对着怀里的毛球耳提面命道：“闺女，妈一会儿要干件大事，你一会儿要配合我，懂吗？”

毛球睡了一路被沈一晨弄醒，对于她的话似懂非懂。

沈一晨诱惑：“事办成了，回头给你加餐。”

这话毛球听懂了，看向她的眼神立马明亮起来。

沈一晨这才去按周默家的密码锁，抱着毛球悄悄潜入周默家里。

已过凌晨的周默家里，客厅里漆黑一片，沈一晨抱着毛球在主卧门前踟蹰着。

万一拧开门发现床上躺着两个人怎么办？此刻沈一晨心里是矛盾的，虽然她是来抓奸的，但是更希望屋子里躺着周默一个人。

希望一切是她想多了。

抱着矛盾的心理，沈一晨拧开了主卧的门锁，门竟然没有从里面反锁，沈一晨站在门口适应一下里面的黑暗才看清屋里的情形。

主卧里两米宽的大床上被褥整齐地铺在上面，而周默竟然没有在家。

这让沈一晨更慌了，难道他怕她来抓奸，跟人去外面开房了？

第一间卧室没有她就去次卧找，厨房、卫生间也都找了一遍，却没发现周默的半点身影。沈一晨绝望地站在空落落的客厅里，连惊动了花花及三只幼崽都不知道。

毛球这个没良心的，见到同伴就挣脱她的怀抱找它们玩去了。

只留沈一晨一个人孤零零地站在客厅中央，想要发泄心中不满又不知向谁发泄。

怪得了谁？

周默的离开不是没有预兆。前段时间她忙工作，忙应酬，周默曾给过她时间，让她考虑要婚姻还是要事业，她那段时间忙着谈项目就把周默说过的话抛到了脑后……

现在后悔也来不及了。

视线扫到沙发上新添的一个穿着红色戎装的人物图案抱枕，脑海里忽然又想起周默那句“北方有佳人”，她抓起沙发上的抱枕扔在地上，一边在地上踩一边发泄心中不满：“北方有佳人是吧，我叫你有佳人，我叫你有……”

大概是沈一晨发泄得太过投入了，连身后有脚步声靠近都没发现，直到一道低沉不满的声音在她身后响起：“大半夜的你私闯民宅就算了，我沙发上的抱枕到底怎么得罪你了，竟成了你发泄的对象？”

头顶的电灯随着周默这道声音一同点亮，沈一晨一惊，极速转身，脸上的复杂神色不知该用惊吓过度还是意外之喜来形容。

但看到周默脸上的不满，她要为自己失控的行为好好解释一下了。

“毛球！”沈一晨当即一喝。

小家伙正在跟花花及三只小崽抢玩具玩，似乎忘了沈一晨交给它的重任。

听到沈一晨喊它，死活不肯过来。

沈一晨只好撸起袖子亲自去逮，终于把毛球带到周默跟前，摸摸它的狗头，义正词严地说：“我不是有意打扰你的，毛球它忽然不吃东西了，我想让你看看它是不是生病了。”

“毛球生病了应该找医生，而不是找我。”

周默一句话把沈一晨噎得无言以对。

但她要说些什么，不能就这样被周默赶出来。见周默转身要走，她一把拉住他，把还在状况外的毛球强塞进他怀里。

“这大半夜的医生都下班了。”

周默眉头一皱，懒得揭穿她蹩脚的谎言。他抱过毛球，看看小家伙湿润的鼻子，又闻闻耳朵没有异味，排粪便的地方也没什么异常，蹲下身放小家伙自由。

而一得到自由的毛球比之前跑得更欢了，还跟花花它们抢起了食物……

周默看了会儿狼吞虎咽的小家伙，递给沈一晨一个眼神。

那眼神仿佛在说，说好的食欲不振呢？

沈一晨恨铁不成钢地看着自家“闺女”，真想揍它一顿，但此时不是管教它的时候。

然而就这么一分神的空当，她差点被周默关在主卧门外。

见他要关门，沈一晨用百米冲刺的速度冲过去，一脚卡在门缝中间，用身体挤住门板。

看着夹在门框与门板间的女人，周默似笑非笑地看着她。沈一晨借着他松手的空当，身子一挤，闪身走进周默卧室。

看到周默不赞同地看着她，她眼睛转了下：“今天小区保安打电话来说有窃贼入室抢劫，并且还有人受伤了，我害怕，你就好心收留我几天呗。”

说完也不等周默同意，径直脱了鞋爬上大床，趁周默没注意胜利地一扬眉角。

开玩笑，我的男人只能睡在我的床上。

在床上躺了会儿，见周默一直背对着她，她用肩膀顶了他一下："喂，你睡着了吗？"

没人理她。

她靠过去，整个人贴上他后背："这么久没见了，我想你了。"

还是不理她。

沈一晨一皱眉，伸手去挠他痒。

周默终于装不下去了，一脸凶神恶煞地转过身来。

沈一晨顺势就缩进了他怀里，用胸顶顶他："我有点冷。"

某人还是不理她。

沈一晨急了："周默，你到底怎么回事？"

本就微妙的氛围在她爆出这一句时，气氛直降冰点。

两人不得不正视他们之间存在的东西。

"我考虑……"

"我想我们双方有必要认真考虑下这段关系到底要不要继续走下去了。"

突兀的声音打断了沈一晨未说完的话语，她都同意跟他结婚了，他却考虑要跟她分手？

周默这次跟她玩真的了！

[2]

这一晚上折腾得，沈一晨的失眠是注定的了，只不过地点由自己家换成了周默家。

昨晚周默说完这么一句后不给她说话的机会，直接搬去了客房。

第二天清晨，沈一晨起床，周默早就出去了。她一个人起床洗漱完后带着毛球落寞离开。乐清早晨见到她，看到她眼底浓重的黑眼圈，也知道她跟周默没和好。

乐清在边上安慰着："沈总，要不再好好跟姐夫谈谈。"

"谈什么，我昨晚都主动爬上他床了，他竟然要跟我分手，一个人搬客房住去了。"

沈一晨气得脑仁疼，一手揉着太阳穴，却听到乐清问："他没赶你离开？"

沈一晨瞪她："你是嫌我还不够丢脸吗，我什么时候这么求过一个人要我了？"

"我不是这意思。"乐清听了她说的跟周默的后续故事，可爱地挠挠头，"我觉得姐夫对你还是有感情的。你想啊，姐夫为什么没有赶你离开，还收留了你一晚上？"

沈一晨抬头看她。

"我觉得你再努努力还是有戏的。再不然，你来个未婚生子或者求婚，没准姐夫就回心转意了呢。姐夫不是觉得年龄到了该成家了吗，那你就给他一个家呀，他想要孩子，你就给他生呗，反正嫁给姐夫那么优秀的男人你又不吃亏。"

"有道理。"沈一晨点头的同时拍拍乐清肩膀，"这事成了给你加奖金。"

乐清面上乐呵呵，心里却在掰着手指算这事成了自己就能拿到双份奖金，为了他们沈总的幸福，为了她的双份奖金——拼了。

听了乐清的话，沈一晨下午特意赶在周默上班时间点去健身会所堵人。

前台小凡见到她，老远开口打招呼："晨姐来找默哥来了？"

沈一晨把手里的下午茶分给店里正在休息的老师及小凡，笑眯眯地点头：“是啊，周默他在吗？”

“不在。”

沈一晨皱眉：“不在？”

“默哥晚上七点的飞机飞美国，要出差一周。”

“出差？”

“对，跟苏小姐一起去谈个项目。”小凡毫无心机地把知道的都告诉了沈一晨。

沈一晨却慌了，又跟那个绝世佳人？

还双宿双飞？

心里的那股醋劲呀，当下弄清楚周默的航班及入住酒店地址后，沈一晨就风风火火离开了。

小凡看着沈一晨离开的背影，拿起手机发了一条微信。

沈一晨这边匆忙回到家收拾好行李赶往机场。在去机场的路上给乐清打电话，要她查询还有没有下午 18 点 35 分飞往肯尼迪的机票。

乐清听说沈一晨要出国，颇为震惊，啰里啰唆问了一堆。

沈一晨这边开着车，没时间跟她解释太多，直接问：“你先帮我查还有没有这班的机票，没有的话订下一班的也行，越快越好。”

乐清听沈一晨语气还挺急，没敢再问别的，上网查了下机票，好不容易订了张晚上十点的机票。

沈一晨一听是那么晚的，也不急着赶往机场了，忽然慢下车速把这一周的工作任务布置下去，挂断电话前说：“有什么事可以发我邮箱，打电话。就先这样。”

五个小时后，沈一晨终于如愿登上飞机，乐清也将费了老劲帮她订的酒店连同房间号发给她。

就住在周默的斜对面。

坐了二十几个小时的飞机，坐上酒店派来的大巴，沈一晨无心观赏异国风景，到了前台办了入住手续，直接上了十二楼。

出了电梯，酒店走廊内静悄悄的，沈一晨鬼使神差地走到了周默的房门前，左右看看没有人，照着他的房门按了两下门铃。

也不等里面人反应，她直接躲进通往安全通道的拐角处，然后探出个头，偷窥周默房间的动静。

可她等了半天，也没有人前来应门。

沈一晨不死心，又回来按了几下门铃。

再回到拐角处，她一边偷窥着房间的动静，一边念叨着："难道不在？"

还没窥探清楚这间房有没有人，后背被人不礼貌地拍了一下。

沈一晨猛地回头。

一名黑人保安不知何时站在了她身后，正一脸不善地打量着她。

沈一晨用英文解释这里住着她的朋友。

黑人保安摇摇头，用手台报告了前台。

当时沈一晨还有恃无恐，当她听到那声"police"，赶忙阻止："我可以解释的。"

这可够沈一晨好好解释一番的。

无论她怎么解释，对方都要将她扭送到警察局，就连她拿出房卡和护照都不行。最后警察来了，联系大使馆那边核对她的身份信息，核查她没有犯罪记录，才肯放了她。

终于回到房间，躺上舒适的大床，一天一宿的舟车劳顿让沈一晨一觉睡到了第二天。

清晨一早，沈一晨起床，先去楼下餐厅吃过早餐，又去了健身房。周默早起有健身的习惯，可她在这里待了两小时都没见着他。

她不由得开始怀疑，他是不是临时换酒店了。

她拿出手机给周默发了一条微信："听说你出国了，去了哪里？"

周默那边不知道是因为忙碌没看到信息还是不想回她，一直没有回信息。直到午饭后，她才看到周默发了一条朋友圈。

照片里什么都没有，只有一张某餐厅的美食。下面是定位地址。

沈一晨打开手机搜了下定位，发现正是她所在酒店的楼下餐厅。

她换上衣服，来不及化妆，抓起包包和房卡一路奔向了周默所在的餐厅。

好不容易找到这家餐厅，找个角落随便点了吃的，主菜还没上来，周默和苏曼就离开了，她只好放弃大餐。

打了车，一路尾随他们到了第五大道。

沈一晨这跟班当得，要多苦有多苦。一路跟着他们来了第五大道，按理说来了这里就等于到了女人的购物天堂，这里有全球货品最全、最高档、最受女人喜爱的品牌商店，销售着最高端、最有品位、最昂贵的珠宝，以及服装、化妆品……

踏进这里的女人，除了买买买，就是逛逛逛，多开心。

沈一晨另一方面又想，这个女人也不过如此。

如此肤浅，跟她也没什么区别。

除了比她有钱，比她漂亮……

很快她就发现肤浅的只是她自己，这两人从始至终都没踏进一家箱包、服饰或是化妆品店，她算是切身体会到了打脸的疼痛感。

一下午苏曼在周默的陪同下逛了各大博物馆和美术馆。

看着两人就某一件艺术品都能聊上半小时的相见恨晚的样子，沈一晨算是切身体会到了艺术的深奥性。

以往她和夏漫白也来过第五大道，当时只沉浸在购物的天堂里，哪有心思观赏这些高雅玩意儿。

环球影视城和酒吧倒是没少去。

如今沾了苏曼的光，沈一晨也好好欣赏一下西方艺术，只是这两人不知道在研究什么，对着一件毫不起眼的物件也能畅聊半小时，那副相见恨晚样——

看得沈一晨格外羡慕嫉妒恨。

好在这两人没什么过分举动，甚至连牵手都不曾，顶多周默礼貌地替苏曼拧了个矿泉水。

这一点都不像情侣，难道是她想多了？

沈一晨心里刚好受点，苏曼就当着她的面挽起了周默的胳膊，还附在他耳边说了什么。

沈一晨一脸蒙地站在原地，这真是求锤得锤。

周默这边因苏曼忽来的亲昵皱了皱眉，苏曼在他耳边低声提醒道："她在看着呢。"

周默下意识地要去看置物架另一侧的跟踪狂，被苏曼阻止了。于是两个人就这么旁若无人地从沈一晨身旁有说有笑地经过，那样彻底的无视。

仿佛并没有见着一脸难堪的沈一晨。

逛累了，也聊够了，这两人去了酒吧歇脚。

沈一晨承认自己去过的酒吧不少，像这样清明安静，纯喝酒的地方却是第一次来。

随便找个角落坐下来，沈一晨观察了下酒吧的环境，发现来这里消费的顾客素质都挺高，男的绅士，女的优雅，说话声音都是轻声细语的，不像她以往去的酒吧，三教九流什么人都有，连她想制造点麻烦都没办法。

那边厢房内，服务员拿着酒水单过去，周默绅士地请苏曼先点，苏曼要周默点单，两个人推来推去，最后一起点，两个人脑袋都快碰到一起了，看得沈一晨咬牙切齿，恨不得手撕了这对狗男女。

她随手招来一位侍者，扯过菜单，随手点了一道前菜，又点了一道前菜，当她想点第三道前菜时，服务员不得不提醒她："您已经有两个前菜了，您要不再点些酒？"

沈一晨视线这才从不远处收回来，又点了杯酒精浓度不高的果酒，把酒水单交给对方。

侍者看着沈一晨的酒水单，心想这位顾客看起来不像是来喝酒的，倒像是来吃饭的。

对着一桌子毫无营养的食物，沈一晨端起酒杯，忧愁地喝了口。

可算等到周默去卫生间了，她悄悄起身尾随。

周默在男卫生间方便，她就靠在女卫生间门外观察形形色色从身边经过的人。

等了一会儿，周默终于从卫生间出来，沈一晨立马转过身，假装醉酒地往前走，可偏偏时运不佳，整条走廊连个男士都没有。

眼看走到了尽头，过了拐角她就要跟周默分道扬镳了，她心里那个急呀，还要留意着别被周默看出端倪。

忽然迎面走过来一位要去卫生间的男士，沈一晨当即脚下一崴，顺势就栽到了对方身上。

那位男士还算绅士，扶起她的同时还关心地问她有没有受伤。

沈一晨当即夸张地痛呼一声，并用中文说："脚疼。"

那外国人看沈一晨疼得都哭了，当即慌了。

他焦急地用英文问："你会说英文吗，我听不懂中文？"而沈一晨呢，在那儿夸张地一边喊疼，一边跟人家讲"我不懂英文"，一边朝人家比画着寻找像她这样黑头发黄皮肤的中国人。

那夸张的演技，只换来周默的冷眼一瞥。

他站在墙角处看着沈一晨如何把那老外耍得团团转。

两个人鸡同鸭讲了片刻，他们这边的动静引来路人的围观。沈一晨一边假装演着，一边偷瞄周默那边的动静。

却不想猛然撞上周默格外清明的眼神。

她吓得赶紧避开，当即摇晃着身体站起来，一瘸一拐地向周默的方向走来。

周默看出这出戏的重点，扭过身，都不带留念地快步离开。

沈一晨见周默要跑，当即喊了一句："There's a yellow Chinese over there. Help me stop him."

终于有人听懂沈一晨这一句英文了，一拨人齐刷刷把周默围了起来，并齐心协力把周默带到了沈一晨身旁。

一言不发地看着耍得一群人团团转的女人，周默定定地站在她面前，倒也不急着撇开自己了。

他倒想看看她还有哪些招数。

其实一对上周默沉冷的眼神，沈一晨就觉得不妙。

但已经到了这份上，她只能眼睛一闭，身子一歪，顺势就倒进了周默怀里，并还假装醉言醉语两句："我要喝酒，我脚疼。我要回家找我老公。"

周默看着怀里打算碰瓷到底的女人，嘴角明显一抽搐。

真应该让这女人瞧瞧自己醉酒后对人上下其手的流氓行为。

会这么乖地任人摆布？

大概是听到了周默轻微的哼笑声，沈一晨神经一紧，开始了更为浮夸的表演。

为了让离卫生间不远的苏曼听到，为了取得周默的信服，她赖在他怀里，撒娇地喊："我要我老公，我要周默，我要默默。"

周默看着她，眼神微妙地闪了下。

"默默，你是默默吗？你还没送我大钻戒呢，我要我的求婚戒指……"

终于听不下去这女人颠来倒去说的几句话，周默直接一言不发地抱起某人，沉默离场。

看热闹的人也逐渐散去。

沈一晨这假装醉酒，也不知道周默抱着她要去哪里啊。

只能靠着听觉分辨方位。

过了片刻，听到有人对他们说“欢迎下次再来”。

而迎面有凉风吹到脸上。

确定周默终于抛弃那女人回到她身旁，沈一晨微微睁开眼睛。

不承想，一睁眼就对上周默洞察一切的眼神。

下一秒，她被周默面无表情地放下来。

还想再装，却听到周默说：“想知道你自己醉酒时什么德行吗？”

沈一晨直愣愣地看着他。

就见他靠近她耳畔，用极低的声音说：“大概没人告诉你，你醉酒后会对小鲜肉上下其手的毛病吧？”

沈一晨一听，伸手就要解周默的衬衫纽扣，却被周默一把攥住：“晚了。”

沈一晨愣住，这下没戏演了。

周默攥住她的手，一根根掰开手指仔细端详了片刻，脸色一沉恫吓她：“再敢对其他男人上下其手，就一根一根掰断你这手指。”

沈一晨被吓得顿时缩了缩脖子。

在沈一晨看不到的地方，周默嘴角无声地扯了扯。

本以为她的本色出演会换来周默的回心转意，却不想这人把她扔到了酒吧门口，又回去约会去了。

回到酒店，沈一晨辗转难眠，耳朵一直留意着门外的动静，可一直没听到有脚步声经过。

她所在的楼层往里还有三间房，她房间的隔壁是一间空房，再往里是周默和苏曼住的客房。

这两人嗨到半夜还不回来，沈一晨又开始胡思乱想了。

好不容易听到门前有脚步声经过，沈一晨悄悄靠近门口，透过猫眼往外面瞧，可算把这两人盼回来了。

可她再度烦躁不安起来，不清楚他们俩会不会酒后乱性。

不行，她得找点事情做。

拿起座机给前台打电话，直接投诉1201房间深夜扰民，有人在房间唱歌。

前台服务态度挺好，答应打电话提醒顾客注意影响。

沈一晨不答应，非要服务人员上来敲门。这有些不符合规定吧，对方不上来解决问题，她就威胁着人家要打投诉电话。

对方被逼无奈，只得答应敲门提醒。

趁着工作人员上楼的空当，她也套好衣服，躲在工作人员身后，倒要看看周默房间里有没有猫腻。

酒店服务员尽职地敲开周默房间的门。

周默刚洗完澡，身上披着浴袍，头发梢上还滴着来不及擦干的水滴，急急来开了门。

服务员尽职地说："这位先生，打扰了。有人举报您在房间唱歌扰民，我们上来看看。"

周默看了眼躲在服务员身后的沈一晨，用英文问："是这位小姐举报我扰民的吗？"

他目光转向沈一晨，问："请问我在房间洗澡也算扰民吗？沈小姐的听力可真好。"

服务员一看这两人认识，貌似关系还挺暧昧的，就识趣地离开了。

寂静的走廊内只剩一脸心虚的沈一晨，和穿着浴袍的周默四目相对。

两人在走廊内站了会儿，沈一晨见周默转身就要关门，她用力推开门板，光明正大地走进周默的房间。她一边往里面走，一边说：“有没有扰民，我要检查一下才知道。”

然后，她直奔浴室，一把拉开磨砂玻璃门，扯开隔帘，什么人都没有。

再往里，直奔卧室，床上也没人。

她还想再看看窗帘后，身后一具温热的身体突然用力顶上她。

沈一晨身体一僵，心虚得都不敢看他。

她这大半夜的来势汹汹地来捉奸，什么也没捉着，就想全身而退，哪有那么便宜的事。

周默强硬地扳过她的肩膀，让她不得不面对他，他一脸戏谑地问：“沈小姐深更半夜来我房间‘捉奸’，可是搜到了证据？”

“……”

沈一晨理亏在先，不敢还嘴。

周默开始咄咄逼人：“你白天跟踪我就算了，晚上还来我房间抓人，请问你是以什么身份呢？别忘了是你主动放弃了这段关系，选择了你的事业。”

“谁说我要放弃的？”

周默点点下巴：“但我要的生活你给不了。你的世界里只有工作，而我想要陪在身边的伴侣，是那种能顾及家庭顾及我心里感受的人，你是吗？”

“……”

周默再说：“三十岁的女人对于我来说太老了，我等不到你三十岁。符合我结婚对象标准的是二十五六岁的女人，处于身体各项机能的最佳阶段，生育的最佳年龄段，你给得起吗？”

“你说谁老呢？”

周默看着她，不置可否。

“你以为我跟你过家家呢，我是你想甩就能甩得了的人？”沈一晨气愤地一甩头，“不就是二十五六岁能结婚的吗，我二十五岁半也能结婚，有什么了不起的。周默，我告诉你，这辈子你户口本的配偶栏内只能写着‘沈一晨’三个字，其他人你想都不要想。”沈一晨说得义愤填膺。

周默看向她的脸上带着不易察觉的浅笑，嘴里却一本正经地问：“那你的意思是，在向我求婚了？”

“废话，你还觉得亏得慌啊？”

“我考虑一下。”周默来不及收拢嘴角的狡猾笑容，“这么不懂温柔的女人到底适不适合当我老婆。”

下一秒，沈一晨猛然吻住他，用力一推，轻轻松松地将他推倒在床上，就是一个饿虎扑狼……

周默笑着搂住她的后腰，不知不觉地占据了主导权……

醒来的时候已经是隔天中午，这一晚上的运动治愈了沈一晨最近的失眠，身体虽然如散架般酸疼，心里却是无比舒畅。

转身看了眼身后搂着她睡得香甜的男人，沈一晨刮了周默鼻梁一下，低语着：“开玩笑，我的男人不还得被我拿下？”

浑然没发现闭着眼沉睡的男人，几乎抑制不住的笑意。

这场戏到底由谁主导由谁推进，某个沾沾自喜的女人恐怕到现在还被蒙在鼓里。

沉浸在爱情旋涡里的沈总，在床上回完工作的信息后，盘算着等周默醒来，首要任务是立马回国去民政局把证领了。

现在她钻戒也不要了，求婚也不需要了，只想牢牢把周默拴住。

他要结婚，她跟他结；他要孩子，她跟他生。两个人在一起终究要有一个人迁就另一个人，才能继续走下去。

她觉得这个世上没有人会比周默对她更好了，所以她愿意放弃一些身外之物，珍惜跟周默之间的时光。

两天后，两人一下飞机，沈一晨就急匆匆地拉着周默进了民政局。

到了大厅，两人助理各自将结婚用的证件带过来给他们，他们耐心地排队，等着填表、缴费、拍照。

眼看着红色钢印压在红色本本上，沈一晨悬着的一颗心总算踏实了。

沈一晨捏着属于她的那本结婚证，直到跟着周默走到窗口，还觉得有些不真实。

她就这么成了已婚妇女？

太快了。

周默回过头来，对上沈一晨那张不敢相信的脸。

“怎么了，周太太？”周默走回来牵着她的手往外走。

沈一晨看着他自信的背影，以及他嘴角边隐藏不住的笑容，慢一拍地反应过来事情的发展好像哪里不对，却又找不出不对劲的地方。

两人走出大厅。

门口两边站着周默的同事以及沈一晨公司的同事，众人齐齐看向他们。

周默老神在在。

左边欧尚的员工整齐一致喊：“祝姐夫和沈总新婚愉快！”

右边周默的员工亦是整齐一致喊：“祝默哥和嫂子新婚快乐！”

斜里蹿出两个小伙子在他们头顶喷了两罐彩喷，一群人团团将他们围住起哄。

晚饭是跟欧尚的员工和周默健身会所的同事一起吃的，大家伙儿热闹地玩闹到九点，就很有默契地退场了，将美妙的夜晚留给这对新人。

回到周默的住所，沈一晨决定好好审审她这名正言顺的老公：“说，你有没有半点喜欢苏曼？”

面对周太太的诘问，某人坦然回答：“没有。”

“真的没有？那你朋友圈发的‘北方有佳人，绝世而独立。一顾倾人城，再顾倾人国，得此佳人足矣’是什么意思？”

他一脸坦荡地回答：“你不算倾城佳人吗，不是北方人吗，我对你忠诚有错吗？”

“那你……”

周默知道她要问什么，直接给她个晴天霹雳：“不觉得我跟苏曼一起出国的事，你这么快就知道了，有些蹊跷吗？”

“是你教小凡这么说的？”

“不错。”

“苏曼，跟你只是演戏？”

“是。”周默再给她一个惊喜，“你的小姐妹也早就被我收买了，现在正开心地数钱呢。”

“乐清？”沈一晨不敢相信，“是你让她把我带去阖家菜馆，看着你跟苏曼演戏，又让乐清鼓动我主动去追你……”

“嗯哼！”

“你……”沈一晨语塞，指着他的鼻子，想了半天，才骂出一句，“你个心机 boy！我要离婚！”

周默一把攥住指着他鼻子的纤纤手指，微微用力，沈一晨就被他压在身下，他眼底带着宠溺说：“好不容易骗到手的我怎么可能跟你离婚。”